O evangelho segundo Hitler

Marcos Peres

O evangelho segundo Hitler

Vencedor do Prêmio Sesc de Literatura 2012/2013

2ª edição

EDITORA RECORD
RIO DE JANEIRO • SÃO PAULO
2014

CIP-Brasil. Catalogação na fonte
Sindicato Nacional dos Editores de Livros, RJ.

Gomes Filho, Marcos Peres
G612e   O evangelho segundo Hitler / Marcos Peres Gomes Filho. –
2ª ed.   2ª ed. – Rio de Janeiro: Record, 2014.
         il.

ISBN 978-85-01-40369-8

1. Romance brasileiro. I. Título.

13-01023
CDD: 869.98
CDU: 821.134.3(81)-8

Copyright © by Marcos Peres Gomes Filho, 2013

Capa: Elmo Rosa

Texto revisado segundo o novo Acordo Ortográfico da Língua Portuguesa.

Editoração eletrônica: Abreu's System

Direitos exclusivos desta edição reservados pela
EDITORA RECORD LTDA.
Rua Argentina, 171 – 20921-380 – Rio de Janeiro, RJ – Tel.: 2585-2000

Impresso no Brasil

ISBN 978-85-01-40369-8

Seja um leitor preferencial Record.
Cadastre-se e receba informações sobre nossos lançamentos
e nossas promoções.

Atendimento e venda direta ao leitor:
mdireto@record.com.br ou (21) 2585-2002.

Prefácio

NÃO ACREDITO QUE UM prefácio justifique um livro. Não creio que essas poucas linhas inventem razões que não serão expostas no decorrer da trama.

E por que tento me justificar então?

Acho que a necessidade surgiu quando vi a capa pronta do livro. Quando já havia me acostumado com o nome impactante sendo comentado por todos, vejo a capa vermelha, o Hitler enorme, a amedrontadora suástica... E não é muito comum ver o próprio nome associado com Hitler e com uma suástica.

O *Evangelho* começou como uma brincadeira irresponsável de um autor que possuía a certeza de que não seria lido – ou que seria lido pelos fiéis e insistentes três ou quatro leitores de sempre. Qual a probabilidade de um concurso literário sério e renomado premiar um livro que, em sua capa, contenha duas palavras tão antagônicas como *Evangelho* e *Hitler*? Qual editora se interessaria por um romance de nome tão pouco politizado e que proponha uma trama tão inusitada?

Era improvável que fosse levado a sério. Mas foi. Quando o telefone – que me anunciou como o vencedor do prêmio SESC de literatura 2013 – desligou, os colegas de serviço cobraram o motivo da minha súbita e efusiva reação. E, em seguida, experimentei o primeiro constrangimento com o *Evangelho*:

"Ganhei um concurso. Um concurso literário!"

"Que legal! E como é o nome do livro?"

Falei com timidez e percebi a reação geral de surpresa: "Credo! Você é ateu? É nazista?"

Fiz que não com a cabeça.

"Então você copiou *O Evangelho segundo Jesus Cristo* do Saramago?"

Também respondi que não — para os colegas de trabalho e para muitos posteriormente. O livro do português que tanto admiro não havia nem passado por minha cabeça. Minhas fontes eram os evangelhos canônicos, a curiosidade sobre História e a admiração por um escritor argentino chamado Jorge Luis Borges. A resposta para como liguei estes pontos tão distantes é o livro *O evangelho segundo Hitler*.

Por mais que possa parecer, não tive a intenção de ser polêmico. Não pretendi em nenhum momento levantar alguma pretensa bandeira política, filosófica ou religiosa. Pretendi apenas construir uma tese capaz de se erguer — mesmo que se erga frágil como um castelo de areia. Não quero que ninguém acredite no castelo de areia que construí. Não quero ser o baluarte de uma tese, não serei vendedor de teorias conspiratórias como os que pululam nas livrarias. Pretendi, ao contrário, mesmo que minúsculo, ser uma pequena pedra no sapato dos que vendem e compram facilmente as teorias mirabolantes, um destruidor de castelos de areia, um pequeno sinalizador indicativo de que as teorias conspiratórias podem ser lidas sob um enfoque mais crítico.

Se há um modelo em que me espelhei, não o foi de um vendedor barato de teorias, mas o do grande Umberto Eco e da maneira crítica e atenta que este enxerga a concatenação de atos da História.

Se há uma máxima que usei como lastro, foi a de certo personagem de *O pêndulo de Foucault*, que assim diz: *Vocês fingiram o tempo todo. O mal de se fingir é que todos nos acreditam. As pessoas não acreditam em Semmelweis, que dizia aos médicos para lavarem as mãos antes de tocarem nas parturientes. Dizia coisas simples demais. As pessoas acreditam é naqueles que vendem loção para crescer o cabelo. Sentem por instinto que aquilo reúne verdades que não se coadunam, que não é lógico nem é feito de boa-fé. Mas como lhe disseram que Deus é complexo, e insondável, eles acabam achando que a incoerência é a coisa mais próxima da natureza de Deus. O inverossímil é a coisa mais parecida com o milagre. Vocês inventaram uma loção para crescer o cabelo. Não me agrada, é um jogo sujo.*

Mas não me estenderei mais. Sei que o prólogo não quer justificar o livro, mas sim seu pobre autor. E, para finalizar, não poderia proceder de maneira diferente: cito o Maestro Borges, que emula Quevedo que diz: "Que Deus te livre, leitor, de longos prólogos e de epítetos ruins".

Amém, Borges. Humildemente, digo Amém.

Marcos Peres, maio de 2013

1.

POR UM MOMENTO, A VOZ nervosa do alto-falante e as pessoas se tornaram incompreensíveis, inexistentes. Concentrei-me por inteiro no jovem que pegou a preciosa pequena valise. Receio de passar em algum detector de metal ou qualquer aparelho de raios X, meu coração denunciador, medo que o escutassem, que revelasse meu medo. Revelado, teria de me explicar. Como explicar? Como explicar o objeto que carrego comigo? Herança de família, cópia de relíquia, besteira de um colecionador excêntrico? Se soubessem o que esta valise contém, não me deixariam viajar. Se soubessem a história do conteúdo da valise, certamente me matariam, única coisa em que consigo pensar. O jovem imberbe, cheio de espinhas e trajado com o uniforme vermelho da empresa dá um sorriso amarelado, o sono ainda evidente em seu rosto nessa hora da manhã. "Tudo certo, senhor." E devolve a pequena maleta. Pobre néscio. Não sabe que a valise contém o maior segredo do universo. O segredo, apenas conhecido por mim e por um outro homem. O segredo e os papéis que resumem a minha vida. Não pode saber, mesmo que eu quisesse, mesmo que eu dissesse. Não tem idade para isso.

Para ele, os acontecimentos que presenciei são tão antigos quanto a Santa Ceia, tão remotos quanto o ato de beijar a face de Jesus e dizer: este é quem procuram, este é o rei dos judeus. Novamente a valise em minhas mãos, enxugo o suor do rosto. Há décadas não a manuseava. Sempre escondida sob o assoalho, embaixo da minha cama, a presença constante apenas em minha mente. Mas agora o sinal fora dado: "Chegou o momento de procurá-lo." Minha vida se resume a sinais, avisos e alegorias que, creio, consegui interpretar de maneira correta.

Como personagem, espectador e intérprete dos detalhes de minha vida, resta óbvio que imaginarei que tudo interpretei correto. E se tudo não passar de fruto da sua imaginação?, devem perguntar. Se criador e intérprete, é lógico que acharei que decifrou corretamente isto que chama de *sinais*. Estranho se outra fosse a conclusão que chegasse, estranho se conseguisse enxergar os próprios erros. Mas não. Os sinais que me foram dados — ousei utilizar a palavra dádiva, mas não consigo associá-la com minha vida, na linha tênue que separa a dádiva da maldição — também foram dados para outra pessoa. É essa a pessoa que busco agora. A outra pessoa viva que conhece o segredo. A pessoa que tem como destino morrer em minhas mãos.

No aeroporto de Berlim, ultrapassados os detectores, as revistas, o mundo se normalizando, e eu fazendo força para pensar que tudo já está bem, que não há mais motivos para me preocupar, que meus olhos já viram coisas muito mais atrozes... passo pelo saguão de embarque e chego ao avião. O avião que me levará à cidade de Genebra. Genebra, repito em voz alta, enquanto subo no avião. Quis o destino que lá fosse o local em que eu cometesse um assassinato, as frases no passado perfeito de um destino já traçado, em minha mente a plena certeza de um imperativo futuro. Um assassinato necessário, penso, hábil consolo dos assassinos, já me incluindo no rol antigo do patriarca Caim. Pensamentos errados. Não o do assassinato. Sim o de figurar nessa lista de desavisados...

Já sentado na poltrona do avião, não escuto as mocinhas louras que instruem procedimentos de emergência em alemão e inglês em caso de queda do avião. A valise parece querer revelar-se a cada momento que passa. Não é um segredo, é apenas uma coincidência, uma imensa coincidência, é verdade. Você não tem tanta importância assim. Nunca o maior segredo da humanidade seria confiado a você, um tolo, um ninguém, tento pensar para me tranquilizar. Pensamentos inúteis. Deixo a valise sobre meu colo e mais uma vez imagino por que tudo aquilo veio às minhas mãos. Enquanto irresoluto tenho as mesmas divagações e perguntas sem respostas das três últimas décadas, duas jovens se sentam ao meu lado. Por instinto, levo as mãos ao colo e seguro a valise bruscamente, medo constante de que a roubem, de que descubram que seu portador é fraco e velho demais para tamanha e preciosa carga. As jovens olham, mas não dão importância para a cena. Devem imaginar um capricho qualquer de um velho qualquer. Não se importam com o objeto que carrego, não se importam comigo. Discutem literatura. Mais por distração que curiosidade, escuto a conversa. Uma — a mais exaltada — narra, apaixonada, elementos machistas de *Crime e castigo* e que, portanto, não é um livro que merece ser lido pelas mulheres modernas. Engraçado, penso recordando a juventude, ainda do outro lado do Atlântico, no *outre-mer*, nos tempos em que imaginava que *esse tem-*

po seria idealizado e não maldito. Daqueles tempos, os planos literários, a convicção do meu talento de escritor, o livro que faria sucesso, rodaria o mundo, seria discussão de teses e acaloradas conjecturas e que nunca saiu do papel porque meu destino não permitiu.

Meu livro fantasioso tem seu roteiro ainda em minha memória: eu escreveria sobre a história de uma vingança, logo nas primeiras palavras que pudessem ser lidas. Minhas inúteis razões: crescemos, deixamos de lado a literatura infantil, as fábulas infantis, postergamos os irmãos Grimm, mas não o espírito de suas fábulas, em nossos corações para sempre marcados com o *viveram felizes para sempre*. Mesmo nos dramas, mesmo nos policiais, o fim é o mesmo que conhecemos desde que tínhamos 8 anos de idade. Uma história de vingança tem sempre a mesma estrutura: há uma injustiça perpetrada e escancarada, há a catarse que Aristóteles já conhecia, há os percalços todos do protagonista em sua busca e a redenção final, o momento da realização da justiça, a *vendetta*, para em seguida narrar-se o *felizes para sempre*. Meu livro seria diferente, orgulhava-me. Na primeira cena, na primeira imagem, um homem aponta um revólver para outro homem. Os dois estão a cinco metros de distância, situados talvez em um hotel barato em que o fugitivo tentava se esconder. Mas ele, o fugitivo, não tem rancor nem temor. Seus olhos são complacentes, e disso percebem os leitores que não se trata de um mero assassinato, mas sim de uma premeditada vingança. A arma dispara e o vingado cai, morto fulminantemente. O livro se inicia a partir do *felizes para sempre*. O vingador olha por alguns minutos o cadáver aos seus pés. Então senta-se sobre a cama ainda desarrumada, com os vestígios de uma noite intranquila de sono daquele que acabou de falecer. Fuma um cigarro, e este prescindível elemento se mostra importante porque faz o leitor imaginar que o protagonista está pensativo. Está. E pensa o que acontece com ele exatamente naquele momento. O fim da imaginada vingança, sonhada e calculada com todos os seus pormenores durante tanto tempo, é o início de seus pensamentos. Agora não tem com que sonhar, não tem o que pensar. Não consegue pensar em justiça, não consegue sentir orgulho ou alívio da extenuante tarefa cumprida. Se não há glória, no entanto, também não há castigo, não há admoestações de sua própria mente, pensamentos negros por ter matado uma pessoa. Há simplesmente resignação e um sentimento latente de que grande parte de sua pequena vida perdera o sentido no momento em que o tiro perfurou o corpo do inimigo. Assim começa o romance que, nos capítulos subsequentes, tratará não da saga que permitiu a vingança, mas sim do vazio que se principia a partir desta. Um livro que permitisse a alguns leitores — não todos — o vislumbre da injustiça cometida que originou a vingança, um livro inesgotável, uma vez que ausente o peremptório encerramento de felicidade eterna.

O *Crime e castigo* se principia com uma morte e o livro trata dos acontecimentos posteriores a esta, escuto das sombras. Mas a morte do *Crime e castigo* não é uma vingança, respondo. Raskolnikov é um assassino, mas seus motivos são mais torpes do que os de um vingador. Ninguém retratou a vingança como causa, mas sim, *todos*, como lógica e inevitável consequência. Na literatura, diferentemente da vida, o ato da vingança se encontra sempre no epílogo e nunca no prólogo.

Um *sinal*, penso não sem uma pitada de orgulho. Outro sinal que me foi colocado, outro sinal desvendado. O livro que imaginei em minha juventude de Buenos Aires nada mais era que meu próprio futuro. Não imaginei um romance, mas, sim, previ minha vida. Eu — o vingador — indo à caça da vingança, do ato que desde jovem imaginei escrevendo. Como arquitetava, não se trata do ato final, mas sim do princípio. Ouso pensar em princípio nesta altura da vida? Sim, meu romance se principia aqui, ao lado de duas mocinhas feministas em um avião rumo a Genebra. Cometerei um assassinato. Cometerei uma vingança, sem contar a ninguém meus motivos. A notícia será espalhada pelo mundo todo: eu, o infame, o velho sujo que matou o grande... Mas, creio, alguns poucos, alguns iluminados, desvendarão meus motivos orientados pelos símbolos que deixarei no local do crime; saberão o porquê do assassinato, enfim me darão razão e serão eternamente gratos por eu ter acabado com o último resquício do Mal na Terra.

No meu livro juvenil acreditei que a vingança não fazia qualquer sentido e agora preciso realizá-la. Porque não é uma vingança somente minha. É uma vingança de todo o Mundo. O maldito homem que matarei é o responsável por uma atrocidade imensa. Deve pagar pelo que criou, deve morrer ciente do que inventou. Se as consequências não fizerem sentido, pagarei o preço, e não será mais caro que o alto preço do peso que carrego nestas décadas. Se pensativo com um cigarro ao lado da cama após o crime sem saber o que fazer e o que pensar, a posteridade me dará razão. A história é testemunha do que fiz, do que vi e do crime que estou prestes a cometer.

2.

O AVIÃO LEVANTA VOO e logo vejo Berlim pequenina, do alto, visão que nunca tive. Pobre Berlim. A cidade inteira foi vítima desse homem. Esse homem merece morrer por essa cidade, penso, sentimento de justiça tardio aflorado, nunca tive pendor de justiceiro. Sou, em verdade, um egoísta. Olho para Berlim se distanciando e só consigo olhar Raquel Spanier. Cegueira funcional. Enquanto todos morrem, meu egoísmo só ilumina Raquel, e tudo mais fica no breu da escuridão. Raquel, estás em algum lugar nessa cidade? De que lado do muro, de que lado da vida? Vontade de gritar seu nome para não esquecê-la. Raquel, o homem responsável por tudo isso será morto, fique tranquila. Eu o matarei com minhas próprias mãos para ter certeza. Em seguida, perceberão, chamarão a polícia de Genebra. Não tenho força ou ânimo para fugir. Meus ossos todos doem, sou um sujeito que ultrapassou os 80 anos, não posso esquecer. Mesmo que conseguisse, não quero fugir. Quero presenciá-lo morto, quero a prisão, quero o conhecimento público. Quero que saibam quem foi o assassino de... Certamente serei julgado, certamente um julgamento mais brando que o de Nuremberg. Todos se comoverão com a história do célebre morto, do meu adorado contemporâneo. O mundo inteiro se voltará, raivoso, contra mim. Já posso ver um advogado de defesa discorrendo: Senhor Juiz, trata-se de um idoso, que não está mais em posse de suas plenas faculdades mentais. Trata-se, sem dúvida, de um decrépito, um pobre senil que merece mais nossa pena que nossa condenação. Percebam então quando fala; diz sobre nazistas, teoriza sobre conspirações, sobre planos divinos e anticristos, sobre uma tal Raquel que foi morta por... Está totalmente louco, isso é fato.

Melhor não falar. A vingança será enorme, mas pouquíssimos saberão o conteúdo inscrito dos meus atos. Os meus atos e a morte que cometerei serão para poucos, para eleitos. Melhor o silêncio. O silêncio e o ódio de muitas pessoas. No fim de minha vida, serei odiado. Minha morte será festejada. Meu túmulo, como os túmulos dos que matam grandes heróis, não terá flores, inscrições bonitas, nada. Que me julguem impropriamente nesta vida. Deus sabe o que vi, o que vivi e o que estou prestes a fazer.

De repente, um súbito susto. Ato reflexo, levo as mãos à valise em meu colo. Abraço-a como uma mãe que afaga o filho, o coração disparado, medo de que as duas mocinhas ao lado possam escutar meus pensamentos ou a batida denunciadora e descompassada de meu coração. Ainda discutem literatura. Uma delas diz sobre um argentino que leu, um livro sensacional chamado *O Aleph*. Discorrem alegremente sobre o amor platônico, sobre o universo e sobre as semelhanças com as visões da *Divina Comédia*. Uma delas — a que falara de *Crime e castigo* — questiona como um conto tão complexo fora feito na América do Sul. A outra responde que Borges era mais inglês que argentino, que sua cultura era advinda inteiramente da Europa. Discutiam a igualdade há pouco e agora falam de um sul-americano como um sujeito exótico, como o bom selvagem do Rousseau, acho graça. Vontade súbita de me apresentar. Sul-americano, prazer. Não mordo nem pico. E também li todas essas merdas de livros de que estão falando...

Sul-americano, de Buenos Aires, nascido e criado em Almagro, em Guardia Vieja, perto da avenida Medrano. Minha mãe foi Ana de Alvarenga Boaventura e veio de Portugal ainda pequena, no século passado. Seus pais foram João Boaventura Lopes e Conceição Borges Alvarenga, uma portuguesa sonhadora e, acima de tudo, católica. Vieram com o sonho de fazer riqueza e sucesso no mundo novo. Minha mãe conheceu meu pai em La Boca, ele, um inominado qualquer, um malandro, um vigarista que roubou seu coração e colocou um filho em seu ventre para depois desaparecer para as docas, para os navios, para outros países, para a imensidão de seu mundo sem fronteiras de malandro. Desgraçou a vida da minha mãe, que foi expulsa de casa por meu avô, o rígido português que não aceitou ter a honra do sobrenome Boaventura maculado por um colonizado, um *criollo*, um subalterno de sangue e honra sem brasão no sobrenome. Ofendeu a filha e renegou o filho ainda em seu ventre, dizendo que não seria avô de um mestiço, de um colonizado, de um escravo. Nesses meses tortuosos, a senhora Conceição Borges Alvarenga chorou muito em silêncio porque estava dividida entre a obediência para o severo marido e entre a compaixão por sua filha e por um bebê que não tinha culpa de nada do que ocorria. Por fim, sua compaixão mostrou-se mais forte e, escondida, iniciou a pegar pouco da economia da família que permanecia oculta atrás de um quadro, em um pequeno compartimento, para que a filha tivesse teto e comida.

Assim foi que Ana de Alvarenga Boaventura, minha mãe, encontrou uma pequena casa em Almagro, nas proximidades da avenida Medrano. Nessa casa, teve o rebento, sob a bênção escondida de sua mãe e com a lembrança da exortação maldita de seu pai — lembrança que perdurou toda a sua vida e que determinou que o triste e duro pai português nunca mais tivesse uma palavra com a filha amaldiçoada. No leito, fortes foram as contrações, acrescidas da respiração rítmica e nervosa de Ana de Alvarenga Boaventura, enquanto sua mãe lhe dava forças e lhe dizia que o pai estava rezando por ela. Mentira, respondia minha mãe. Verdade, tentava a avó, mas, sob o influxo do bebê quase expelido, Ana gritou com tanta força que era mentira, tão rouquenha e feroz que dona Conceição se silenciou e fez até um padre-nosso com medo da cena parecida com possessão.

Mas meu avô, sob a feroz casca de honra lusitana, deveria saber que a velha Conceição roubava dinheiro do cofre particular. Deveria saber das notas faltantes, caso contrário perguntaria à mulher durante os quase vinte anos que a mulher mexeu no esconderijo para entregar o dinheiro para a filha e para o neto desgraçados. Sabia, e, se sua honra não a aceitava, seu coração permitia esse pequeno furto talvez como uma compensação.

A velha Conceição, enquanto isso, auxiliava em tudo a pobre mãe solteira. Auxiliou-a nos primeiros dias, as incipientes lições de mamar, trocar fralda e educar. Se comedida, casta e obediente com o marido em sua herança lusitana, com a filha foi uma leoa que auxiliou na casa, na comida e nas instruções para criar o pequeno bebê. Ajudou-a em todos os detalhes, inclusive o de escolher o nome da pequena criança, uma vez que a própria mãe não conseguia saber se amava o pequeno rebento — a causa de tanto sofrimento e reviravoltas em sua vida —, quanto mais lhe colocar um nome. Assim entrou em cena a velha e católica lusa. Em uma livraria, comprou livros de nomes e se admirou com os de reis e de santos católicos. Rei para dar forças ao menino, santo para dar piedade, repetia, tentando convencer a filha, que quedou pela exaustão e não pelos motivos expostos. Conceição Borges Alvarenga logo se inclinou ao Jorge, suspirando pelo São Jorge matando um dragão ilustrado em seu livro. Tinha seus motivos: Jorge, nascido na região da Capadócia, com vocação para a guerra e as armas, despojou-se de suas riquezas e rebelou-se contra Roma em nome de sua fé cristã. Foi torturado, mas propalou a Verdade, que era Jesus Cristo — e não os falsos deuses romanos —, e foi degolado por esse motivo. Conceição Borges Alvarenga sabia de cor os pormenores da história de São Jorge, padroeiro de Portugal e da Catalunha, lembrado em todos os cantos onde existisse a fé cristã. Jorge, um nome de força e fé, repetia. Um nome que nunca o deixará esquecer que é católico, que é lusitano, que é forte. Destino, minha avó não conhecia. Prever o futuro muito menos, quando ousou botar no neto o nome do santo que empunha uma lança contra um dragão. Que meu orgulho e minha pretensão sejam perdoados, mas chamo isso de sinal, já disse.

Faltava o nome de rei, indicativo de sabedoria, poder e reflexão, ao menos para uma senhora advinda de um país de tradições monárquicas, em seu coração insculpido, mesmo sem querer, o conceito de que o poder do rei advém do poder divino. Maravilhou-se logo com o nome Felipe, cuja gravura no livro ao lado correspondia ao Felipe IV, da França. "Felipe, o Belo". "O Rei de Mármore", por sua imensa beleza. "O Rei de Ferro", por sua força, por seu porte sempre altivo. E dessa forma foi estabelecido o nome do menino: Jorge Felipe Alvarenga Boaventura.

Tenho em meu colo o objeto que mudou o curso do mundo o maldito objeto que me foi confiado e que servirá desta vez para matar o Outro que conhece o segredo. Como sou dono desta realidade e divago perdendo o pouco e precioso tempo que me resta lembrando a origem do meu nome? Devo ser asceta, devo somente pensar no plano, pensar na morte vindoura; tentar, no fim, achar um fio que me tire deste labirinto, que ilumine meu caminho e retire o véu de escuridão que cobre meus olhos. Como pensar em uma besteira tão grande como a origem do meu nome? Não, não é uma besteira. Meu nome é importante, sei disso. Meu nome faz parte do meu destino, faz parte de minha história. Digo que sou marcado por sinais, e a prova maior disso é o meu nome. Pouco antes do registro, em suas pesquisas de livros de nomes, minha avó descobriu que Felipe, o Belo foi o rei que sequestrou o papa e estabeleceu que a sede do papado fosse em Avignon, na França. Deus me livre!, sinal da cruz feito, não posso permitir que meu neto tenha o nome de um rei que se voltou contra a Santa Igreja Católica Apostólica de Roma, pensou certamente a avó. E mudou o Felipe para Luis, lembrando que Felipe, o Belo fora precedido por Felipe III, que fora precedido por São Luis IX, o rei canonizado pela coragem e determinação em nome da fé cristã demonstradas nas Cruzadas Santas. Ótimo, pensou a avó. Dois coelhos com uma só cajadada, a bênção de Deus e a bênção dos homens, um nome perfeito.

Só não previu que sua filha se insurgisse com os sobrenomes. Em pé, o filho chorando na mão, o senhor do registro aguardando, a avó, aflita, e a mãe, brava subitamente, dizendo que não colocaria o sobrenome paterno no filho: "De jeito algum. Quer que eu coloque o sobrenome da pessoa que me expulsou de casa? Expulsou-me de casa e quer ainda seu sobrenome na criança que renegou? Que vá para o inferno." A avó insistiu, fez menção de chorar, o rosto lacrimoso, a obediência cega ao marido, as mãos para o céu e a pergunta por que Deus permitira que esses fatos ocorressem em um lar tão devoto ao Senhor. Sua insistência mais uma vez deu frutos, e a jovem mãe concordou que o filho tivesse a alcunha materna, a paterna jamais. Impaciente, o oficial do registro perguntou: "Então, o menino será Alvarenga?" A mãe e a avó responderam que sim com a cabeça e o oficial começou a anotar em seu livro. Quando o oficial estava quase acabando de completar o registro, a avó deu um grito e perguntou se podia alterar o nome. O oficial deu um suspiro e disse que sim, contanto que fosse a última alteração. As palavras seguintes de dona Conceição Borges Alvarenga foram uma música, uma música que determinou todos os dias vindouros da criança, que não sabia e nem podia imaginar a importância daquele momento: "Quando a tive, minha filha, quis passar meu sobrenome Borges, que sempre foi o meu preferido. Veio da minha avó materna, que era da França. É um sobrenome com ascendência francesa, segundo ela me contava. Um nome nobre, um nome burguês, um nome pelo qual sempre tive muito carinho. Queria ter passado esse nome para você, mas seu pai não permitiu. Ele passou o sobrenome Boaventura, que também é muito belo e remete a um bom futuro. Quando disse sobre o Borges, ele respondeu que não soavam bem o Boaventura dele e o meu Borges, juntos. Disse que, falando, parecia um nome muito feio. Cega, eu obedeci e repassei meu outro sobrenome, embora não fosse de minha vontade. Se possível, quero que o menino seja Borges não como a mãe dele, mas sim como sua avó, e como sua tataravó da França, que era nobre e sábia."

Não creem ainda nos sinais? Por culpa da cacofonia e por um rei que quis se apossar dos poderes divinos, no último momento, o menino que se chamaria Jorge Felipe Alvarenga Boaventura virou outro: Jorge Luis Borges. Olhei para o lado e percebi que as mocinhas ainda discutiam algum conto do *Aleph*. Que desperdício, pensei, balançando negativamente a cabeça.

3.

VOO TURBULENTO, INTRANQUILO. EM uma turbulência mais forte, apoio com força minha mão na lateral
do assento, cravando as unhas no estofado. Medo da morte
agora? Que besteira. Apenas um desconforto de um velho
que não está habituado a andar de avião. Não cabe bem ao
homem que pretende mudar o curso do mundo medrar-se
por uma simples viagem aérea. As mocinhas ao lado agora
dormem, alheias ao meu medo e meu orgulhoso pensamento. Acostumadas às turbulências. No colo de uma repousa,
tranquilo, um exemplar do *Aleph*. Bela edição, capa dura
negra e, em alto-relevo, dourado, transparece a letra hebrai-
ca que dá título à obra. Embaixo, o nome do autor, também
em belas letras góticas douradas. Ao seu lado, no meu colo,
permanece silente a valise, com seu precioso objeto dentro.
Ironia do destino, a essa altura dos fatos, esses objetos tão
próximos? Não sou afeito a ironias. Nunca fui nesses duros
anos que me tornei um sério e obscuro *Deutsche*. Já não era
na juventude romântica em Buenos Aires, eu, um aspirante
a escritor, as páginas ainda em branco, sem saber o que nelas
seria escrito...

O jovem já havia visto a menina algumas vezes. Um dos amigos fazia troça de sua religião, dizia que ela venderia a alma se quisesse, quanto mais a virgindade. Raiva súbita, sangue subindo, sensação que não podia explicar. Queria proteger a menina, vontade mesmo de esmurrar o amigo. Imagine, o amigo que crescera com ele. Um dos poucos que sabiam a sua verdadeira história, que era órfão de pai, um dos poucos a quem confidenciava o receio de que sua mãe o achasse um fardo muito grande para suportar, um fardo que a privou de toda a liberdade e alegria. Um dos poucos a quem confidenciava sobre os furtos cometidos pela avó e que garantiam a comida posta na mesa. O amigo, por uma menina desconhecida. Proteger uma menina que não se conhece... Se ao menos conhecesse, pensou. Se ao menos pudesse conhecer, descobrir o que mais ela tem além dos cabelos enormes escuros, a pele lisa e clara, os olhos grandes amendoados tão compreensíveis, tão belos, tão angelicais, a boca carnuda, bem-feita. O que mais ela possui além de seu andar, na saída do colégio, os cabelos enormes voando, as pernas delineadas, a cintura fina, os seios pequenos, redondos. Apaixonado, pelo corpo, pelo olhar e pelo sorriso de uma menina que não conhecia nem o nome. Tinha 17 anos, e, dela sabia apenas que, no colégio, estudava no ano anterior. Nos intervalos, sempre quieta, invariavelmente sozinha.

Sabia que era tímido, que não chamava a atenção das mulheres do colégio, mas nunca sentira uma necessidade tão grande de chamar a atenção quanto aquela. Paixão súbita, súbito o escritor que se formou dentro dele, poeta maldito, bardo incompreendido, delirando poemas belos demais para esse mundo cego, rimando amor com dor e sem saber uma palavra para rimar com sua idealizada namorada porque não sabia o seu nome. Um dia a seguiu na saída do colégio. A menina andou pelas ruas do Once até a Rivadavia e entrou em uma loja de tecidos que tinha um nome quase impronunciável e, ao lado, uma estrela de Davi. Depois de cinco minutos saiu, virou à direita na avenida Pueyrredón, seguiu até a Calle Lavalle, 2400 e entrou na Congregación Sefardi, uma sinagoga muito bela e imponente. Tem razão, pensou, lembrando o amigo. Uma judia, tentando afastar de seu coração qualquer conceito preconcebido. Que há de mal nisso? É religiosa, ao menos, e isso só pode ser um bom sinal.

Outro dia a seguiu mais de perto. E outro. E em todos os dias seguintes. Um desses dias seguiu-a de tão perto que percebeu um soluço quase inaudível vindo em sua direção. Só ela está em minha frente, só dela pode vir esse choro, conjecturou. O choro foi o mote da coragem, que veio caudalosa, de uma só vez, inundando o corpo, ante a fragilidade de menina chorosa à frente. Antes que essa coragem saísse da mesma forma que chegou, aproximou-se e colocou a mão em seu ombro. Ela pareceu não se assustar; virou e deu um sorriso verdadeiro, que não parecia de alguém que há pouco chorava; um sorriso provocativo, um sorriso luxuriante, ele pensou. Mas não. Seus olhos amendoados, grandes e complacentes, estavam vermelhos; seu rosto estava molhado. "Por que chora?" Ela limpou lentamente a face, deu um sorriso ainda maior e disse que não era nada, que não havia com o que se preocupar. Então o jovem deu suas credenciais e que era do mesmo colégio que ela. Disse, por fim, que talvez pudesse ajudar se ela contasse o que havia ocorrido. E do rosto da menina novamente saíram lágrimas que tentou suprimir.

"Minha família é uma família de refugiados, uma família de desgraçados. Mudamos da Espanha há pouco, achávamos que aqui na Argentina teríamos tranquilidade. Tomamos todas as precauções possíveis. No colégio, evito contar minha história, meu passado. Até então, tudo estava bem. Minha família se estabeleceu na cidade, encontramos a paz que merecíamos. As lojas prosperavam, mas, de repente, assaltos começaram a ocorrer. Dois assaltos em nossas lojas, e tudo indica um ataque pessoal. Sinto medo do futuro." E não conseguiu mais segurar as lágrimas.

"Por que acha que é pessoal?", tentou tranquilizá-la o jovem. "Assaltos acontecem. O fato de dois assaltos terem acontecido em suas propriedades pode significar uma coincidência. Uma terrível coincidência, é verdade. Mas não uma perseguição."

Ela continuou, ainda aos soluços: "Os policiais acreditam em uma perseguição. O ladrão roubou a segunda loja exatamente uma semana após roubar a primeira. Disse nas duas vezes as mesmas coisas estranhas, coisas de um louco qualquer. Um ataque pessoal. Disse que os poços não seriam mais envenenados, que prestava um bem para toda a cidade. Que somente pela inteligência o encontrariam, coisa que os policiais não tinham. Que, com um mapa e uma régua, encontrariam as próximas casas a serem saqueadas. Um louco." Completou com os olhos cheios de lágrimas. "Meus pais já pensam em se mudar da cidade."

A piedade que o inundava em segundos transformou-se em medo. Já se acreditava inteiramente apaixonado por ela. "Como é seu nome mesmo?" "Raquel", respondeu ela, limpando os olhos grandes e escuros. Em um segundo, ganhara a sua amizade e sentira a proximidade de perdê-la, por culpa de um vagabundo qualquer que roubara sua rica família comerciante. "Raquel, quero ajudar nas investigações", disse, convicto e orgulhoso. Ela deu um sorriso e respondeu que não era necessário, que os policiais já estavam empenhados no caso. O jovem continuou, convicto, dizendo que se tratava de um louco e que os policiais não entendiam de planos de loucos. Ela achou graça e titubeou. "Qualquer ajuda é bem-vinda. Na situação em que nos encontramos não posso dispensar nenhum tipo de apoio." Segurou com delicadeza seu pescoço e o beijou na face, bem próximo aos lábios. O jovem jurou por Deus e por todos os santos que pegaria o ladrão porque essa era a sua chance com a pequena e adorável judia do Once.

Anotou os dados dos dois assaltos: ordens verbais, talvez confundidas pelos comerciantes, assustados e com medo de morrerem. Disse o assaltante que evitaria que os poços de água continuassem contaminados. A primeira busca foi para um sentido metafórico da frase. Poço, círculo, profundidade, água, pureza, veneno, justiça. Um justiceiro, não há dúvida. Ou há? Um justiceiro que ataca justamente a família mais rica do Once? Um ataque em duas lojas da família que há pouco viera da Europa lhe pareceu coincidência demais, pensava, circulando a área das lojas atacadas no mapa do bairro. Esperteza, isso sim. Havia feito pesquisas sobre a família. As palavras de Raquel eram verdadeiras. Vieram da Espanha, talvez por isso, com o codinome Spanier. Raquel Spanier, repetia diversas vezes, provocando a musicalidade que só ele sentia daquele nome. Eram ricos, não havia dúvida. Isso se percebia facilmente pelas lojas de tecido espalhadas pelo Once, todas contendo o difícil nome Yetzirah, acrescido da estrela de Davi. Também se percebia pela casa da família perto da Rivadavia que, mesmo escondida atrás de alabastros e um muro gigantesco, transparecia a imponência e grandeza do que se ocultava em seu interior. Justiça, veneno, pureza, água. Por que o poço? Qual o sentido de limpeza? O que limpa nosso justiceiro?, dizia o jovem para si mesmo, convertido subitamente em detetive. Sem entender a frase, passou para outro problema, que lhe pareceu mais óbvio. Encontrar-me-ão com uma régua e um mapa, repetiu, tentando dar sentido à frase. Só encontrou o significado literal. Debruçado em um mapa, riscou os dois pontos assaltados. As duas lojas da família na Rivadavia. Qual um terceiro ponto, que pudesse ser encontrado com um mapa e uma régua? A solução veio fácil, límpida, inteira: um triângulo. A promessa de um terceiro roubo, em que o ladrão propala o uso da régua e do mapa, só pode ser um triângulo, lógico! A união dos três pontos. Conjecturou razões metafísicas, inventadas na hora mesmo. Um triângulo equilátero. Um triângulo divino. Ousou conjecturar que a família tivesse rixa com os maçons, o símbolo deles não é um triângulo equilátero? Mas um triângulo equilátero daria em outra residência. Não em um comércio nem na casa dos Spanier. Mas só pode ser essa a resposta, pensou. O mapa está aqui. A régua para juntar os dois pontos pede um terceiro ponto restante, que só pode ser a residência dos Spanier. Refez as contas, mudou de mapa. De nenhuma forma alcançava o triângulo e a briga inventada com os maçons.

E quem disse que precisa ser equilátero?, pensamento súbito, estalado de repente na mente. Pode não ter nada a ver, pode apenas ser um triângulo. Assim juntou os dois pontos assaltados com a residência dos Spanier. Em um último esforço, em um dos pontos, o mais distante da residência, mediu o ângulo do vértice, que deu 31°. Arredondou para 33° e conjecturou disso mais números mágicos, mais fantasias de um louco obcecado por medidas e, dessa forma, entregou seu laudo para a polícia. O gordo comissário deu um sorriso de canto de boca. Moleque idiota, deve ter pensado. Lê Conan Doyle e acha que a realidade é igual a seus livros. Arquivou em seguida os papéis, dizendo que um ladrão não é tão esperto para pensar nesses planos loucos.

O jovem saiu triste da delegacia. Triste, acompanhou que na terceira semana não houve roubo e, portanto, não houve a confirmação de sua teoria. Não pegaram o ladrão, não pôde se exibir como herói para Raquel.

Na quarta semana, no entanto, quando ao acaso passava em uma banca próxima, leu um jornal que dizia que um certo Jorge Luis Borges descobrira o mistério do ladrão do bairro do Once. Entrou na banca para comprar o jornal, mas descobriu que não tinha um centavo. Não importa, pensou, correndo para a delegacia. Sabem até meu nome, sabem quem sou, deram-me até os créditos. No entanto avisaram o jornal, mas não me avisaram, não me cumprimentaram, não recebi um mísero "Parabéns, filho. Foi muito arguto em sua linha de pensamentos", pensou. Mas não se importou. Deve ser coisa do comissário gordo. Certamente um invejoso. Esbaforido, suado, entrou na delegacia, esperando os aplausos, os cumprimentos, a honra que só a ele cabia. Parado permaneceu, todos continuando seus afazeres. O único que o notou foi o próprio comissário gordo, que, no entanto, não se lembrava que o jovem já estivera ali. "O que quer, moleque?" O jovem respondeu calmamente que era a pessoa que informou sobre o triângulo no caso dos Spanier. O comissário deu uma risadinha e respondeu: "Fique tranquilo. O ladrão já foi capturado. Agora os judeus poderão continuar a aumentar sua riqueza à vontade. E quem descobriu a loucura do crime foi um jovem, assim como você. Um jovem que nem precisou ir ao local do crime. Um tal Borges, se não me engano..."

4.

"Um tal Borges? Eu sou Borges. Eu sou o Jorge Luis Borges. O mesmo que publicaram no jornal. O que desvendou o crime. Sou eu!" Efusivo, o dedo em riste cutucando o próprio peito. O comissário gordo ergueu uma sobrancelha. Conhecia de longe loucos e mentirosos. Estava definitivamente diante de um desses. "Não sei, meu filho. Só sei que não foi você." "Sou sim", disse mais alto, repetindo quase aos gritos, sensação ruim de ser contestado. O comissário se ergueu da cadeira, olho arregalado com a audácia do pirralho à sua frente. "Não sei. Não quero saber. É um caso já resolvido. Portanto, não há mais com o que se preocupar." O jovem tentou se identificar com um gesto brusco de pegar a identidade na carteira no bolso. O comissário deu um passo para trás e disse com rispidez: "Não importa quem é. O caso já foi resolvido. Quero que saia da delegacia. Agora." Gesto ríspido, interrompido ao meio, o jovem com a mão no bolso, assustado, olhando para um comissário que imaginava que tiraria do bolso um revólver e falaria: "Sou eu, porra, o Borges. Acredita agora?"

Desistiu da identidade e tirou do bolso a mão vazia. Saiu da delegacia cabisbaixo, sem entender o que havia ocorrido, e voltou para casa. Sem que a mãe percebesse, tirou um peso de sua carteira. Por um momento, um pensamento ruim o revolveu: será que era assim toda vez que a avó roubava dinheiro do avô? Pensamento ruim, um pobre e jovem ladrão, um ladrão sem as desculpas da sua avó, esse dinheiro não trará comida ou casa. Gasta com uma menina, com uma loucura, com algo que não consegue compreender inteiramente. Ladrão que rouba ladrão... repetia para si mesmo. O que ocorrera? Um comissário invejoso, apenas? Erro do jornal? Ele que tinha lido errado, ânsia de querer ser o herói, visão errônea, sua foto no jornal com um troféu e um beijo apaixonado de Raquel Spanier?

Não vira errado. O jornal na banca era ainda o mesmo, o seu nome relacionado com o crime desvendado. Pediu um ao jornaleiro, que entregou o jornal alheio de estar entregando o romance ao seu próprio protagonista, alheio ao fato de entregar o *Crime e castigo* ao próprio Raskolnikov. O jornal nas mãos, sentado ao lado da própria banca, leu rapidamente, pulando as linhas, trôpego, tentando entender a história que levava seu próprio nome. Assim descobriu: o Borges da história era outro. Um outro Jorge Luis Borges. Um outro... repetiu algumas vezes tentando dar sentido àquela estranha palavra. Como pode existir outro Jorge Luis Borges, tão próximo, se metendo em assuntos particulares, resolvendo enigmas que não lhe eram confiados?

O jornal assim dizia:

Os roubos em série no Once assustaram não só a família envolvida diretamente, que teve dois estabelecimentos saqueados, além de graves injúrias e promessas de outros atentados. Os acontecimentos assustaram também os comerciantes vizinhos, receosos de que mais cedo ou mais tarde o louco se voltasse contra eles também. O acontecimento chegou à polícia e aos advogados criminais conceituados de Buenos Aires. Um criminalista, que não foi identificado, disse conhecer a pessoa ideal para desvendar o insólito crime. Conta-se que tal criminalista, ao se deparar com os estranhos crimes, evocou o conceituado advogado e maestro Jorge Guillermo Borges, que atualmente reside na Suíça. No entanto, evocou o doutor Jorge Gillermo apenas para que este chamasse seu pequeno filho, este sim o único capaz de solucionar o mistério proposto. Tinha razão. O jovem Jorge Luis Borges, 17 anos, demonstrou que a pouca idade não foi óbice para uma concatenação rápida e incisiva de pensamentos. Do outro lado do continente, somente com a narração dos fatos, foi o responsável por solucionar o crime. Ressalte-se, caros leitores deste prestigiado jornal: como nos filmes americanos, como nas histórias mais fantasiosas policiais, um jovem argentino que reside em Genebra conseguiu desvendar todos os meandros e pensamentos de uma mente louca, que aterrorizava todo o bairro do Once.

Como o crime foi solucionado:

Disse o ladrão, nas duas vezes em que saqueou as lojas Yetzirah, de propriedade do senhor Spanier, que limpava os poços envenenados. O jovem argentino relembrou que no século XIV uma lenda foi corrente na Europa afirmando que os judeus envenenavam poços, contaminando toda a água da população. A lenda servia como prenúncio dos pogroms — ataques a determinada raça, e que ficaram popularmen-

te conhecidos como ataques aos judeus. Dessa afirmação, o jovem Borges concluiu que o ladrão tinha conhecimentos históricos e, principalmente, que os ataques não eram pessoais, mas sim contra todos os judeus. "A limpeza dos poços só comportou esse sentido", *disse o jovem a este jornal. Quanto ao ataque em dois estabelecimentos da mesma família, só se pode concluir o acaso e o ostensivo nome judeu combinado com a estrela de Davi. Esses elementos foram determinantes para que o ladrão agisse ali. No entanto, não agiu tão ao acaso assim, e este é o princípio da solução do segundo problema:* "Disse o ladrão que, com uma régua e um mapa, descobririam seu intento e seus próximos alvos." *A menção dos próximos alvos deu ao jovem a ideia de sucessivos posteriores ataques, e não apenas mais um.* "Ataques contínuos, incessantes, metódicos. A ideia da sucessão no tempo combinada com o fato de os ataques fazerem algum sentido espacial. O mapa e a régua certamente indicam a conexão espacial: os locais assaltados não são escolhidos a esmo. São parte de um metódico plano. São parte de um sincronismo perfeito: temporal e espacial. Como equalizar esses dois universos?", *disse o jovem argentino. A resposta a que o mesmo chegou foi engenhosa, precisa e correta.* "Sabia-se que o ladrão não tinha tantos interesses nos bens, sabia-se que não se tratava de um ataque pessoal — não era uma vingança qualquer, mas sim um ataque histórico, um ataque tão imemorial quanto a existência do homem. Um *pogrom*. Um repetido *pogrom*, ocorrido em tantos locais, por tantas épocas, agora no Once, o conhecido bairro judeu de Buenos Aires. Sabe-se também que os judeus moradores do Once costumam colocar seus comércios na grande avenida Rivadavia, que é o principal duto desse comércio. A Rivadavia é metaforicamente uma linha antiga, imemorial. Uma linha que evoca Sião e seus filhos, em plena Buenos Aires. Aí então entra a régua. A régua só faz sentido se olharmos a Rivadavia como uma extensa linha: a linha em que seria cometido o *pogrom* do nosso saqueador. Verificando-se com um mapa — que, segundo o ladrão, também era pressuposto do deslinde do crime —, calcula-se corretamente os dois locais saqueados e propalados. Com o auxílio de uma régua, determina-se a distância entre os dois pontos — que, pelas contas da régua, dá alguns centímetros. Um ponto A e outro ponto B. Os gregos já conheciam um labirinto, que é composto por uma única linha reta. Um labirinto que estipula que o próximo ponto é a metade da distância anterior e assim sucessivamente, infinitamente. Com a régua, com o mapa e com a exortação do ladrão, previ que ele também conhecia esse labirinto. Tracejei um ponto C, equidistante à linha dos pontos A e B. Infelizmente, a distância e o conhecimento um pouco tardio dos fatos me fez repassar essa informação para Buenos Aires após a terceira semana. Pedi assim que os policiais vasculhassem esse ponto C e descobrissem se algo diferente ali ocorrera."

$$\frac{1}{2} + \frac{1}{4} + \frac{1}{8} + \frac{1}{16} + \ldots + \frac{1}{2^n} + \ldots = \lim \sum_{i=1}^{n} \frac{1}{2^n} = 1$$

Infinito e o paradoxo de Zeno

Os policiais, ainda incrédulos a essas fantasias, foram ao tal ponto. Descobriram um comerciante pequeno, uma pequena feira de bugigangas e apetrechos. Inquirido sobre o assalto, o judeu comerciante empalideceu. Disse que não sabia de nada, que não fora assaltado e que nada de diferente ocorrera em seu estabelecimento. Os policiais notaram que o comerciante gaguejou, empalideceu e, sob perguntas oficiais, mostrou-se excessivamente nervoso. Então os oficiais conduziram o judeu ao departamento de polícia. Após algumas horas, o pequeno comerciante confessou que fora assaltado exatamente uma semana após o último propalado assalto. Instado sobre ter silenciado esse fato, o judeu comerciante disse que o assalto fora pequeno e que, por isso, decidiu não incomodar os policiais. Após mais algumas buscas e perguntas, a polícia descobriu que o judeu escondeu o furto porque, dele, furtaram objetos não declarados e armas, que seriam revendidas em um mercado negro. A busca, por um lado, mostrou que o pequeno comerciante não estava ligado aos crimes antecedentes — embora tenha de pagar pelo comércio ilegal —, mas serviu para corroborar a tese do jovem Borges sobre seu pequeno e invisível labirinto. Na quarta semana, com o auxílio de um grande mapa e uma régua, os policiais revisitaram os pontos já assaltados: as lojas Yetzirah, correspondentes aos pontos A e B, o pequeno judeu comerciante de produtos ilegais, entre A e B, e correspondente ao ponto C. Assim dividiram a distância entre A e C e circularam um local, o qual denominaram D. Os acontecimentos sucessivos são previsíveis: na data marcada, no local marcado, o ladrão entrou na loja de maneira efusiva e profética. Com pompa, disse as mesmas palavras que os outros assaltados já haviam reproduzido: a história dos poços, a limpeza, os mapas, a régua... atentos e escondidos, os policiais esperaram todo o sermão para ter as provas cabais de que se tratava do mesmo louco que atormentava o bairro. Quando o sermão acabou, entraram em cena os oficiais, que, com êxito, prenderam o criminoso. O desfecho se mostrou feliz aos judeus do Once, principalmente os da família Spanier, que recuperaram os objetos furtados. Também se mostrou exitoso para o jovem Borges, que se expôs feliz em seu trabalho detetivesco, mostrando que, por vezes, o deslinde de um crime está mais na cabeça que nas ruas...

Atônito, sem chão. Humilhado. Leu duas vezes a história do jornal, buscando um sentido que não veio das linhas ali escritas. Depois de algum tempo — impreciso — olhando o jornal, sem pensar, sem enxergar, enquanto o mar de gente se mexia ao seu lado, ergueu os olhos. A multidão apressada também não deu nenhum sentido buscado. Um outro Borges, mais uma vez pensou. Um Borges, do outro lado do continente, desvendou de forma brilhante e precisa, sem mesmo ver, um problema a que dedicara as últimas semanas estudando mapas, fazendo trajetos e tentando antecipar-se à mente de um ladrão. Como em um exercício de filosofia barata, resolveu o crime citando gregos e *pogroms*. Humilhado. Por uma pessoa que tinha o mesmo nome que o seu. Pensou em Raquel Spanier e sentiu vergonha em dizer que fracassara, que um outro, sem enxergar, a milhares de milhas de distância, conseguira o que ele não conseguiu ver: a solução. Humilhado, o pensamento reticente em sua mente, ribombando como uma má e pulsante dor de cabeça. Humilhado, rasgou e amassou a coluna que dizia sobre um jovem Borges, como se isso pudesse tirá-lo de seu caminho para o resto de seus dias.

5.

"'A Morte e a Bússola' é um exemplo do que há de mais valioso, de mais enigmático em e sobre Borges. Esse conto de doze páginas acompanha a conclusão de uma briga de sangue entre o detetive Erik Lönnrot e o chefe gângster de quadrilha Red Scharlach, el Dandi, na Buenos Aires visionária que tão frequentemente é o contexto da fantasmagoria característica de Borges. Inimigos mortais, Lönnrot e Red Scharlach são duplos óbvios, se bem que antitéticos, como indica a cor vermelha que partilham nos nomes. O conto acaba com a execução de Lönnrot ao som da música 'a próxima vez que eu te matar, prometo-te esse labirinto consistindo em uma única linha, invisível e incessante', de Scharlach. Esse é o símbolo de Zeno, o Eleático, e para Borges, o símbolo do quase suicídio de Lönnrot."

O cânone ocidental, Harold Bloom

Uma turbulência me tirou destes antigos pensamentos. Brusco, o retorno, o agora, muitas décadas depois. Agora em um avião já em seu procedimento de aterrissagem. Mais uma vez olho para o lado. No colo de uma das mocinhas ainda repousa *O Aleph* com o nome do outro Borges. *O Aleph*, imóvel, estático, alheio completamente aos meus pensamentos, alheio às minhas tolas e desnecessárias histórias. Lembro do meu foco, lembro do meu objetivo; não posso me desviar nem por um átimo de segundo da minha hercúlea tarefa. Mas tudo o que contei até agora é imprescindível para compreender o que farei: os pressupostos de quem sou e de como conheci o Outro. Anedota agora sem importância, valor histórico, um risinho de canto de boca que me aparece da curiosa lembrança. Engraçado como o tempo age no homem. Esse fato isolado, essa anedota detetivesca juvenil, produziu uma humilhação lancinante no passado: não somente a percepção da falha, mas esta acrescida da descoberta de outra pessoa que só podia ser minha inimiga, não havia dúvida. Hoje lembro com graça o episódio. Realmente fui vencido, realmente o Outro foi arguto em seus pensamentos e mereceu as honras da vitória. Talvez a humilhação sentida se deva ao fato de a vitória ser concedida a um homônimo e não a mim. Talvez se acresça o fato de não poder exibir meus pensamentos para Raquel, a mulher que sempre tentei impressionar. Hoje sei que isso não era tão necessário. Pelo contrário, se não tentasse tanto impressioná-la, certamente não estaria neste avião agora, certamente o rumo da minha vida teria sido outro. Destino, lembro. Destino traduz minha vida. Tudo que foi e tudo que será, inscritos e imutáveis em uma caixa de Pandora, aberta aos poucos, revelações paulatinas, a esperança que aguarde. O destino, escreveu o Outro, é um hábil subterfúgio para, ao vislumbrar o passado, imaginar que todo erro e toda circunstância já foi previamente concebida, sem que nada pudéssemos fazer para evitar. Não há o que fazer, consolo dos errados, danação eterna. Não há o que mudar, melancólica previsão. Tudo o que foi é o que era para ter sido. Borges falou silenciosamente que o destino serve apenas como desculpa dos fracos. Dessa vez errou. Em seu "Deutsches Requiem", Borges errou. O destino existe e não é consolo: é fardo. Mas Borges provavelmente também sabe disso, também acredita no poder imutável do destino. Talvez, como em outros tantos contos, escreva por gracejo. Talvez saiba e escreva apenas para me contrariar. Talvez escreva apenas para contrariar o próprio destino. Não há um jardim das veredas que se bifurcam. Não há diversos tempos, de metafísica coexistência. Não há um tempo em que eu seja seu amigo. Só há o tempo presente. Só há o que já foi escrito. E conheço essas linhas escritas de cor, não somente as linhas tortas e malfeitas do Outro, mas sim a linha de nossas próprias vidas, sempre interceptadas. Li todos os contos que escreveu. Só pude me compreender inteiramente conhecendo-o. Suas preferências, seu ritmo constante e lento de quem só consegue enxergar o crepúsculo, suas fobias e seus temas — que são sempre, sempre os mesmos. O tal tigre. O tal labirinto. O tempo. As tolas convicções metafísicas. Os ensaios errôneos sobre míticos gnósticos e míticas civilizações. Lembro agora com graça e não com humilhação do episódio da juventude — a juventude vivida — do ladrão que evocou um labirinto para promover sua propalada limpeza étnica. Com a mesma graça que lembro do passado foi que descobri que Borges fez literatura sobre o episódio.

Em *Ficciones*, escreveu um dos seus contos mais famosos, que denominou "La Muerte y la Brújula". Neste escrito, vindicou o império da causalidade. As veredas incessantes do acaso determinaram que Erik Lönnrot e Red Scharlach se encontrassem. O dândi Red Scharlach se aproveitou de uma das oportunidades que o acaso lhe mostrou conveniente: o acaso foi o — único — responsável para que uma frase, escrita a esmo, fosse — na mente laboriosa e imaginativa de Lönnrot — determinante para o início de um *pogrom*. Um *pogrom* frugal de um *hasidim* desconhecido (que, como bem explicado pelo astuto autor, são aqueles que acreditam na necessidade de sacrifícios humanos). A partir daí, a trama ocorre de forma que Lönnrot aos poucos vai caindo na teia, iniciada ao acaso, e depois conduzida de forma magistral por Scharlach. Com a utilização de uma bússola — com a observância sempre implícita de um mapa mental —, previu uma concatenação entre os crimes ocorridos, de forma que estes se ligavam temporal e espacialmente (um no norte, outro no leste, outro no oeste). Todos os crimes realizados no dia 4, segundo a percepção do dia judaico, as figuras constantes do losango nos crimes, a percepção que o posterior crime só poderia ocorrer no sul — o sul mítico tipicamente borgiano. As previsões se concretizam e, no Sul, em Triste le Roy, os dois se encontraram. Ao fim, Lönnrot, ainda em seu orgulho inabalável de pensador, diz que o labirinto criado por Scharlach continha linhas excessivas, desnecessárias. Informa sobre o labirinto formado por uma linha, uma incessante e interminável linha. Scharlach promete que da próxima vez criará esse labirinto formado por uma única linha...

Com a cabeça recostada no avião, solto um suspiro. Ele sabia da minha busca. Sabia que também procurei pelo ladrão. Essa é a razão, essa é única razão para depois ter escrito "A Morte e a Bússola". A história do detetive e do assassino que se odeiam e se respeitam e constroem e se perdem em labirintos. Escreveu a saída oposta a do nosso problema: construiu um labirinto formado por diversos pontos, evocando ao fim que tal artifício era deselegante e excessivo. Mais uma direta querendo mostrar-me que a minha linha de raciocínio foi deselegante, que meus pensamentos foram excessivos, desnecessários.

Como seu Scharlach eu prometo, Borges. Na próxima vez, meu fio de raciocínio será outro...

6.

O AVIÃO POUSOU TRANQUILAMENTE em Genebra. As mocinhas ao meu lado, com o pouso, acordaram de um sono tranquilo. Disseram alguma coisa que não compreendi e, em seguida, riram. Uma delas pegou o *Aleph* do colo e o guardou em uma bolsa. No chão novamente, percebi que a tensão toda se esvaía rapidamente enquanto a aeromoça falava as últimas instruções e as condições climáticas de Genebra. Um suspiro aliviado. Muito da tensão era do próprio voo, não das minhas atuais condições. No voo, o avião nas alturas, espreitado por uma edição alemã muito bonita do *Aleph*, cheguei a cogitar se teria coragem de dar cabo ao meu intento. Por um momento, sob a companhia de duas mocinhas que muito bem podiam ser minhas netas, pensei que eu era um fraco, que estava, sim, fadado a carregar sozinho o peso que me foi concedido. Ao final, não conseguirei cometer o assassinato? Se não consigo sequer ficar tranquilo em uma aeronave, como conseguirei? O pensamento latente, cumulado com outros, receio que as meninas ao meu lado percebessem o medo em que eu estava enfronhado. Mas o medo não vinha da letra em hebraico dourada no colo da jovenzinha, mas sim dignas de um velho fraco que pouco andou de avião em sua vida. Certamente o Outro não tinha todo esse medo... ele que percorreu o mundo diversas vezes, para tentar explicar as grandes besteiras que escreve.

Agora, outra ideia me vinha tranquila e presente. Não morrerei no avião, não é este o meu destino. Não estava escrito que uma pane ocorreria, que um pássaro enorme entraria em uma das turbinas, que o piloto se equivocaria com um dos muitos botões à sua frente. Por um momento relembrei que o destino sempre colocou todos os óbices possíveis para que eu não completasse minha vingança. É natural, portanto, que eu sinta medo de um avião. Estou portando o objeto mais poderoso e sagrado da humanidade, um para-raios de tragédias e hecatombes. É natural que, nas alturas, eu tenha medo. Não um medo infantil da altura. Sim o medo do objeto, sim o medo do meu destino, repeti a jaculatória por alguns segundos. E não é desculpa. É fardo, completei.

Desci no aeroporto. Além da valise, que fiz questão de portá-la pessoalmente, havia levado também outra pequena mala em que coloquei algumas roupas e indicativos de leitura. Olhei as mocinhas, que também aguardavam a entrega de seus pertences. Indiferentemente, os olhos delas cruzaram com os meus olhos pela última vez, e, por um momento, pensei que viajavam em férias. Pegaram as malas, uma sorriu para a outra e se viraram, andando rapidamente para alcançar as ruas de Genebra. Será que se lembrarão de mim? Daqui a alguns dias, quando ligarem a TV e chorarem a tragédia ocorrida, será que se lembrarão de que sou o assassino? Será que uma dirá para a outra: "Olhe, é aquele velhinho que se sentou ao nosso lado e que suou frio a viagem inteira com medo que o avião caísse. Bem que eu achei que tinha cara de louco mesmo." Não se lembrarão, imagino. Mal olharam para um homem que tem idade para ser seu avô. Certamente não guardarão minha face. E se eu tivesse dito sobre o meu plano? E se eu falasse que, de certa forma, sou eu também o autor do *Aleph*?, que é meu também o nome inscrito em dourado naquele belo livro? Além de sul-americano, obviamente.

Não havia melhores testemunhas para confessar minha vida, pensamento tardio, elas, apenas uma lembrança, apenas figurantes de um sonho ruim, um pesadelo em que havia um livro negro com meu nome, um objeto precioso que ainda carrego e um avião balançando nas alturas. Seria cômico, e assim brotou meu primeiro e certamente um dos únicos sorrisos em solo suíço. Diria do meu plano. Elas ririam, concordariam e, depois, sozinhas, diriam que sou louco, quem sabe um velho tarado, dizendo essas coisas para tentar levá-las para a cama. E dias depois veriam meu rosto na TV e a cena forte do crime: o morto, sem defesa, sem a mínima possibilidade de se defender, estatelado no chão, o sangue em volta, misturado à minha roupa, ao meu sapato. E então entenderiam que falo a verdade, que contenho a Verdade comigo. Por que não? Pensamento tardio, tentativa malograda de redobrar os meus curtos e pesados passos, de tentar ganhar as ruas de Genebra, alcançar as mocinhas e dizer tudo o que ronda a minha cabeça nas últimas décadas. A tentativa só me resultou em cansaço e em um coração que, mais uma vez, queria sair pela boca. Sentei-me em uma lanchonete do aeroporto, pedi uma água e respirei fundo.

Ideia imbecil a minha. No momento final do plano que, após décadas, pode concretizar-se, contar tudo para duas desconhecidas só porque leram *O Aleph* e *Crime e castigo*?

Poderiam muito bem contar para a polícia, que certamente me prenderia. E o plano nunca mais poderia ser levado ao seu término. Ideia estúpida, que vem de pensamentos antigos, pensamentos dos quais nunca me dissipei por completo. Ideias constantes de contar o ocorrido e me abrir, invariavelmente com alguém que leia bastante, não sei por quê. Imagino que essas pessoas sejam as que melhor possam me compreender. Imagino que só essas consigam compreender — como eu compreendi — que a história do universo está escrita em metáforas, em livros como *O Aleph* e *Crime e castigo*. Pago a água e, agora sem pressa, saio do aeroporto genebrino. Chamo um táxi e, em alemão mesmo, digo que quero encontrar a casa de... O taxista diz que não conhece, que nunca ouvira falar e sai rapidamente, para buscar outros passageiros. O próximo táxi conhece. "Ele mora na Cidade Velha, Grand'Rue, no edifício Lasser, número 28. Por sorte, estamos perto, coisa de quatro ou cinco quilômetros." "Muito bem", respondi, entrando em seu veículo. Os muitos anos, o medo ainda vivo, a caminhada recente, tudo lembrava a minha exaustão. Deixei-me desabar no veículo e fechei os olhos, para evitar que o motorista tentasse puxar assunto.

Então, de olhos fechados, em um país desconhecido, vi as ruas que conhecia somente de nome: Triste le Roy, Rue de Toulon, tantas ruas imaginárias, tantos espaços criados nas páginas do meu inimigo, vivos agora. Mais um pouco e o motorista parou o carro. Se ficasse mais cinco minutos no veículo, dormiria profundamente. O taxista apontou um prédio austero e grave. "Salvo engano, mora no segundo andar. Sei porque é um dos nossos mais ilustres moradores. Todos temos orgulho por ele ter escolhido Genebra como morada." Fingi não escutar os comentários do taxista. A janela do segundo andar estava aberta e recebia o sol matinal genebrino. Rapidamente o cansaço e o torpor que eu sentia foram embora, rapidamente fui tomado por uma grande excitação.

Janelas abertas, há gente em casa, pensei. Corrigi-me: óbvio que está em casa. Estranho se não estivesse, como sou tolo. Alguns minutos permaneci olhando o prédio enquanto o taxista me olhava com curiosidade, o taxímetro ainda ligado. Do interior das janelas cortinas alvas balançavam, e mais de uma vez imaginei ver algum vulto passando como se descobrisse meus pensamentos. As janelas abertas e as cortinas esvoaçantes pareciam querer convidar-me a entrar. Não, não é ainda a hora. Por maior que seja minha vontade de entrar — entrar sem me identificar e matá-lo de uma só vez —, é melhor a prudência. Estou terrivelmente cansado. A espera demorou décadas, ele bem pode me esperar mais um dia, um dia que aproveitarei para repor minhas energias. Perguntei para o taxista sobre o hotel mais próximo. Seu olhar curioso parecia querer tentar compreender o que um velho estava ali espionando. Disse que o hotel mais próximo ficava a duas quadras dali. Dessa vez fiquei atento para saber o trajeto entre o hotel e a maldita residência...

7.

O HOTEL ERA MODESTO, um pouco menos sujo do que eu esperava. Minha estadia aqui será curta. Não necessito de muitas coisas. Quase não como, não vejo TV, não tenho outros passatempos para me distrair. Preciso apenas de uma cama para me deitar e reorganizar os pensamentos. No pequeno quarto do hotel logo tratei de achar um local discreto para colocar a valise. Como de costume, minha primeira tentativa foi colocá-la embaixo da cama. No entanto, no hotel, ao contrário de minha casa em Berlim, não há um compartimento escondido nesse local. Assim, abri um armário e percebi que seu fundo era negro, ocultado pelas sombras. O armário fica ao lado da cama, e considerei impossível alguém abrir a peça sem me acordar. Deixei o objeto depositado no fundo escuro do móvel, tirei a roupa, tomei um banho com água fria e deixei meu corpo sentir a água gelada por alguns minutos. Não posso pegar uma gripe agora, raciocinei. Enrolei-me com cobertores e me deitei, ainda com os dentes tremendo. Aos poucos adormeci, um sono que, ao contrário do que imaginava, foi tranquilo e constante. Um sono antigo que me lembrou Buenos Aires e minha adolescência. Os céus indicam que estou no caminho certo, pensei não sem orgulho. O fim quer se unir com o princípio.

Acordei por volta das quatro da tarde. Já não tinha nenhum resquício da terrível viagem de avião, já quase não me recordava do rosto das duas mocinhas que se sentaram ao meu lado. Refeito, quase, se não fossem os 80 anos pesando sobre os ombros. Refeito, se não fossem os milhares de anos em minha maleta, Atlas imemorial carregando o peso do mundo. Pego sempre nessas ideias, recomponho-me tentando colocar-me em meu devido lugar: é estúpido achar que é importante. É apenas um instrumento. Um amaldiçoado instrumento que, agora, procura sua redenção. Tens a mesma nula importância que o Outro...

Repetindo essa jaculatória, desmanchei a mala maior. Dela, tirei uma calça, uma camisa branca que há muito não usava — uma camisa antiga, uma camisa vista por Raquel Spanier, consolo que me resta. "O universo muda. Eu não mudarei", falei em voz alta, imitando a voz do Outro em um dos seus livros mais conhecidos. Tirei também minhas anotações, os variados papéis não datados das últimas décadas. Os papéis com minhas memórias, com instruções, com profecias, com meus comandos e, entre eles, livros e letras de romances que nunca escrevi por completo. Retirei os livros cuidadosamente e os coloquei ao meu lado.

Nu, diante de um espelho, vi novamente a tatuagem que adornava todo o meu peito. A serpente, cuja cauda terminava próxima ao meu púbis e que se eregia em minha barriga, enrolava-se em meu umbigo e cuja cabeça raivosa e sapiente estava entre meus mamilos. A enorme serpente não me deixa esquecer quem sou e o que devo fazer. Cobri-a com a camisa branca e me descobri estranhamente em contemplação à minha imagem. Considerei o gesto digno de repreensão: não porque tenho fobia de espelhos, não porque o considero um instrumento que multiplica o homem abominável, mas sim porque um asceta não pode se contemplar, não pode querer se imaginar belo no momento em que a polícia o prenderá nem no momento que seu rosto será visto e odiado no mundo inteiro. Antes de sair, tomei os cuidados de fazer minha prece, a mesma prece ordinária das últimas décadas. Em alemão e espanhol — língua que só conversando com Deus posso praticar, língua que sempre conversei com Raquel — fiz os mesmos pedidos de sempre. Saúde e sanidade para suportar o peso, esperança para que seja aliviada a dor, determinação para dar cabo ao plano. Realizei a oração calmamente da mesma maneira que muitas vezes a realizei na Alemanha e senti que isso só podia ser um bom sinal. A insegurança e a ansiedade não me atacam, minha mente está livre, quase impessoal. Farei o que deve ser feito sem remorso. Uma vida humana não vale a maldição que carrego, repeti, enchendo-me de coragem. Retirei a valise do armário e, por um segundo, tive a ideia de abri-la, a sensação de verificar se o seu conteúdo continuava intacto. Mas logo o medo e a apreensão subiram e coraram minha face. Por muito tempo não abro a maleta, por muito tempo imaginei que não conseguiria abri-la; durante todas essas décadas imaginei abominável ter o objeto novamente em minhas mãos. Mas agora era necessário. O plano deveria ser metódico, rápido, incisivo. Na casa do Outro, abriria a pequena maleta, pegaria o objeto e o mataria. Por isso era necessário previamente ver o objeto para evitar qualquer surpresa. O tempo passava, eu diante da maleta fechada, o suor brotando do meu rosto, como na viagem, como no passado.

Reunirei minhas forças de uma só vez, pensei. Esse ato se dará na cena do assassinato; dar-se-á somente uma vez, dar-se-á na casa do Outro. Assim, peguei a valise fechada e me levantei para sair. Pela última vez, olhei-me no espelho. A imagem nele contida não era tão horrenda assim. No fim, alcançará a redenção. No fim, novamente a pureza, novamente o começo...

Fiz o curto caminho que me ligava ao inimigo. Fui até a frente do prédio — e o apartamento no segundo andar continuava com as janelas abertas e as cortinas esvoaçantes. Não convicto, retornei até a porta do hotel, para novamente volver à casa do Outro. Durante os repetidos trajetos, repeti a apresentação, a estudada e pomposa apresentação que havia muito tempo eu dizia para mim mesmo em frente do espelho, rogando a Deus que a imagem refletida fosse a do Outro. Enfim, chegou a hora. Em frente do prédio, tentando não pensar em nada — porque sabia que meus pensamentos trariam consigo a costumeira covardia —, toquei o interfone. Uma mulher atendeu. Devia estar acostumada com visitantes — fãs, jornalistas, curiosos —, mas deixou entrever uma ponta de curiosidade com a voz do senil e ridículo visitante apoiado no hall de sua residência. Falei em espanhol que queria conversar com seu marido. A ponta de curiosidade virou desconfiança e perplexidade. "Quem deseja?", disse ela, agora também em nossa língua natal. "Jornalista de qual jornal? É espanhol?" Respondi calmamente que não era jornalista. Que, em verdade, era um cidadão argentino radicado na Europa. E que acompanhava a trajetória de seu marido havia muito tempo. A mulher disse para eu esperar e que lhe perguntaria se estava disposto a receber visitas. Sozinho, enquanto ela saiu, imaginei que soubessem de todos os meus planos e que ligariam para a polícia para me prender em flagrante. Bobagem. Ademais, se ele sabe de tudo, sabe também que deve ser morto em nome de seu enorme erro. E, verdade seja dita, não menti para Maria Kodama; de fato, acompanho-o desde minha juventude.

Após um momento — um momento que me foi muito longo — ela abriu a porta. Atravessei o hall de entrada e, no elevador, apertei o segundo andar, pensando que meu inimigo já estivera naquele pequeno recinto. Quando a porta se abriu, vi a jovem esposa. Com um sorriso na boca, falou que eu estava com sorte. Disse que seu marido, ao saber da visita de um senhor aparentando ter a mesma idade que ele e também de Buenos Aires, ficou ansioso para conhecê-lo.

"Ótimo", respondi. "Temos mesmo muito que conversar." Ela achou graça da minha débil demonstração de disposição. Meu porte é o maior atestado da minha fragilidade, pensei. Nunca imaginarão que serei capaz de cometer um atentado. A moça abriu a porta e me guiou para dentro da sua casa. Na entrada, não pude deixar de reparar em algumas fotos dos dois e de amigos. Por um corredor, caminhamos até uma porta semiaberta. Kodama me olhou e disse em tom compreensivo: "Desculpe, senhor. Meu marido gosta de refletir em ambientes fechados. Por isso a escuridão, por isso o quarto tão abafado. Essa é a única condição que impomos a quem deseja sua atenção: que se sujeite a entrar no seu enclausurado quarto. Com o tempo, acostuma-se com as trevas. Além do mais, a companhia vale a pena", completou, com um sorriso largo. "Sem problemas", respondi, embora já pensasse no enorme problema que seria matar meu oponente em um breu total. Entrei no quarto. A moça me indicou uma cadeira e, acostumada com sua rotina, auxiliou-me a sentar muito vagarosamente. Em seguida, disse que certamente nós dois queríamos privacidade e saiu do quarto fechando a porta atrás.

Em décadas de espera, nunca imaginei que pudesse encontrar meu oponente nessas circunstâncias. Como dito, como já previsto, o quarto todo eram trevas, de forma que eu não conseguia enxergar absolutamente nada. De forma que, se eu tentasse fugir, se minha morte fosse executada corretamente, teria de tomar cuidados para alcançar a porta e não esbarrar em nada. Mais que a escuridão, o quarto estava extremamente sufocante: nenhuma corrente de ar, nenhum duto de ventilação tinha entrada e tudo aquilo me fez nascer uma claustrofobia de que ainda não tinha conhecimento.

E, na minha frente, uma respiração rouquenha e pesada indicava que outra pessoa estava ali. Era ele. Sua respiração forte e quente me fez perceber que estava muito próximo. Por um momento, em um estranho e inexato segundo, imaginei que o pedágio para ter acesso àquela sala era despir-me da visão. Mais que minha visão, sentia-me despido também de voz, sensação ruim de não conseguir concatenar uma fala articulada no escuro e abafado ambiente, a frase que eu ensaiei por décadas agora presa em algum ponto da garganta, algum invisível ponto já que eu nada conseguia ver. Respirei fundo, respirei quase tão grave quanto o homem que estava alguns centímetros à frente. Fechei os olhos — imaginei que ele estava de olhos fechados. Assim estaríamos em iguais condições, se eu conseguisse despistar a sensação de claustrofobia que me inundava por completo.

Pigarreei e quase disse minha ordinária e repetitiva oração, apenas para me concentrar, apenas para perceber que eu era capaz de falar dentro do escuro quarto. Inaudível, postulei a frase que eu mais repeti, a súplica para encontrar o outro, indiferente ao fato de que ele estava diante de mim. A oração me deu forças e, com esforço, consegui falar. E, com grave entonação, disse as seguintes palavras, que muito repetira já na frente do espelho:

"Jorge Luis Borges? Prazer. Eu sou... Jorge Luis Borges."

8.

O Prêmio Nobel de literatura de 1920 foi para Knut Hamsum, um norueguês que, mais tarde, foi simpático ao nazismo, escrevendo mesmo alguns artigos pró-fascistas. Em 1944, já na condição de célebre escritor, deu sua medalha de Nobel ao Führer Hitler como sinal de sua amizade. Em 1920, eu sonhava com o Nobel, com a certeza irrefutável de que o possuiria no futuro. Tinha já uma gaveta empanturrada de poemas e histórias inacabadas. Lendas, crônicas, imitações baratas de Lugones, épicos de rimas raras, de palavras limadas e quase sem conteúdo algum. Em 1921, soube que alguns escritores haviam fundado uma revista literária em Buenos Aires, a *Proa*, que propagava um movimento que não me recordo bem o nome e seus motivos. Mandei um poema parnasiano que julgava ser o meu melhor, até então. Meu curto poema não foi publicado na revista, mas sim em um suplemento literário de um jornal que também os anos não permitem que relembre com exatidão. Na edição seguinte, no mesmo suplemento literário, foi publicada uma pequena carta, tecendo elogios ao meu poema e foi com muita tristeza que eu a descobri. Um leitor dizia das belezas inumeráveis, dos bons recursos do jovem escritor, de sua técnica apurada, de suas palavras sempre muito bem-colocadas. Em determinado trecho da carta, dizia que a literatura argentina tinha muito a ganhar com essa promessa que retorna da Europa e que, a partir de agora, tem todas as possibilidades e recursos possíveis para se tornar o grande bardo argentino. "O Outro. Novamente em meu caminho, novamente me atrapalhando." O episódio com os judeus havia sido relegado e sepultado já. Cansada de ataques, a família Spanier se refugiou em outro bairro em Buenos Aires. Por isso, Raquel mudou de colégio. Sua ausência, no começo dolorosa, foi logo substituída por outras paixões pequenas, que tentava conquistar com outros poemas parnasianos e simbolistas. De forma que o outro Borges ficara em minha mente apenas como lembrança de um sonho ruim, misturado com judeus, com loucos, com labirintos estranhos, com paradoxos.

Novamente em Buenos Aires, dizia o leitor, elogiando o meu poema, elogiando o Outro. Tudo para ser o grande bardo argentino, um posto seu, um posto merecido. Merecimento com virtudes alheias, pensei indignado. Novamente, cruzou meu caminho para me atrapalhar e, mais uma vez, vinha em minha mente o episódio dos judeus: a nota no jornal, a incrível descoberta do detetive metafísico. Agora, ao contrário, era dele a fama por um poema escrito com minhas mãos. Se resignado na primeira vez, se conformado com o fato de que ele fora brilhante e de que conseguira superar minha linha de raciocínios, nesta uma injustiça flagrante havia sido cometida. Não posso deixar que uma honra que só é minha seja concedida a terceiros, quanto mais a um que tem o mesmo nome que o meu, um que já atrapalhou que Raquel gostasse de mim. Assim foi que escrevi uma carta para o jornal. Nela, disse já ter escutado falar do jovem que havia voltado recentemente da Europa. Mas que o poema, tão agraciado pelos leitores, não podia ser-lhe creditado, e isso era uma imensa injustiça. Concluí, orgulhoso, informando que o poema era de meu punho e que, para provar, poderia escrever, "na frente e aos olhos de todos", poemas similares. Minha vingança: a descoberta de Borges da minha existência, a descoberta de que o nome que pertence a ele, inscrito na folha de um jornal coberto de glórias, são, em verdade, glórias dedicadas a mim.

Mas minha carta não ficou pronta em tempo. A próxima edição já havia saído com uma curta e discreta réplica ao leitor, assinada por Jorge Luis Borges. Disse, modesto, que não fora ele o autor do poema; que o poema não tinha os seus traços nem o seu estilo. Disse ainda que, certamente, se tratava de um silencioso e discreto autor tentando se apoderar de seu nome e que, por isso, repudiava tal atitude. Nas entrelinhas, deixou perceber que mandar um poema para o jornal contendo o seu nome fora uma atitude covarde. Concluiu que nunca teria escrito aquelas palavras; que não se tratava de um poema bom, que a canção abundava de significantes e carecia de significados. Rasguei o jornal após ler a réplica. Em seguida, rasguei minha própria carta. Borges definitivamente era um obstáculo que eu deveria superar.

Em "Os Teólogos", conto de seu famoso *O Aleph*, Borges inicia uma construção dizendo que há quem procure o amor de uma mulher somente para esquecer-se dela, para não pensar mais nela. Da mesma forma, Aureliano queria superar João de Panomia, pois somente este era o remédio para seu esquecimento. Como em muitas vezes, conseguiu escrever meus sentimentos, que também são os seus sentimentos. Quando na Alemanha, fui o instrumento de suas teorias, tenho certeza de que Borges sabia. Sabia da existência do Plano, sabia de tudo o que ocorria. Sabia mesmo da minha existência. Se não, como explicar que tenha escrito um conto justamente chamado "O Outro"? Como explicar o conto que um Jorge Luis Borges alcança o outro Jorge Luis Borges? Nesse seu escrito, como em tantos outros, camufla a realidade sob véus e camadas de fantasias metafísicas. Em seu conto denominado "O Outro", separou os dois Borges por um espaço temporal, cada qual vivendo em seu tempo, um jovem, outro já senil. A realidade é muito menos complexa do que quer propagar. Nós, Borges, estávamos separados apenas pelo espaço — apenas um oceano nos distanciava, distância muito menor que o seu inumerável e divisível tempo. *"Éramos demasiado diferentes e demasiado parecidos. Não podíamos nos enganar, o que torna o diálogo difícil. Cada um de nós dois era o arremedo caricaturesco do outro. A situação era anormal demais para durar muito mais tempo."* Escreveu um Borges, olhando seu espelho. Tinha conhecimento de todas as circunstâncias, disso tenho quase plena certeza. Aos duvidosos, recorro pela insistência que ele teve nesse tema de tratar um outro Borges, que só pode ser eu. Meu safado inimigo também escreveu um conto denominado "Borges e Eu". Neste, logo no princípio, assim declara: *"O outro, o que chamam Borges, é aquele a quem as coisas acontecem",* para em seguida afirmar: *"sei de Borges pela correspondência, vejo seu nome numa lista de professores ou num dicionário biográfico".* E conclui seu escrito da seguinte forma: *"Anos atrás tentei me libertar dele e fui das mitologias aos subúrbios, aos jogos, como se dispusesse de tempo infinito, mas estes jogos agora pertencem a Borges e eu tudo perco. E tudo pertence ao esquecimento, ou a ele. Não sei qual de nós escreveu esta página."*

Como explicar que não tinha conhecimento de mim?

Sabia certamente, e em "Tlön, Uqbar, Orbis Tertius" disse que *"nos hábitos literários é também todo-poderosa a ideia de um sujeito único. É raro que os livros estejam assinados. Não existe conceito de plágio: estabeleceu-se que todas as obras são obras de um só autor, que é intemporal e é anônimo".* Sabia disso, sabendo que plagiávamos um ao outro ininterruptamente, de maneira não proposital, nas veredas das palavras, nos gestos e atitudes, nas nossas vidas sempre cruzadas. Plagiávamos um ao outro simplesmente pelo fato de que nunca eu deixaria de ser Jorge Luis Borges e ele, o mesmo. O Outro.

9.

"BORGES COMO EU?" "SIM. Exatamente como você", falei, seco e firme. Ele soltou uma risada longa e ruidosa. Uma risada que desconcertou todos os segundos de todas as décadas de preparação daquele encontro. "Que coisa curiosa, meu caro... Borges", e deu outra pequena risada. "Que coisa curiosa o fato de, nesta altura da vida, encontrar com outro Borges aqui em minha casa. É verdade que é argentino também?" "Argentino de Buenos Aires", respondi. "No entanto, há décadas não piso os pés em meu país." "Isso é ruim", respondeu-me. "Certamente algum fato explica esse seu êxodo. Certamente algum fato não tão agradável."

Maldito. Sabe da minha vida. Sabe dos acontecimentos todos. Joga com as palavras, a mesma forma comedida de seus contos. "Sim. Um fato muito desagradável. Sinto que nunca mais poderei pisar em Buenos Aires; sinto que não sou mais compatível com aquela cidade que eu tanto amei e que você tanto exaltou. Buenos Aires para mim agora é uma cidade mítica, que existe somente em minha mente, com ruas cujos nomes são estranhos, como as que você criou em seus contos."

"Se o consola, essa Buenos Aires mítica também é a única existente para mim nestes tempos. Em minha escura visão, sonho com uma Buenos Aires de louros nórdicos, de anglo-saxões primitivos, de lutas e sangue. A única memória que não aparece corrompida em minha mente é a da Recoleta."

"No meu caso, nem a Recoleta é palpável", respondi. "Meu destino é a Europa. O destino de Jorge Luis Borges é viver seus últimos dias em solo europeu."

Senti ou imaginei sentir que meu interlocutor se assustou com essas palavras. Imaginei que, em um só momento, ele identificara todo o meu plano. Mas não foi isso o que ocorreu. Borges havia sim se assustado com minha frase. Mas não com a previsão da morte, tão próxima e tão distante da longínqua casa. Seu assombro possuía outra razão.

"Acredita em Destino?"

"Acredito. Acredito que todas as coisas da minha vida já estejam escritas desde antes do meu nascimento. E que também estava escrito que, neste dia, um Borges encontraria o Outro." Quis acrescentar que acredito no Destino como o seu protagonista de "Deutsches Requiem". Mas uma vergonha súbita impediu que eu completasse. Apenas pude inquirir: "Você não acredita?"

Sabia já que ele não acreditava. Em seu "Jardim das Veredas que se Bifurcam", escreveu sobre diversos tempos, caóticos e simultâneos, ditados por uma ininterrupta ordem de acasos. Em "Sentir-se em Morte", como sempre por metáforas, narra uma caminhada — que, outrossim, é a sua própria jornada — ditada incessantemente pelo acaso. Mais que isso, de forma literal, em um conto chamado "Fragmentos de um Evangelho Apócrifo", escreveu as seguintes palavras: "*Bem-aventurados os que não têm fome de justiça, porque sabem que nossa sorte, adversa ou piedosa, é obra do acaso, que é inescrutável.*" Escreveu tais linhas apenas para que fosse aplacada minha sede de vingança? É o que quero descobrir...

"Não sei se acredito", respondeu após um pouco pensar. "De toda forma, minha crença não tem qualquer importância", concluiu, ameno, talvez com medo de contrariar minhas palavras. Mas, se acredita no acaso, como explicar os outros tantos contos em que denunciou a presença do destino, como "JFK in Memoriam", em que disse que o destino de Kennedy, de Cristo, de César e de tantos outros eram os mesmos — apunhalados pelas costas? Como?

Não ousei, no entanto, perguntar. Não era a hora certa, eu sabia. Ele continuou, animado. Perguntou-me sobre minha família, sobre minha ascendência. Eu disse da minha avó portuguesa. "Portugueses. Pode ser que, ao final de tudo, um único Borges, um patriarca Borges tenha gerado nossas famílias, então?" E concluiu com uma grande risada. "Pode ser mesmo", respondi. Parecia-lhe ser muito aprazível o fato de estar ao lado de um compatriota, de um homônimo e de um contemporâneo. Quis saber detalhes da minha vida, e, por um momento, julguei que confessar-lhe que fui um poeta frustrado sem nenhum livro publicado seria uma desonra. No entanto, esse fato agora era pueril demais para ser levado em conta.

"Desde meus 15 anos quis ser um poeta." E ele riu novamente. "Não pode ser. São coincidências demais. Diga-me que não está dizendo isso somente para me deixar feliz." "De forma alguma", respondi. "Aliás, queria mesmo que fosse mentira. Fui um poeta frustrado, ao contrário de você.

Nunca tive um livro lido, admirado. Minhas obras são todas horríveis."

"E quem disse que eu não sou um poeta frustrado?", respondeu-me pela primeira vez com um sinal de amargura em sua voz. "Você reclama de não ter sido lido, apreciado, discutido. Eu, ao contrário, só queria a solidão e o esquecimento. E, como você, acredito que todas as minhas linhas são desnecessárias, inúteis. Não escrevi nada que já não existisse no universo e na literatura." A voz agora soava embargada, a sensação de tristeza em cada sílaba dita. Por um momento, não senti ódio do inimigo à minha frente e tal fato foi muito estranho. Talvez a ausência do ódio se dava à proximidade, talvez pela fragilidade do senil e cego homem agora a poucos passos, diante de toda a escuridão. Procurei palavras para consolá-lo, palavras verdadeiras, eu juro! E disse que era um escritor lido, admirado e reverenciado em todos os lugares do mundo. Não senti formas de elogiá-lo sem que isso se confundisse com inveja e, por isso, em seguida me calei.

"Mas digamos de você, meu caro poeta", retomou meu inimigo o diálogo, prevendo em sua escuridão que aquele silêncio todo gerava constrangimento. "Então é um Borges, do século passado, de Buenos Aires, escritor, refugiado na Europa? Acho tudo isso muito triste", disse, seguido de outro grande riso, que só cessou para retornar sua pesada respiração. "Muito triste", concordei. "Já reclamei muito, mas não ouso mais. Aprendi a lidar com a minha vida. Aprendi a lidar com os instrumentos que me são colocados. Inclusive você!"

"Inclusive eu?", foi sua resposta surpresa.

"Sim." E dessa vez foi minha a necessidade de rir. "Não foi fácil ser um Borges literato e argentino à sua sombra."

"Imagino...", rebateu. E imaginei um leve sorriso, de timidez e consentimento.

"Sabe que sempre tive fobia de espelhos, não sabe?" Falou, mudando de assunto.

"Sim. Li todos os seus livros."

"Pois saiba que, nesses meus 80 e tantos anos, é a primeira vez que estou diante de um espelho e não sinto medo. A primeira vez que em minha frente há refletido um Borges sem que o terror e a perplexidade me inundem por inteiro."

A frase me desconcertou. O tema do espelho — comumente ligado aos labirintos — o maldito tema que sempre interpretei como um dos sinais ocultos que ele me enviava. O sinal de que sabia do terror de existir um outro Borges à sua frente. Inferno. Não posso ver seu rosto nesse momento. Não sei se está mentindo. Não consigo afirmar que diz essas palavras com sinceridade. Em meus sonhos, sempre imaginei que esse encontro seria a concretização do terror de Borges. Ele, diante de seu espelho, diante do Outro. Em minha mão direita, a valise permanecia fechada, e eu completamente sem coragem para retirar o objeto que ali se encontrava.

"Curioso, porém um pouco melancólico", continuou. "Este fato só pode significar um encontro, um elo. Um elo pressupõe um fim, já que, no fim, as coisas só podem voltar ao seu começo. Essa pequena reunião de dois homônimos conterrâneos só pode ter esse simbolismo. A proximidade do fim. No entanto, não é necessário tanto esforço interpretativo. Basta olhar nossas identidades, basta uma análise dos nossos enfraquecidos corpos e a conclusão será a mesma, conclusão muito mais rápida e eficaz. Estou doente, Borges."

A voz era embargada, disso eu tinha certeza. Imaginei o sujeito à minha frente limpando lágrimas que vertiam de seus olhos estéreis. Imaginei o homem à minha frente na maior solidão e desamparo do mundo. E não havia nada em sua voz que denunciasse que ele sabia do Plano e do erro que havia cometido. Nesse momento, junto à estranha confusão de pensamentos, novamente senti a sala sufocante. Novamente, a falta de ar, cumulada com a falta de visão. Novamente, o terror inicial, o terror de tantos anos, o peso insuportável da valise em minhas mãos. Se existissem tempos coexistentes e caóticos, esses mostrariam todas as salas escuras, com todos os Borges cegos, em diversas e extenuantes lamúrias. Não posso respirar, pensei. Se não sair deste lugar, certamente desfalecerei.

"Borges. Foi um enorme prazer conhecê-lo. Preciso sair. Prometo que retornarei em breve. Temos muitas coisas ainda para conversar." Não esperei por sua resposta. Deixei o quarto aos solavancos, batendo na mobília e na porta. Ofegante, fechei a porta atrás de mim e disse em voz baixa, para me acreditar: "Graças a Deus, ainda vejo. Graças a Deus, principalmente, ainda respiro."

E saí.

10.

O RETORNO AO HOTEL foi extenuante. Em minha cabeça, imagens formadas por muitos Borges rindo da minha ingenuidade e da minha fraqueza se formavam. Era um velho como eu. Disso já sabia. Sabia também de sua doença por boatos e jornais. Não conhecia, no entanto, a sua voz pesada e triste, não sabia dos seus trejeitos, do jeito profundo e vagaroso como respirava. Não sabia — não podia imaginar — a forma que fazia com que todo o ambiente ao seu lado pesasse toneladas, um espaço infinito formado de hexágonos de livros, como na sua inventada "Biblioteca de Babel". Acima de tudo, não sabia o terror de ser cego e ter na minha frente o inimigo, o Outro, situação desigual, eu enjaulado sem mais nem menos em seu hábitat, no seu hermético labirinto. Cheguei ao hotel e me joguei na cama. Com frio, cobri-me. Percebi então que tremia. Tempo louco, justifiquei-me. Não era o tempo. Era o encontro. Posso enganar os outros, mas nunca a mim mesmo. Senti medo do Outro e isso é uma novidade, quase uma aberração. Você, o grande Borges, o que sempre o tratou com escárnio, porque, enquanto ele vivia na literatura, você viveu a vida; enquanto ele fingiu que não existia nenhum problema, que não foi ele o grande causador, você, ao contrário, encarou todos os problemas de frente. De frente mesmo. Inclusive o dia em que cogitou matar... em Munique. Um homem, um Borges, ditado pelo destino como um profeta dos novos tempos. Por isso portava o precioso objeto. Por isso era necessário matá-lo. Agora, faltava a coragem. Sempre a surrada justificava era a oportunidade. No entanto agora tem a oportunidade e o instrumento. Agora tem o inimigo à sua frente, pronto para ser morto. Morto pelas suas próprias mãos. E, no entanto, não foi capaz. Complexo de Raskolnikov, será que no momento da morte serei inundado por um sentimento de piedade, por pesadelos de culpa e remorso? Não posso, sei que não posso. Muitas vidas foram ceifadas por causa de Borges. Ele deve morrer por isso, ele tem de saber que morrerá para pagar por seus grandes e inúmeros erros. Quando ri, quando diz que se sente feliz por estar na presença de outro Borges, fala a verdade? Maldita escuridão. Escuridão que não me deixou ver suas feições verdadeiras, escuridão que me fez confundir e sentir piedade daquele de quem sempre senti ódio. Devo matá-lo. E eu não serei um Raskolnikov. Meu destino foi dito e eu sei o que se passará comigo. Não serei Raskolnikov, serei o protagonista do meu próprio livro.

O livro que nunca foi escrito. A vingança no primeiro capítulo. Uma vingança estranha para os leitores. Os dois se olhando — ou sem poderem se olhar —, no quarto miserável do hotel. Um dos personagens — o vingador — abre a porta e surpreende o oponente, que se barbeava. Em um pote, meu personagem misturava a água com o creme e fazia uma espuma grossa. Na outra, eregia a lâmina pequena e afiada. Seus cortes eram precisos e incisivos. No terceiro corte, o personagem olha para o instrumento e percebe, refletido na lâmina, algo atrás. Mecanicamente, olha para o espelho à sua frente e este mostra — não sem o horror descrito pelo Outro sobre espelhos — a imagem da barba inconclusa e de um homem atrás: o vingador. Este fecha a porta calmamente, tira o chapéu em sinal de respeito e diz, calmo e solene: "Acabe sua barba. Não matarei um homem barbeado pela metade." Resignado, o homem acaba de se barbear. Como já dito, a cama está revolta, os restolhos visíveis de uma noite ruim. Não se sabe se o homem que acaba de se barbear tem insônia; pode-se cogitar que em seus olhos há uma enorme olheira, mas isso não é importante. O importante é que está resignado e sereno. Acaba seu ritual e inutilmente confere se o rosto ficou liso no espelho. Descobre alguns pelos restantes perto do pescoço e, com um golpe rápido e ríspido os retira, talvez se imaginando desferindo o golpe contra o oponente. Então se vira e dá um suspiro. Depois de tantos anos, os dois se olham nos olhos novamente. Não há diálogos, uma vez que este recurso é completamente desnecessário. Não há inúteis exortações ou petições de labirinto quando o vingador der caça ao vingado em outros avatares. Só há o tempo presente. O passado não é uma falácia — é real e férreo demais e a única razão daquela cena ocorrer agora. No entanto, não deve ser rememorado. O estampido acontece, e o morto cai. E o vingador então inicia sua saga. A saga do meu protagonista, que, como já dito, demonstrará apenas a alguns leitores os fatos pretéritos, os fatos ocorridos e que ocasionaram a vingança.

A minha saga, a minha pessoal e verdadeira saga, no entanto, será menor, desprovida de qualquer literatura: a prisão, a morte que ocorrerá bem próxima à minha prisão e, enfim, a vilania. Vilão serei pelos tempos e para muitas pessoas. Mas poucos saberão o que fui e o que representei... E tenho certeza de que este meu romance, com essa estranha vingança inicial, isso nem o Outro pensou. Em seus muitos escritos, tenho certeza de que nunca cogitou escrever algo parecido. Mesmo ele, que escreveu de tudo. Mesmo ele, que conseguiu desvendar quase tudo...

A valise em um canto, caída. O Objeto que guardei por décadas com tanto cuidado agora jogado no chão, em meio à poeira de um hotel sujo e barato. A valise, desde que voltei da conversa com o inimigo, causa-me nojo e repulsa. Os acontecimentos que tentei apagar de minha mente de repente voltaram com força total e os significados que crio me dão crises de vômito. Pego-a nas mãos e sinto seu enorme peso, mais uma vez. É arriscado demais permanecer neste hotel por muito tempo com a pequena maleta, na cabeça o medo ainda reticente de ser observado, de ser seguido. Pode ser que tenham esperado essa oportunidade. Um descuido meu, uma viagem para fora da Alemanha, uma viagem em que eu levasse o Instrumento. As condições perfeitas para roubar o Objeto deste velho homem. Novamente coloquei-o no fundo do armário. Olhei pela janela e senti que três ou quatro pessoas olhavam para cima; imaginei que mirassem diretamente para o meu quarto, como se cuidassem de mim. Sei que preciso urgentemente dar fim a tudo isso. Amanhã, bem cedo, voltarei para a casa de Borges. Dessa vez não terá chance. Dessa vez morrerá em minhas mãos. Deitei-me na cama, embora soubesse que não pegaria no sono tão fácil; que meu sono não seria tão tranquilo quanto o que tive recentemente naquela cama.

Durante a noite, acordei várias vezes com risos e falas — os risos, sabia bem, eram do Outro. Pesadelos. Borges certa vez chamou os pesadelos de éguas da noite. Mal sabia ele que, montado nessas éguas, ele era o próprio cavaleiro, acoitando-me.

11.

O SONO INTRANQUILO, COMO previsto. A valise no fundo do armário. A camisa branca já vista pelos irrecuperáveis olhos de Raquel Spanier. Pela primeira vez em minha vida, tentei não pensar ou mesmo tentar compreender o quanto vale o momento presente. Simplesmente o executarei. Desci pelo corredor do hotel, saí às ruas de Genebra. Senti que não estava tão nervoso como da primeira vez. "Ele é um velho, não poderá fazer nada contra você. Não há nada que possa machucá-lo." Repeti algumas vezes, e uns meninos da rua riram do senhor que falava sozinho palavras estrangeiras. E de outro lado da cabeça, inconscientemente, um pensamento surgia e respondia ao meu solilóquio. Ele pode machucá-lo, sim. Com suas palavras, com suas ideias, com os mundos que cria. Não subestime o poder daquele homem, você bem sabe, Borges. Você sabe o que ele pode fazer com as palavras. Mais que metafísicas; hecatombes. Mais do que ideias; mortes, baseadas na sua perigosa ideologia, na forma que consegue misturar erudição com uma esperteza imensa. Respirei fundo. Tudo isso é verdade, mas não posso ter medo.

O austero prédio continuava da mesma maneira. Inundaram-me as janelas abertas, a cortina esvoaçante e a sensação de que já me esperavam. Toquei o interfone. Em pouco tempo, Maria Kodama abriu a porta. Olhou-me, deu um sorriso e disse: "Entre. Ele está aguardando o senhor." Passei pela sala iluminada, passei pelo corredor. Ao chegar perto da porta, ela me olhou com um sorriso silencioso e pareceu dizer: "Você conhece as regras. Só ganhará a atenção de Borges nessa sala claustrofóbica. Está no ambiente dele." Dei um suspiro como resposta, e ela compreendeu a concordância com o jogo. Quando eu entrava, olhou para minha valise. "Quer que eu a guarde, senhor?" Tossi. Não esperava a brusca pergunta.

"Não, obrigado. Eu mesmo a guardarei", gaguejei.

"Se quiser ficar mais à vontade, guardo para o senhor. Não será incômodo."

"Obrigado", respondi firme. "Eu a guardarei."

Quando a porta se fechou, só consegui pensar que Kodama havia desconfiado do meu plano. Deve ter observado que da primeira vez eu vim com o mesmo objeto. E por que motivo eu retornaria com isso? Deve perguntar-se o que carrego comigo, deve ter curiosidade sobre a importância deste artefato? No entanto, isso agora também não importa. Estou dentro da sala. Eu, a vítima e a arma do crime. Só isso é relevante. Preciso agir rápido... diante de mim a mesma respiração forte, a mesma escuridão. "Olá, Borges." "Olá, Borges" foi sua rápida resposta. "Estou feliz que tenha retornado. A vida de um velho como eu não tem muitas novidades. Quando há visitas, são jornalistas, fãs, loucos. Nunca há um amigo. Quer dizer, quase nunca..." No escuro, apertei os olhos tentando descobrir o semblante do sujeito à minha frente.

Se pudesse enxergar pelo menos por um segundo, olharia a expressão do seu rosto e seus lábios se mexendo. Saberia se mente ou não. Acabou de dizer que está feliz, que é meu amigo... e se eu ligasse o interruptor de luz? Ele continuaria na escuridão da mesma forma, eu enxergaria. Não. Borges saberia. Algo diferente no ar denunciaria minha vantagem com relação a ele. Devo continuar no escuro.

"Que bom que me considera um amigo. Por incrível que pareça, você, nesses anos todos que vivi na Europa, foi a pessoa mais próxima de mim." Em absoluto, não menti. Após minha afirmação, ele fez silêncio. Um duradouro silêncio que começava a me constranger.

"E por que eu fui o mais próximo?"

"Pelos seus livros. Há décadas que só leio meu homônimo. Tudo que não é escrito por você não tem importância para mim. Só preciso ler suas palavras, só preciso tentar compreender as coisas que escreve. Por isso você me foi tão próximo."

"Não devia dar tanta importância para o que escrevo. Tudo o que escrevi já foi escrito. Nada eu disse de novo. Nada inventei. O mundo já existia antes de mim, Borges."

"Por isso mesmo. Foi e é importante justamente porque não inventa nada. Porque não pretende criar nada. Porque sabe que sua função é interpretativa."

"Dá demasiada importância aos meus pobres escritos. Não escrevi nada de tão relevante assim. O que escrevi foi apenas uma gratidão por tantos outros, De Quincey, Schopenhauer, Stevenson, nosso conterrâneo Lugones... Estes sim, Borges. Estes você deveria ler." Em minha cabeça veio logo o pensamento que, ao contrário de todos os outros escritores, só ele sabia a terrível verdade; por isso eu o lia. Mas ainda não posso falar. Ainda é muito cedo. Antes, devo saber o que realmente ele pensa. Devo tentar compreender os pensamentos de Borges. Em silêncio permanecemos alguns minutos, até ele me inquirir: "Tem família na Europa? Com quem vive?"

"Com um exemplar do *Aleph*, das *Ficções*, da *História Universal da Infâmia* e um Novo Testamento. E com algumas três ou quatro mudas de roupa e alguns pouquíssimos objetos." Ele não me respondeu e compreendi seu silêncio como um sinal de respeito à minha solidão. Completei: "Eu sou a tartaruga que carrega sua própria casa e sua própria vida. E que ao final ganhará a corrida de Aquiles." Com este comentário, finalmente voltou a rir. A mesma risada larga e prazerosa que havia escutado no primeiro encontro. "Bendito seja o paradoxo de Zeno"? respondeu-me. Novo silêncio. Parecia constrangido, mas queria voltar ao assunto. "Por que tão sozinho? E sua família portuguesa que deixou no novo mundo. Por que os abandonou? A sina de ser Borges é a sina da solidão?"

Não contive um pequeno riso. "Está me dizendo de destino então?" Ele respondeu, incisivo: "Estou dizendo de predestinação, o que é diverso."

Não sabia o que responder sem contar toda a verdade de uma vez. "Vim para a Europa por um amor. Um amor que ainda tenho, pelo menos dentro de mim. Minha mãe faleceu pouco após minha mudança para a Alemanha. E disso fiquei sabendo anos depois. Não pude ir para o seu velório, nunca pude ver seu féretro, que descansa na Recoleta, distante dos túmulos dos meus avós. Não tenho mais nada em Buenos Aires. Sinto que, com tanta ausência, não conseguirei suportar o peso da cidade. O fim dos meus dias será aqui."

"Lamento-me por sua solidão", falou. "E me orgulho por ter sido prestativo a um amigo. Por saber que meus livros tenham sido sua companhia nesses anos. Fico feliz por isso."

Falava a verdade? Realmente não sabia de nada do que ocorria? Não consigo acreditar nisso. "E você? O que me diz de você?" Borges ficou em silêncio por um longo tempo. Suspirou e me respondeu: "Estou também no fim dos meus dias, sei disso. Minha rotina se alterou pouco nos últimos tempos. Dito poemas, estudo inglês antigo. De novo somente os muitos remédios, somente os cuidados médicos. No fim da vida, olho para trás e vejo muitas coisas. Vejo coisas inconclusas, vejo ideias sem término. Uma vida não é o suficiente para dar cabo a todos os planos, a todos os desejos. Há horas que desejaria uma vida imortal, tantas as coisas que queria fazer. Outras horas sinto a bobagem e irreflexão dessas ideias. E, juntamente com isso, sinto o corpo cansado, sinto todos os músculos e poros do meu corpo pedindo descanso." Falei do seu conto "O Imortal". Relembrei do seu Homero milenar, que havia bebido da água eterna e que suprimira o raciocínio e a fala. "Fique tranquilo, meu caro. Não é imortal. Não é como seu Homero que bebeu da fonte eterna." Ele não se recordou. Eu o relembrei de seu próprio conto, e Borges deu risada. "Engraçado ter de lembrar o autor que pretendeu escrever um conto denominado "Imortal". Isso é um paradoxo, não? A fragilidade do esquecimento de um quase morto que não se recorda de seu próprio Imortal", disse meu inimigo. Respondi com uma risada. E repentinamente senti forças e falei, erguendo o tom de voz: "Fique tranquilo. Não é um imortal."

"Graças aos deuses", foi sua resposta, acompanhada de um riso. Não é um imortal. É um quase morto. A coragem de outros tempos, o sangue subindo em minha enrugada face. Com tremores nas mãos, com medo de que Borges enxergasse algo que eu não conseguia enxergar, abri a maleta. Lentamente coloquei a mão em seu interior. Meus dedos tocaram um objeto frio e que me pareceu muito mais pesado que décadas atrás. A arma. E o inevitável arrepio. A arma que daqui a alguns momentos matará Borges. Levantei-a diante de meu inimigo. Ele permaneceu quieto. Não sabia. De verdade, era um cego...

12.

EM MINHA MÃO o objeto que logo matará o inimigo, na garganta a pergunta. A outra pergunta que ensaiei por décadas para dizer frente a frente com meu espelho. Senti que era o momento. Dependendo de sua resposta, matá-lo-ia sem piedade. A vida dele agora dependia da resposta que daria à minha pergunta.

"Borges. Na verdade, toda esta conversa é um prólogo. Vim aqui por outro motivo." Ele continuou em seu cego silêncio, e eu daria tudo... daria o resto dos meus poucos anos para saber a expressão que se formou em seu rosto naquele momento. Fechei os olhos como ele, a cegueira nos abarcava. "Na verdade, meu motivo para este encontro é outro. Um motivo muito mais sério. Uma pergunta que há décadas busco a resposta." Seu silêncio era apreensivo; mais que minhas exageradas e desnecessárias palavras.

"O que sabe de Hitler? E o que acha dele?" Uma tonelada se despejou na sala junto à pergunta. A verdade enfim viria à tona. Novamente o silêncio. Novamente, ele em outros universos procurando alguma resposta. Respondeu-me de forma áspera ou pelo menos foi o que imaginei.

"Ora. Sei o que todos sabem. Que é um monstro." Curto, direto. Calou-se. Era só. Só retirei essa pequena e não comprometedora sentença. Não me perguntou o porquê da pergunta. Não deu mostras de sentir-se incomodado com a estranha e não contextual questão. Silêncio novamente. Eu não esperava por aquilo. Era ele quem devia estar incomodado, não eu. "Certo, certo", respondi, apenas para dar continuidade ao diálogo, apenas para me sentir mais confortável. Imaginei todas as respostas possíveis menos a que me foi dada.

"E o que acha de Judas?" A resposta de Borges foi um sonoro e longo riso. "Judas Iscariotes? O das trinta moedas? E qual será o próximo vilão que me perguntará? É um questionário dos infames?"

"Não se trata de um questionário de infames. Pelo contrário...", e me calei, esperando que compreendesse. Mas apenas prolongou seu silêncio. Tive de continuar: "Na verdade, tenho interesse por esses personagens. De Hitler, você pouco ou quase nada escreveu."

"Porque não há o que escrever, simplesmente", respondeu-me. Em sua voz, um breve tom de inquietação pareceu desabrochar. Isca mordida, minha próxima pergunta foi incisiva: "Mas de Judas você escreveu, não?" Borges permaneceu calado, o que estaria pensando? Seu silêncio foi longo, quase doloroso.

"Você, que tem memória boa, ajude este pobre desmemoriado. O que escrevi de tão importante sobre Judas? O que pode ter sido isso que causou tamanha agitação e curiosidade em sua mente?" Você sabe, pensei. Você está querendo enganar-me, mas não conseguirá. Por um momento, apertei mais forte o objeto que segurava. Por um segundo, imaginei-me matando Borges agora. Já. Por um instante, achei que soubesse toda a verdade. Mas era necessário continuar a entrevista.

"Faça força e se lembrará. Você escreveu sobre um apócrifo Judas."

"Um apócrifo Judas?", indagou-me, curioso. Não ria mais. Certamente seu semblante era fechado, os olhos perdidos no horizonte enegrecido. "Sim", respondi. "As versões que criou de Judas. As famigeradas Três Versões de Judas!"

Borges ficou novamente calado e, novamente, cogitei ligar o interruptor. Minha estada naquele quarto duraria mais pouco tempo, eu sabia. Agora, no entanto, a escuridão era necessária não somente para não gerar desconfianças. Era uma petição de igualdade.

"'Três Versões de Judas'. Lembro-me de ter escrito esse conto. Um conto antigo. Escrevi-o nas *Ficções*, salvo engano." Concordei. Era um conto do livro *Ficciones*, o livro que sempre carreguei junto à arma. A antiga edição em espanhol em azul-carmesim cuja capa era um relógio de areia e um labirinto, as duas imagens simultâneas, superpostas.

"E que há de tão interessante nesse escrito? O que tanto deteve sua curiosidade a ponto de reter sua atenção por décadas?"

"Minha pergunta é uma só, apenas. Há algum motivo para ter feito esse conto?" Borges riu e me respondeu de pronto: "Todo conto tem um motivo que o gerou. Todo conto, mesmo ruim, tem seu motivo, que pode ser bom."

"Sim, desculpe meu modo de falar, não quis dizer isso. Na verdade, quero saber se há algum motivo secreto. Há algo implícito que o levou a fazer as versões de Judas e que nunca revelou?"

"Eu é que tenho de me desculpar", voltou a dizer. "Não consigo compreender o que deseja saber. Peço milhões de desculpas por não ter compreendido sua indagação." Desculpava-se, a voz embargada de piedade e súbito nervosismo. Parecia, de fato, incomodado com a conversa.

"Quero dizer: O conto é autoexplicativo. Pressupõe, como em tantos outros contos, algum conhecimento prévio da cabala. Como também em outros tantos contos, você cria o sujeito, mas não o objeto. Criou seu sujeito cognoscível — no caso, um teólogo que se propôs a estudar a natureza de Judas. Os objetos, ao contrário, existem: Judas, o Evangelho, a Cruz. Seu inventado protagonista cita o verdadeiro De Quincey, que, por sua vez, diz que todas as coisas que sabemos sobre Judas Iscariotes são falsas. Assim seu inventado personagem cria um imaginário livro que se propõe a estudar coisas muito reais. As complexidades da natureza de Judas.

"Seu personagem cria o livro *Kristus och Judas* e, depois, *Den hemlige Frälsaren* e uma tradução alemã denominada *Der heimliche Heiland*. Estas equivalem às versões de Judas. Em resumo, como já disse, o texto é autoexplicativo. Runenberg contesta a tradição e as escrituras canônicas e prediz um Judas secreto. Em resumo, as versões falam não da torpeza do ato do apóstolo, mas cuida para que atentemos que Judas Iscariotes foi necessário para que o episódio da Cruz ocorresse. Enfim, suas versões de Judas o isentam de culpa e fazem supor que esse apóstolo — que passou para a eternidade na sinonímia de vilão — em verdade agiu de maneira nobre. Isso porque sabia dos planos divinos. Sabia — e foi — um instrumento importante no maior acontecimento da cristandade.

"Tudo está explícito demais, eu bem sei. O que quero indagar é se há algo não exposto. Se algum motivo que ensejou esse conto não foi dito? Se há algum pormenor encerrado em sua mente e seu coração durante todo esse tempo? Por favor, é essa a minha pergunta. Essa é a pergunta que sempre tive em minha boca e finalmente tenho a oportunidade de saber resposta. Tenho meu direito de resposta. O Tempo sabe que tenho." Minha respiração agora se confundia com a do Outro no pesado e escuro ambiente.

Pensei que fosse perguntar se eu já havia acabado, se já podia responder. Mas apenas riu. Não a risada escandalosa como há pouco. Uma risada baixa e contida. Disse: "Sabe todos esses detalhes de cor? E todos esses anos ficou com essa dúvida? Mas você mesmo deu a resposta da sua pergunta. Os motivos são explícitos. Não escrevi sobre teorias de heresiarcas somente essa vez. Pelo contrário, diverte-me muitíssimo as confusões e os postulados que se podem obter com o texto das escrituras. As seitas são muitas, as crenças idem. Já escrevi sobre muitas seitas, sobre muitos heresiarcas, sobre muitos teólogos que perderam suas carentes e desencontradas vidas por muito menos que esse pobre Judas. Esse, pelo menos, teve seus trinta dinheiros. As confusões da fé são engraçadas, e, sobre elas, muito me debrucei; muito das minhas poucas linhas pude dirigir a essas pobres pessoas. Como sempre, com muita graça. Como sempre, com um sorriso em meu rosto imaginando — ou sonhando — que algum leitor tivesse esse mesmo sorriso no rosto que eu tive. Vejo que não consegui. Pelo menos não consegui imprimir um sorriso em meu homônimo."

Não foi um gracejo, eu bem sabia. Sua última fala foi pesada, quase triste. Quase um pedido formal de desculpas por eu não conseguir interpretar corretamente um texto seu. Mas eu não conseguia acreditar. Não era isso o que eu estava preparado para escutar. Por um momento, a mão na arma ficou mais frouxa. Definitivamente, não era a hora de matar Borges. Não conseguia saber se estava mentindo, não sabia decifrar se Borges conseguia mentir com tanta argúcia ao ponto de me enganar depois de tantos ocorridos, depois de tantas provas de sua vilania... será possível?

O sufoco novamente, a claustrofobia e a falta da visão. A voz agora impotente, inútil. Não sabia o que falar. A frase me desconcertou, e, por um segundo, senti uma crescente humilhação. A única coisa que consegui dizer foi: "Então não há nada oculto nas versões de Judas?" Imbecil, insistente na pergunta, a voz débil, a vontade que ele me dissesse o contrário, que me dissesse a verdade, inferno, não há por que mentir. Somos os culpados. Nós dois. Morreremos por isso. Mais um riso dele. Mais um riso baixo e respeitoso. Um riso da minha ingenuidade desta vez, descobri. A humilhação novamente, a mão se apertando na arma. Um gesto e pronto. Adeus, Borges.

"Sim. Não há nada oculto. Tudo o que é para ser entendido é o que foi escrito. Não há nada onde não há nada." Muitos escritores de teorias conspiratórias deveriam aprender o significado desta tautológica, mas importante, frase.

A claustrofobia, a cegueira, a solidão, os muitos anos, o oponente, a arma pesada e maldita. Se o matasse agora, não poderia ter certeza de que morreu ciente dos motivos. E tal fato traduziria não uma vingança, mas sim uma morte inútil. Tudo me mandava embora daquele local. Mais uma vez, imaginei que, se ali ficasse, desmaiaria. E, se desmaiasse, a mulher entraria na sala, veria o objeto e então tudo estaria perdido. Mais uma vez evoquei evasivas. "Borges, não me sinto bem, novamente. Peço desculpas pelos aborrecimentos, mas entende o que é isso, não entende? Sabe o que são os anos pesando nos ombros. Preciso de ar fresco, preciso sair deste ambiente. Como da outra vez, prometo que retorno. Só lhe peço uma coisa."

"O quê?", foi sua singela resposta.

"Que pense nas versões de Judas que você mesmo criou. Por ora, só posso dizer que elas influenciaram o curso da minha vida. As versões de Judas são o motivo pelo qual eu acredito em destino."

Sua resposta foi triste e respeitosa:

"Prometo pensar. Só não prometo concordar com suas razões. Adeus. E melhoras."

13.

A SENSAÇÃO QUE SENTI ao chegar ao Hotel foi de torpeza. Mais uma vez vencido por um estranho sentimento ao lado do inimigo. Mais uma vez ao lado dele sem conseguir sentir o devido ódio, o ódio que é meu, que está incorporado a toda a minha existência. Deitei na cama com a cabeça girando, as mãos ainda trêmulas do encontro, a lembrança recente de não conseguir enxergar e respirar na sala do meu oponente. Ele chegou muito mais perto de me matar do que o contrário, pensei. Foi isso uma estratégia, foi isso um plano determinado, um labirinto feito de escuridão para barrar meus intentos? Não posso saber. Mais que isso, não consigo mais sentir ódio de Borges. Parece-me um senhor corroído pelo tempo e por angústias próprias; parece que já expia as próprias culpas. Eu não disse o que tinha de dizer por dó, talvez seja esta a verdade que estou me escondendo. Piedade do inimigo, na hora de sua morte? Prometo para mim mesmo que retornarei uma única vez à casa de Borges. Não conversarei de outros assuntos porque é isso o que ele quer. O desvio, os percalços, as lamúrias. Quer evitar o assunto principal, o assunto que me leva ali. Direi a história, a verdadeira história atrás do Judas falso que criou. Direi dos problemas todos que dali se sucederam, os problemas todos que têm sua marca e autoria. Necessitarei de todo o ódio que há tanto tempo guardo. O ódio, colocado em local alto e seguro, pronto para ser pego em um arquivo da mente e utilizado no momento correto. Para alimentá-lo, apenas uma maneira. Apenas recordando o passado. O imutável tempo que Borges, em vão, tentou refutar com parábolas, com adornos, com tartarugas. Sua refutação do tempo mostra mais que seu prodigioso exercício mental: mostra seu remorso. Só alguém que não pode aceitar o que fez no passado precisa escrever um ensaio assim. Eu, ao contrário, não desejo refutar meu inglório passado. Necessito sim compreendê-lo e relembrá-lo, sempre. Só assim — vivendo novamente o passado — sentirei ódio no presente. Só assim reformarei o futuro da maneira que necessito. De acordo com o que já foi escrito; de acordo com as erradas, duras e irrefutáveis linhas da minha vida... de acordo com o pretérito que necessito revisitar...

14.

"**U**M CAFÉ, POR FAVOR." "Sim, senhor. Algo para comer?" Indiquei um salgado do menu. O barbudo e bem-vestido garçom olhou o pedido, virou-se e saiu em direção à cozinha sem anotar o pedido. Toda vez que venho ao Tortoni, sinto que meus pedidos serão enviados enganados a alguma mesa vizinha. Em pouco tempo, como sempre, o garçom entrega meu café e meu salgado. "Aqui está, senhor", diz o senhor de camisa branca e gravata-borboleta preta com um risinho e um olhar triunfante. Em minha mesa, junto ao salgado e ao café, os três primeiros exemplares da revista *Proa*. A *Proa*, uma revista literária de Buenos Aires, fundada por Eduardo González Lanuza, Norah Borges e Francisco Piñero. E Jorge Luis Borges. Uma a uma, folheei as páginas da revista, detendo-me nos poemas do inimigo. O que faz dele especial? O que suas linhas contêm e que faltam às minhas? Desde que meu poema foi elogiado por um desconhecido em um jornal referindo-se ao outro Borges, minha intolerância somente cresceu. Ainda mais porque o inimigo respondeu ao leitor e ao jornal que nunca escreveria uma coisa tão ruim. Tempos atrás, foi editado um livro seu, um tal *Fervor de Buenos Aires*. Ainda não tive a oportunidade de ler, mas a crítica já se manifestou favorável. Olho com mais preocupação o seu sucesso do que o meu silêncio. Não porque tenho inveja. O problema, de fato, é o seu nome. Algo dentro de mim fala que não há lugar para dois Borges no universo. Digo isso pelo simples fato de que seria uma extrema coincidência, quiçá uma ironia de Deus, colocar dois Jorge Luis Borges em Buenos Aires. Um competindo com o outro para ver quem é o melhor e mais completo escritor. Algo dentro de mim diz que, se ele tem sucesso com seu primeiro livro, o meu próprio livro só pode ser uma porcaria.

O episódio do poema foi humilhante porque, em princípio, mostrava-se um simples caso de plágio, que eu poderia, orgulhoso, desvendar. No entanto, Borges se antecipou negando a autoria. Mais, negou a qualidade do poema e negou a capacidade do seu autor. Humilhado pela segunda vez. Na mente, ainda a lembrança da delegacia, do labirinto... Desde que Buenos Aires descobrira por um jornal que meu poema não era do conhecido Borges, eu me calei. Minhas letras eram todas anteriores a este fato. Depois, somente desculpas, somente razões posteriores para me justificar, para tentar acreditar que as linhas têm alguma incerta beleza. Mais que me explicar, detratar o outro; olhar seus poemas, achar defeitos, conjecturar desfechos melhores: assim se transformou minha rotina depois do episódio. Não posso deixar de escrever pelo simples fato de que há um homônimo também literato, pensava. Com a caneta em punho, as imagens dos meus poemas eram transformadas em cartas dele para o jornal, criando defeitos para tudo que eu fosse capaz de criar. Antes de escrever, já imaginava os percalços que o inimigo me oporia e tentava justificá-los. E, como forma de me vingar, silenciosamente eu também detratava seus poemas.

Sentado, lia vagarosamente as revistas *Proa* enquanto sorvia o café, enquanto comia lentamente o salgado. O Tortoni era centro fervoroso cultural de Buenos Aires, então. Ao meu lado havia jovens poetas, políticos, estudantes... Mais de uma vez vi meu homônimo aqui. Ao seu lado, normalmente a irmã Norah e alguns amigos. Sempre sentado no canto esquerdo ao fundo do grande estabelecimento. Normalmente, quando os vejo, dou meia-volta e saio. Não me felicita estar no mesmo ambiente de uma pessoa que me apequena, que me oprime. No entanto, algumas vezes, lembro, suei frio, engoli em seco, mas entrei no café, mesmo vendo-o com seus amigos, rindo, conversando, sempre no lado esquerdo ao fundo. Nessas oportunidades, procurei algum lugar que pudesse enxergar sem ser visto. Assim, ficava à vontade para censurar não apenas as suas letras, mas também o seu comportamento. O Borges de longe, sentado, discutindo inevitavelmente livros e filosofias, não parecia tão ruim. Não parecia tão monstruoso. Não parecia nem de longe o horrendo monstro enclausurado na Europa que desvenda labirintos. Esse era um produto da minha imaginação, agora eu bem sabia. Não parecia um sujeito amargurado e orgulhoso que escreve poemas, humilhando os outros e se gabando, superior. Borges ria com a boca e com os olhos enquanto os outros se centravam em suas palavras. Parecia mesmo não querer chamar atenção, parecia mesmo um pouco tímido. Mas quando abria a boca — do conteúdo das suas palavras, não posso saber, tamanha a distância que nos separava — todos se calavam. Alguns franziam o cenho como se as palavras demandassem alguma difícil interpretação. Automaticamente, mesmo sem querer, ele se transformava no centro das atenções. Determinada vez, o café já servido, eu procurando defeitos em um poema seu na *Proa* número um e, quando olho para o lado, vejo-o sentar-se com os amigos ao meu lado. Coração disparado, sensação ruim, não se sentaram dessa vez no canto por quê? Olho para o fundo, a mesa já estava ocupada, por isso alteraram seu lugar habitual. Foi a primeira e única vez que Borges *me viu*. Olhou em meus olhos e disse: "Amigo. Que horas são?" Respondi. Um frugal dígito para aquele que ousou dizer que o tempo é divisível e refutável. Agradeceu com um grande sorriso no rosto, o que amenizou um pouco meu mal-estar. Borges pediu um café com leite e um *quiche* Lorraine. Disse para Norah que não almoçara e que estava faminto. Os dois riram bastante. Não podia ser tão mau assim. Ao seu lado eu conseguia escutar tudo; discutiam literatura vanguardista europeia, falaram sobre coisas que eu nem imaginava o que fossem. Novamente, o mal-estar. Novamente, a sensação de humilhação. Disseram do movimento ultraísta, de poetas espanhóis, de alguns poemas que Borges entusiasmadamente narrou trechos. Pedi a conta. Saí do Tortoni.

Depois desse episódio, sempre me certifico antes de entrar se Borges está. Toda vez que me sento, fico a observar quem entra e sai do café. Se o vejo entrando, observo se a mesa costumeira ao canto esquerdo está vazia. Se está ocupada, já peço a conta e me retiro. A *Proa* em um olho, o outro postado na porta, guardião silente dos que entram e dos que saem. Café findo. "Mais um, por favor", gesticulo para o bigodudo e elegante garçom.

"Algo mais, senhor?"

"Não, obrigado. Basta o café."

Com o olho da porta, vejo uma moça que parou na entrada; não pude olhar seu rosto, o reflexo do sol cegava meus olhos, a porta ainda aberta. Tirou os óculos e balançou a cabeça, mostrando os cabelos compridos e esvoaçantes. Quando a porta se fechou, uma lembrança veio à mente. Conhecia aquela moça de longos cabelos escuros, de vestido branco com rendas verdes. Conhecia aquele cabelo, conhecia aquele jeito de andar. Era Raquel Spanier.

15.

DESDE QUE ELA SE mudou do Once, nunca mais a vi. Na última vez, era uma menina ainda. Uma menina com cabelos negros e lábios carnudos... encantadora. Agora uma mulher. Raquel... Uma mulher encorpada e linda. Andou sozinha pelo Tortoni, sentou-se a uma mesa distante e fez gestos para um garçom atendê-la. Pediu algo incompreensível e deu um leve sorriso para o senhor que a atendeu. O mesmo sorriso. Os mesmos lábios grossos. Será que são ainda os mesmos olhos? Por algum tempo, olhei pensativo para sua mesa. Será que chegaria mais alguém? Pelo visto não. Estava sozinha. Sentou-se de costas para a porta, não dava a entender que esperava alguma companhia. Depois de um tempo, um garçom deixou um suco em sua mesa. Nessa hora, levantei-me sem saber o que dizer ou como proceder. Se pensasse muito, minha coragem voaria para longe. Na última vez que a vira, tinha prometido ajuda. A fracassada ajuda. Todos da delegacia deviam conhecer o moleque idiota que tentou ajudar os judeus do Once com um plano ridículo. Será que ela também sabia disso? Se pensasse muito, desviaria, tomaria o rumo da porta. Fugiria da mesma maneira que fugi algumas vezes de Borges. No caminho, o olhar fixo em Raquel, desejando que me olhasse. Então eu fingiria que nossos olhares se encontraram ao acaso, que tudo era uma coincidência. Você por aqui? Quanto tempo! Como vai? Mas ela não olhou. Concentrada em algum papel e no suco. Parei em sua frente, e não me olhou. Alguns segundos se passaram. Pensei em me virar, sair dali, a situação era demasiadamente ridícula. Um pequeno pigarro, ela ainda concentrada no papel garatujado de letras azuis. Em um ato desesperado, bati em seu ombro. Ela ergueu os olhos, e vi que seu olhar era o mesmo pelo qual eu me apaixonara anos atrás. Um sorriso de inquietação e uma sobrancelha se ergueram, indagando quem eu era. Fingi grande surpresa, gesticulei com as duas mãos e disse: "Raquel? É você mesmo? Quanto tempo!"

Antes que ela perguntasse quem eu era, talvez para me sentir melhor, respondi que era Borges, que a conhecia dos tempos do colégio, que há muitos anos tínhamos conversado.

"Borges? Não me recordo de ter conhecido algum Borges."

Relembrei da escola perto do Once. Relembrei dos assaltos estranhos. Relembrei que um dia a parei na rua e que ela chorava muito. Raquel riu. Não se lembrava mesmo. Menos mal, raciocinei. Pelo menos não se lembrava da vergonha que passei. "Borges? Eu havia dito sobre o roubo da minha casa? Lembro do roubo, isso não posso esquecer. Era um maluco. Um que inventou algumas histórias. Tinha problemas com judeus, parece. Depois foi internado em um hospício, parece que o espancaram na prisão. Era um louco. Tenho mais dó do que raiva, coitado." Ridículo, em pé, enquanto ela bebia seu suco, desesperado para que se lembrasse de mim. Com a mão, fiz um gesto mostrando a cadeira. Ela olhou, assustada. Não esperava que eu quisesse me sentar. Súbita e visivelmente contrariada. "Desculpas. Não imaginei que... realmente não lembro de você. Peço desculpas!"

"No dia que nos encontramos, você chorava muito. Porque sua família estava em perigo. Porque um louco queria roubar seus pertences. Lembro que tinha medo de se mudar. Que sua vida era uma eterna mudança..." Ela concordou com a cabeça. E disse: "E continuou sendo uma mudança por muito tempo. Nunca tive uma vida normal. Só consegui uma vida mais ou menos parecida com a das outras quando decidi morar sozinha. Não quero ser comerciante. Não tenho tino para os negócios. Minha vida agora é outra. Meus problemas, idem!" E riu.

Mora sozinha, só pode ser um bom sinal. Ainda não casou. A conversa mudando de assunto, rapidamente fiz forças para voltar ao dia do nosso único encontro. Ela tinha de se lembrar de mim. "Pois então. Não se recorda mesmo? Na época falei que ajudaria a solucionar o crime."

"Você é o Borges que desvendou o mistério do louco? Por que não me disse antes?" E disse, com surpresa, arregalando os olhos brilhantes, deixando mostrar seu lindo sorriso. Um sinal bom, enfim. Se dissesse que era outro, teria de explicar do homônimo. Teria de explicar sobre o seu sucesso e meu fracasso. E ela ficou tão feliz. Certamente se lembrar-me como um benfeitor da família, sua consideração aumentará. Baixei a cabeça, fiz-me tímido. Um assunto morto, o homônimo não apareceria para requerer seus créditos. De mais a mais, era uma vingança — sim, uma vingança por ele ter-se intrometido em um assunto pessoal.

"Bom... mas faz tanto tempo. Nem me recordo direito..."

Os olhos de Raquel pareceram brilhar ainda mais. "O Borges que nos ajudou. Somos eternamente gratos a você." E, falando essas palavras, estendeu suas mãos e segurou com força as minhas. Olhei reflexamente para baixo, para as mãos delicadas de Raquel. Ela logo as tirou. "Desculpe minha falta de delicadeza. Como pude me esquecer de você. Perdoe minha memória, não sou boa com fisionomias. Mas lembro de seu nome. Lembro do que fez pela gente. É um escritor, não é? Adoro as coisas que escreve. Da mesma maneira que desvendou o crime, tem uma capacidade enorme de escrever coisas lindas! Não pode saber, mas sempre o admirei. Sempre esperei este momento. Olhar nos seus olhos e agradecer o que fez por nós. Sempre sonhei com outras coisas, mas não tenho coragem de falar."

O turbilhão formado na minha cabeça, o chão desaparecendo à velocidade infinita. Puta que o pariu, a única frase que ribombava em minha cabeça. Em que merda fui me meter.

"Diga", falei baixinho, quase com medo de sua resposta. Ela baixou os olhos, e percebi sua face lentamente se corando. Estava envergonhada. Estávamos os dois envergonhados. Ela então me olhou, e lembrei do seu olhar no passado, no exato momento em que falei que ajudaria as investigações.

"Não sei se é muito atrevimento meu. Mas meu sonho é que algum dia me dedique algum conto." Baixou os olhos novamente. Estava vermelha, como nunca tinha visto. Estava linda assim corada. "Ou melhor", falou baixinho, a voz quase iniludível. "Quero que faça algum poema para mim."

"Claro, claro", respondi de pronto. "Quantos poemas quiser", a voz frouxa, querendo demonstrar firmeza. Inseguro, repeti para me acreditar: "Quantos poemas quiser..."

Raquel abriu novamente o sorriso. A mistura de timidez e de contentamento. Não menti, inferno! Borges. O do caso do assalto. O escritor. Apaixonado por você, Raquel. Apaixonado desde aquela época, quando o maldito me impediu que eu a conquistasse. Vontade de gritar. De gritar para que Raquel me escutasse: apaixonado por você e, se quiser, faço todos os poemas do mundo! Faço uma divina comédia, transformo-a em Beatriz e varo todos os círculos infernais somente para vê-la.

"Claro, claro. Faço o poema que quiser."

"Fico feliz por este nosso encontro. Fico feliz que tenha se lembrado de mim."

"Raquel, é impossível esquecer seu rosto. A garota do Once."

Ela baixou mais uma vez a cabeça. Estava extremamente envergonhada: "Peço desculpas novamente por não conseguir me recordar. Como disse, sou muito ruim com fisionomias." Fiz um sinal com a cabeça, aquilo não me importava. Ela olhou o relógio. Viu o horário, assustada. "Mais uma vez terei de pedir desculpas, Borges. Tenho um compromisso urgente." Respondi que não havia problemas. Ela indagou: "Podemos nos ver outra vez?" Falei que sim, lógico. Ela riu.

"Não vou esquecer que vai me dedicar um poema. Cobrarei esta promessa."

"Pode cobrar. É a segunda promessa que lhe faço. A primeira foi a de pegar o louco assaltante..."

"E daquela vez você cumpriu. Espero que cumpra novamente", falou rindo e se levantando. O vestido branco com rendas verdes caía maravilhosamente bem em seu corpo. Novamente, apaixonado. "Cumprirei todas as promessas que fizer para você, Raquel, fique tranquila." E me ergui também. Ela pegou em minha mão e me deu um beijo no rosto. Um beijo como o beijo do Once. Um beijo do qual nunca me esqueci...

Virou-se e disse para nos encontrarmos outra vez no Tortoni. Respondi que sim, lógico. Adoraria vê-la novamente. Começou a andar, mas retornou: "Se não for muito incômodo, posso lhe pedir outra coisa?"

"Claro, Raquel. Tudo o que quiser", respondi.

"Autografe-me um livro seu." Fiz que sim com a cabeça. Ela continuou: "Meu namorado adora seu jeito de escrever. E ficará honrado quando souber que tem um livro seu autografado..."

16.

A PROA EM CIMA da mesa do Tortoni agora não tinha mais sentido. O café frio também não. Raquel Spanier, a bela judia do Once. Novamente. Novamente mais ligada ao outro Borges que a mim. Mas ele nem a conhece, nem sabe da existência da judia que já foi açoitada por um louco. Eu, ao contrário, apaixonado... que besteira se apaixonar por um par de olhos e porque acha seus lábios sensuais... Mas sinto que posso fazer qualquer coisa por ela... Até mesmo me passar pelo outro. Humilhação, definitivamente a palavra que me une ao outro Borges. Há meia hora eu procurava em um poema seus erros apenas para me divertir, apenas para, nesse estranho relacionamento, ter razão. Razão, ou todos a têm ou ninguém a tem, acho que foi meu inimigo que disse essas palavras. Raquel conhece Borges. Gosta de seus escritos. Sabe que foi ele quem desvendou o assaltante da Rivadavia. Como, com aqueles olhos que tem, consegue ler as besteiras do Borges? Só pode estar enganada. Todos só podem estar enganados. Surto coletivo em Buenos Aires, crise hipnótica. Todos o imaginando um cânone literário. Nome já inscrito no rol das letras, fama que corre. Muitos nem leem, mas ouvem falar. E gostam porque ouviram falar bem. O tal Borges é bom, é isso, é aquilo outro... e o nome se eleva mesmo sem merecimento. Qualquer coisa que escreve fica boa, só pode ser isso. A lembrança do meu poema. A confusão que o jornal fez, a carta de um leitor dizendo que o Outro era grande escritor por algo não feito por ele. Plágio, isso sim. Fui plagiado. Depois, a carta... a carta que tanto me humilhou. Além de não permitir os créditos que, por direito, eram meus, fez mais; fez troça do poema, fez troça do autor somente para se elevar, somente para me rebaixar.

Desde que a carta de Borges foi enviada ao jornal, a gaveta da minha escrivaninha permanece com poemas intactos. E nada mais é feito. Somente o silencioso troco. Somente as tentativas de diminuí-lo; somente os ensaios para dizer para mim mesmo que sou melhor. Até aparecer Raquel Spanier...

Mas e se tudo não ocorreu como penso? O episódio do Once pode ter sido uma fatalidade. E o meu poema realmente era bom, tanto é que teve uma elogiosa carta no jornal. O Outro, o homônimo, apressadamente enviou sua carta justificando-se. O poema não era dele, não podia ser dele porque era ruim demais para tanto. Mas... E se não fosse? E se apenas enviou a carta para se justificar? Quem sabe imaginou: enviaram um poema — um bom poema, é verdade — com meu nome. Pode ser uma cilada, uma cilada que alguém mal-intencionado armou para saber se sou oportunista, se receberei os créditos. Antes que seja tachado de charlatão, responderei, e minha resposta só pode ser à altura. Negarei a autoria e negarei a qualidade do poema. Caso tenham brincado comigo, é a única resposta que conseguirei dar na mesma moeda.

Assim lembrei do brincalhão e sorridente Borges conversando com a irmã no Tortoni. Assim construí esse fantasioso diálogo. Pode assim ter ocorrido, pode ser que Borges tenha gostado do meu poema, mas só o tenha achincalhado por medo, por orgulho. Talvez, por isso, seja o momento de retomar meus escritos e me mostrar melhor que o Outro. Raquel pode ter sido o estopim dessa mudança. Um sinal, eu sei. Raquel não me conhece, mas não havia nem como conhecer, ainda sou invisível na cidade. Ainda não me conhecem porque a única coisa que mostrei foi interpretada como sendo de autoria do Outro. Essa é a oportunidade de mostrar meus escritos, e a minha primeira leitora deles será Raquel Spanier. Ou seu namorado?

A lembrança do Outro me fez esquecer que Raquel namorava. Que seu namorado queria um livro do Borges autografado. A conversa havia me deixado completamente desnorteado principalmente pelo fato de Raquel conhecer e gostar do meu homônimo. Esse fato me gerava mais ciúmes que o fato de ela namorar, certamente. Há o namorado, ainda por cima. Problema fácil. Do namorado, se larga. O Outro, não. Só se morrer. É a segunda oportunidade de me aproximar de Raquel. E dessa vez serei preciso. Certeiro.

Paguei a conta do Tortoni e saí pelas ruas de Buenos Aires. Enquanto andava, um sentimento de felicidade me inundou. Novamente ela, novamente a literatura. Enquanto andava pelas ruas, imaginei que todas as pessoas me olhavam, que me reconheciam como um grande escritor. Borges. Nasci para ser escritor. Nome de literato. Em casa, novamente envolto com a gaveta abarrotada de escritos. Os escritos juvenis. As poesias simbolistas. Alguns antigos e apaixonados poemas, datados ainda do episódio do Once. Reuni o que havia de melhor: limei as palavras, reescrevi alguns trechos. Em uma semana, o serviço delicado de ourives revisitando a própria e antiga criação. Mas havia o Outro, havia a sombra de Borges eclipsando Raquel. Não posso entregar somente poemas e contos meus, raciocinei. Ela conhece a escrita do Outro, foi incisiva ao falar que o namorado é seu apreciador. Peguei alguns poemas do *Fervor de Buenos Aires* e alguns ensaios da revista *Proa* e de outros suplementos literários de que Borges participava. Intercalei a voz do Outro no meu recém-criado livro. Em mais três dias, datilografei meus escritos e os escritos do homônimo. Uma vontade súbita de mudar seus trechos, alterar suas razões e subornar seus princípios me sucedeu. Mas não podia. Isso seria o que mais deseja: que eu melhore suas malfadadas letras. Imaginei que certamente sua literatura ruim e imperfeita seria obliterada pela minha, as duas intercaladas no livro. Encadernei os papéis e comprei um ramalhete de rosas vermelhas. Imaginei que flores era o presente ideal para acompanhar a obra. Para ela, certamente demonstraria meu amor. Para seu namorado, seria um gesto iniludível, uma cortesia qualquer advinda de um homem de letras. Meu presente estava pronto. Meu futuro ligado ao nome e à fama do Outro era incerto, porém excitante...

17.

Fui ao Tortoni com o ramalhete de rosas rubras e o livro. Antes de entrar, verifiquei se Borges estava ali. Era importantíssimo que dessa vez não me atrapalhasse. Não estava. Tampouco Raquel. Sentei-me e fiz a jaculatória padrão para o garçom: "Um café grande, por favor." Inebriei-me de cafeína e me senti excitado, os nervos à flor da pele, os olhos em todos ao redor, sentindo que podia escrever tudo, que podia escrever sobre todos. Meia hora depois a porta se abre e por ela entra Raquel Spanier. Levantei-me e acenei para que me visse. Ela olhou e, de longe, cumprimentou-me. Veio sorridente, ainda mais ao descobrir que na mesa a aguardava um ramalhete de rosas. "São para mim?" Fiz que sim com a cabeça e, por um momento, imaginei que fosse chorar. "Muito obrigada, Borges. É realmente muito querido, muito atencioso." Falou olhando nos meus olhos. Tomou minha mão nas suas. Como pode? Uma mulher linda dessas deve estar acostumada com esses galanteios. Deve haver outros que também se apaixonaram por seus olhos, por sua boca...

"Mas o melhor não é isso", falei, bobo apaixonado, o sorriso imbecil impresso no rosto. "Este é realmente o meu presente. As flores murcharão, mas as linhas não. Estas linhas são para você, são sempre suas..." O gesto e as palavras previamente ensaiados. Resultado também previsto: ela tomou lentamente o livro das minhas mãos com os olhos marejados. O presente perfeito. Presente sem tempo e sem espaço, presente mais-que-perfeito, sem intelectuais metidos em volta, sem garçons, sem nada. Só eu e Raquel. "Obrigada, Borges. Obrigada, meu querido. Não sei como agradecer. É muita gentileza. Definitivamente, é um anjo que apareceu em minha vida." Falou olhando nos meus olhos, o livro apertado na mão, as rosas para mais tarde. Pintura da minha vida seria esta, pensei quando saí do Tortoni. Difícil imaginar momento que me marcou mais. Eu, Raquel e nada mais. Sem Borges, sem terceiros, sem nada que pudesse nos atrapalhar.

Nos dias subsequentes, plantei meus pés no café esperando um novo encontro. Raquel por duas semanas não foi. O café na mesa, a *Proa* e os outros suplementos literários abandonados. Olhava silenciosamente para a entrada, esperando que por ela passasse novamente o vestido branco com rendas verdes de Raquel Spanier. Os dias se passavam e minha angústia aumentava. Cada dia era o fantasma de que nunca mais a veria ou que ela sumisse, como sumiu do Once. Um dia, meus olhos voltados suplicantes para a entrada e Borges entra com Norah e um amigo. Vão para o seu canto, parecem também preocupados, parecem entretidos com uma discussão calorosa sobre algo que não consegui escutar. Quando entrou, cogitei sair justificando-me que já era tarde, que Raquel não iria naquele dia. Coragem, Borges. Está se enganando, não pode ter medo dele. Chamei o garçom, deixei o café frio do lado. Pedi outro. "Café com whisky, por favor!" Horas mais tarde, saí embriagado.

Nas semanas seguintes, o café irlandês do Tortoni foi minha única companhia. Café, whisky, creme e canela. E minha solidão. Até que um dia, com a visão já opaca de três grandes doses de whisky, vejo um vulto entrar. "É a Raquel. E estou bêbado. Nem consigo falar." Levantei-me cambaleante. Raquel de longe viu e fez um aceno. Veio ligeira em minha direção. Parecia menos sorridente que da outra vez, parecia mesmo que há pouco chorara, os olhos inchados, vermelhos. Ou não. Estou bêbado, devo falar o mínimo possível. Abraçou-me com força, disse que precisava ser rápida, que lá fora a aguardavam. Fiz que sim com a cabeça. "Desculpe a pressa, Borges. Só passei porque imaginei que estaria aqui. Preciso falar-lhe uma coisa. Mas não agora. Não aqui, não no Tortoni." Arregalei os olhos de surpresa, não soube o que dizer. "Por favor, pode ir até minha casa?" Gesticulei novamente a cabeça. "Pode amanhã?" Repeti que sim. "Ótimo. Será meu convidado", e retirou de sua bolsa uma caneta e, em um guardanapo da mesa, escreveu um endereço. "Na verdade, não é minha casa. Estou hospedada em um hotel. É aqui perto. Aqui mesmo na avenida de Mayo. Chama-se Nuevo Mundial, conhece?" Menti que sim. "Espero-o lá. Às duas da tarde. Até mais, querido." E beijou meu rosto.

No dia seguinte, não me lembrava se a visão de Raquel havia sido um sonho; o guardanapo escrito em letras grandes e redondas Nuevo Mundial me fez acreditar que era verdade. Era já meio-dia, e eu estava de ressaca. Saí de casa para respirar melhor e, na rua, pensei que um presente seria um gesto cortês. Para não coincidir com as flores, comprei um alfajor *santafecino*. Logo mais, fui para o hotel. Na portaria, perguntei por Raquel Spanier. Eles não entenderam. Repetiram um nome, que eu não compreendi. "É a moça do alemão?", perguntaram. "Não sei", respondi. Disse algumas características e eles concluíram que devia ser. Subi no elevador e apertei seu número. Raquel abriu a porta com um grande sorriso. Mas seu rosto estava inchado. Realmente havia chorado muito, não era uma alucinação o que havia visto no Tortoni. Mostrei o alfajor, e ela me deu um comedido abraço e pediu para que eu entrasse. "Obrigada, querido Borges. Gosto muito dos seus presentes, mas não sei se mereço tanto. Você vive a me presentear e acabo ficando encabulada."

"Imagine, Raquel", respondi, o sorriso bobo apaixonado impresso no rosto. "Faço porque quero. E não é nada. É apenas um alfajor..."

"Não apenas um alfajor. Há também seus escritos...", falou apontando para que me sentasse a um velho sofá do quarto. "Os contos, ensaios e poemas são ótimos. Todos muito lindos. Não sei o que dizer. E o nome do livro então..." Olhou para baixo visivelmente encabulada. Olhou para o lado, e percebi então que observava, em cima da mesinha, o livro meu e do Borges que chamei de *Histórias para Raquel*. Obviamente, se gostou, ganhei certa vantagem. Insisti no assunto: "Fico feliz que tenha apreciado. Espero no futuro presenteá-la com muitos outros livros, com muitos outros poemas..."

Raquel subitamente ficou séria. Assustada. Olhava em meus olhos. "Borges querido. Não é necessário que me presenteie com outros livros. Este... já basta..."

"Mas eu quero", respondi, e nessa hora minha vontade foi de lhe dar um beijo enorme.

"Borges. Preciso explicar por que chamei você aqui. Na verdade, não é necessário outro livro..." Parou, coçou a cabeça. Olhou algumas vezes para o lado, para a porta, visivelmente embaraçada. "É sobre este livro que gostaria de conversar. Na verdade, não sou eu que quero conversar, mas sim meu namorado. É ele que ficou muito impressionado com um dos contos."

Puta que o pariu. Ela me chamou somente por causa do namorado? Fingi calma, fingi mesmo que a situação me agradava. "Ora. Isso é bom. É sinal de que ele também gostou..."

"A palavra correta a dizer é que ele ficou inquieto. E deseja trocar algumas palavras com você, se não se importar..."

"Para mim não é problema. É só marcarmos um horário. Um dia bom. Quem sabe no Tortoni..."

"Não, não", cortou ela. "Tem de ser aqui. E tem de ser agora."

"Agora?"

Ela balançou a cabeça que sim e se levantou. "Posso chamá-lo?"

Droga. Está por perto. Será que escutou a conversa? Que será que quer comigo? Enquanto isso, observei as belas costas de Raquel, que foi chamar o namorado. Não foi dessa vez, Borges, que ficou a sós com sua Raquel...

18.

RAQUEL SE LEVANTOU, DEU alguns passos e chamou um nome estranho. Em segundos, escutei batidas fortes de pés no chão do hotel. Já em seguida, o homem se mostrou. Entrou enérgico e por um momento achei que fosse bater continência para mim. Sorriu com um canto de boca e fez um muxoxo, que entendi como uma saudação. Como se estivesse em um desfile militar, andou pomposo até perto de nós. Parou em posição de sentido, rigidamente ereto.

O namorado de Raquel era alto e forte. Tinha os olhos azulados e o cabelo bem loiro, curto, penteado cuidadosamente para trás. O rosto era de um vermelho vivo, afogueado. Sua roupa era marrom; uma espécie de traje militar ou uma imitação bem-feita. As batidas no chão vinham de seu coturno negro e pesado, que soavam ainda mais pesadas porque seu dono andava como se estivesse em um desfile, batendo com força os calcanhares no chão. Era só o que me faltava. Um militar, agora? O que quer comigo? Um militar que gosta de poesia? Imaginei que ele havia escutado toda a nossa conversa. Estava no quarto, atrás da porta, desde o princípio; tinha me visto chegar e dar o presente para

Raquel. Será que é ciumento, que não gostou das flores? Olhei-a nervosa no canto da sala e senti um crescente medo. E se fosse uma simulação para me levar a um local fechado? E se me desse uma surra? Não me escutariam, ninguém veria... Idiota, imaginou que ficaria sozinho com a moça por quê? Achou que seria assim... fácil demais? Que uma dúzia de poemas abriria suas pernas? O homem olhou para Raquel, e, por um curto tempo, seus olhos se encontraram. Ela logo baixou o rosto, envergonhada, culpada pela farsa instalada, como se imaginasse o que se seguiria. O alemão se sentou ao lado de Raquel, disse em uma saudação arrastada o seu nome, Bernhard Rech, e concluiu que viera da Alemanha havia poucos meses. Sua voz já prenunciava esse fato. Seu espanhol era raivoso, arrastado e cheio de erres. Falava meticulosamente e de maneira estudada, não sei se por causa da língua estranha ou pelo assunto em que queria ingressar. "Olá, Borges. Fico feliz que tenha vindo ao hotel em que estamos hospedados. Ficamos", e apontou para a namorada, que fingiu não o ver, "honrados com sua presença aqui. É realmente uma honra ter um escritor do seu porte em nossa companhia." Como resposta, eu sorri, tentando disfarçar o nervosismo. "Mais que isso. Quero agradecer pelos tantos presentes que tem regalado à minha querida namorada. Vê-se que é um perfeito cavalheiro." O jeito estudado e pausado de falar contrastava com a voz grave e imponente. Disse essas palavras apontando para o alfajor, pateticamente repousado ao meu lado. Os presentes. Os malditos presentes. Estes eram certamente o motivo do encontro. Seria espancado. Um aviso. Não mexa com a namorada dos outros, idiota. Eu seria esmurrado por causa de um buquê, um alfajor e de poemas e escritos que nem eram de minha autoria.

O rosto do alemão parecia cada vez mais vermelho, cada vez mais intenso. Raquel não tirava os olhos do chão. Culpada também, podia ter me avisado do perigo que corria.

"O buquê de flores que enviou é muito bonito. Muito cortês. Não existem homens assim do outro lado do Atlântico. Lá na minha Alemanha só existem brutos. Não conseguimos compreender o significado de um gesto como esse. Um dia aprenderemos, quem sabe?" Chegou um pouco mais perto e disse, tentando sorrir: "Mais que o ramalhete de flores, gostei do livro que enviou. Fiquei impressionado com sua capacidade de escrever, Borges." Falava olhando-me firme, não parecia falso.

"Agradeço. Só posso agradecer", respondi, impreciso.

"Seus escritos são realmente muito bons. Agrada-me muito a forma que escreve. Tenho dificuldades na leitura em sua língua, mas o esforço foi recompensado. Posso dizer que fiquei extasiado com o seu livro." Parou de falar e olhou para cima, procurando a expressão correta. "Sim, esta é a palavra. Extasiado. Assim me senti." Agradeci novamente, já intimidado com tantos elogios. Raquel não tirava os olhos do chão, não tirava do rosto a expressão de culpa. Algo definitivamente ainda não me fora revelado. Volvi os olhos ao alemão e percebi que me analisava ininterruptamente. Desconforto completo.

"Sabe, Borges. Chamei-o porque quero conversar sobre um conto específico. Tudo é muito bonito, mas fiquei impressionado com o que escreveu sobre Judas."

Pensei em dizer que estava enganado, que eu nunca havia escrito algo sobre Judas. Mas me lembrei, não era um escrito meu. Era sim um escrito do Outro, do homônimo. Inferno. Ainda por cima, gostou de uma daquelas besteiras que Borges escreve. Vê-se que é um completo idiota. Não me lembrava desse escrito. Na verdade, nem o havia lido direito. Apenas transcrevi-o, sem me preocupar em entender, em meio aos outros, os meus. Apenas transcrevi porque achei que seu nome era insólito, quase beirando o ridículo: "Natureza de Judas." Um escrito que tenha esse nome só pode ser uma coisa muito ruim, conjecturei, enfiando-o em meio aos meus, imaginando que ficaria escondido ao redor das minhas tantas pérolas. E o imbecil do alemão foi gostar logo disso?

"Bom. É um escrito simples. Não é para se considerar tanto uma bobagem dessas..."

O alemão riu. Riu mais alto que os risos corteses de quando elogiara o buquê. "Vê-se que, além de gentil, é muito modesto."

"Não, não, imagine. Não se trata de modéstia. Apenas quero dizer que há coisas melhores no livro. Que esse escrito é algo sem importância. Não sei nem por que o coloquei em meio aos poemas."

"Não diga uma coisa dessas. É um escrito excelente. Li seu ensaio sobre Judas diversas vezes. E toda vez que o leio encontro alguma particularidade que me passara em branco anteriormente. Trata-se de um belo ensaio, e falei diversas vezes para Raquel, não foi?" Apontou o indicador para a namorada, que ainda tinha os olhos postos ao chão. Ela o olhou e concordou de maneira silenciosa.

"Disse muitas vezes já", continuou. "Trata-se de uma verdadeira pérola. Trata-se de poucas páginas que contêm um verdadeiro achado literário. Só um grande gênio poderia ter escrito essas linhas. Estou, de fato, impressionado, Borges. Queria dizer essa frase em sua presença e na presença de Raquel. Para que os dois fossem testemunhas de como me senti feliz e... extasiado! Sim. Esta é a palavra. Só posso resumir que seu ensaio sobre Judas Iscariotes me deixou extasiado! Quero sinceramente que me diga mais coisas que existem nesse seu belo tratado!"

Um alemão atônito, dizendo-me maravilhas sobre um escrito que não era meu, e Raquel sentindo-se culpada pela situação. Um ensaio que ele elogiava, que pedia detalhes, e que eu sequer havia compreendido. Não sabia o que dizer.

"Olhe. Agradeço suas palavras. Não quero que me interprete como modesto. Simplesmente quero que saiba que não dei a mínima importância para o conto. Penso mesmo em retirá-lo do livro nas edições futuras. E peço também que o esqueça. Não há nada o que dizer. Não há nada de importante. Trata-se de letras bobas, descuidadas. Sei que posso fazer muito mais que essas poucas besteiras."

Ele arregalou os olhos azuis. Seu rosto parecia se afoguear ainda mais. "Pode fazer mais do que isso que escreveu?" Convicto, respondi que sim. Não havia lido o tal ensaio de Judas, mas, se veio de Borges, eu tinha certeza de que podia fazer melhor.

"Creio que estamos começando a nos entender. Foi justamente por isso que o chamei aqui."

Puta que o pariu, o que esse alemão quer comigo?, pensei olhando assustado seu rosto vermelho. Que problema é esse em que fui me meter?

"O que quer que eu escreva?"

"Ora. Quero que escreva mais sobre Judas, não está claro ainda? Quero que dedique mais linhas, quiçá mais páginas sobre esse personagem. Quero me perder ainda mais nos seus escritos. Mais fundo. Mais tortuoso. Quero aprender e me perder nesse fantástico entendimento que tem de Judas Iscariotes. É isso que quero."

"Não sei se posso. Na verdade, não sei o que dizer. Estou sendo sincero, trata-se de um conto bobo, sem importância. Não vejo necessidade de perder mais tempo com esse assunto. Tenho coisas mais interessantes para escrever e, se me conceder tempo, verá que tenho razão." O alemão estava muito vermelho. Por um momento, seu semblante ficou fechado, bravo. Pareceu que falaria alguma besteira, que me obrigaria a escrever.

"Borges. Não está entendendo. Mais que querer, eu preciso que você escreva sobre Judas. Acho que não fui claro o suficiente. Peço desculpas. Não sei por que imaginei que leria meus pensamentos. Talvez porque seja um grande escritor; talvez porque, mais que os outros, você saiba o real sentido em que as palavras são empregadas, eu imaginei que entenderia meu propósito. Por isso, peço desculpas. Quero que saiba: sou historiador e apaixonado sobre a história da religião. Para um homem com esses atributos, não é difícil concluir no interesse peculiar que nutro pela Cruz, uma vez que este é o episódio central de toda a história do cristianismo. Por isso sou estudioso e leitor de todos os que escrevem sobre Jesus, sobre os apóstolos e principalmente sobre Judas, que teve papel importante nessa história — teve o papel de vilão. Por isso tive a surpresa de, aqui na Argentina, no fim do mundo, longe da Alemanha, longe dos empoeirados e velhos teólogos europeus, ver um jovem lúcido e poderoso como você escrevendo com propriedade sobre o acontecimento mais importante da humanidade: o acontecimento que resultou no surgimento de toda a fé cristã. Por isso fiquei maravilhado. Por isso meu pedido para que escreva mais.

Para que escreva mais sobre esse Judas que descreveu de forma sublime em poucas linhas.

"Obviamente não será um trabalho gratuito. Sei que ninguém tem labor sem troca de algo. Nem os grandes espíritos, como se mostrou para mim nesses últimos dias. Por isso quero que saiba: sou militar na Alemanha, mas por motivos profissionais tive de me refugiar no Novo Mundo, aqui na bela Argentina. Não pense que saí foragido da lei. Apenas tive alguns pequenos problemas, mas que logo serão resolvidos. Quero que saiba que dinheiro não é, de forma alguma, um óbice. Meu trabalho garante meu sustento com sobras. Mais, garante que eu financie a pesquisa: a pesquisa sobre o acontecimento central da fé. A Cruz, o Jesus crucificado, as moedas, a traição, os acontecimentos posteriores. Por isso, quero que receba meu pagamento em troca de futuros ensaios, como este que criou."

Fiz que não com a cabeça. Definitivamente, não havia como aceitar um pagamento por uma besteira que o outro Borges havia criado. E se ele descobrisse? Além do mais, superior que sou, não posso aceitar um dinheiro graças ao pensamento do outro... uma esmola, outra humilhação. Antes que pudesse me manifestar, ele continuou. "Por favor, este é o meu pedido. Aliás, não um favor, encare como um trabalho." Tirou do bolso um maço enorme de notas. "Pago o triplo disto, se for convincente, Borges. É um trabalho como outro qualquer. Se pintarem bem minha casa, pagarei bem. Se auxiliarem minha pesquisa, por que não posso pagar de acordo? Não é assim que funciona o mundo? Por favor, só quero que ponha sua modéstia de lado. Só peço que me auxilie. Sei que Raquel também ficará muito feliz caso você se decida por me ajudar, não é?" Ela o olhou e depois me encarou. Fez que sim com a cabeça, mas não parecia nada feliz. Olhei de novo o maço de notas e me justifiquei:

"Bom, se Raquel ficará feliz, pensarei melhor em sua proposta." O alemão falou algo em sua língua nativa, alto e firme, que me parecia de um grande contentamento. Depois, disse em espanhol: "Agora sim, Borges, começamos a nos entender. Pagarei bem, quero que nunca se esqueça. E, principalmente, serei muito grato por todos os escritos que saírem de suas prodigiosas mãos!"

19.

QUE ENGRAÇADO. UM ALEMÃO que quer me pagar para eu escrever sobre Judas Iscariotes... Dizem mesmo que esses alemães são meio estranhos. Bernard alguma coisa, não me lembro. Gostou que enviei flores para sua namorada e quer ainda me pagar para que eu escreva para ele... só pode ser um sujeito esquisito mesmo.

Do estranho encontro, já em minha casa, tento explicar algumas coisas: por que Raquel parecia triste? Por que chorou? Brigou com o namorado? E por que ele tem tanto interesse em um conto sobre Judas? Diz que é historiador... se é, deve haver muitos livros sobre o tema. Livros sérios, de pesquisadores, outros historiadores. Por que um sujeito assim tem interesse em um livro desses, aqui na Argentina, em meio aos bárbaros? Devia estar na Europa, na Itália, quem sabe, no berço da fé cristã. Não aqui, nos confins da América, no meio do nada... Interessou-se por um ensaio do Borges ainda por cima? Quer que eu aprofunde um conto do Borges. Só pode ser louco. Quer rasgar dinheiro.

O primeiro pensamento de recusar o trabalho foi logo descartado. Não posso enjeitar tanto dinheiro assim. Por esse dinheiro, escrevo o que quiser, de Judas, de Jesus ou de Maria Madalena. O pensamento de que fazia uma literatura contratada, clandestina e travestida de pesquisa me divertia. Como se, em verdade, eu fosse muito superior a tudo isso, como se o fato de escrever para ganhar fosse algo trapaceiro. E há o Borges ainda por cima. Com o mesmo tema em pauta, poderemos ver afinal quem escreve melhor. Só assim, com esses critérios, poderei chegar a uma conclusão. Só assim saberei que meu inimigo foi vencido.

Embora o tema — e consequentemente o ensaio — sobre Judas fosse pueril, julguei que não poderia superar Borges se não o lesse. Além disso, o alemão pediu um ensaio aprofundado sobre o tal escrito. E não há como aprofundá-lo sem o conhecer. Com essa justificativa, li o ensaio "Natureza de Judas" que tratava de um experimento publicado em uma das revistas *Proa*. O Judas em questão era singelo, quase previsível. Borges, travestindo-o de um ensaio sério, contestava a versão que a tradição atribuía a Judas. Elegeu um protagonista — um protagonista ruim, cinzento e sem vida — que desbancava a versão bíblica de Judas Iscariotes. Um heresiarca elaborou uma tese retirando de Judas todo o fardo que a posteridade lhe atribuiu. Citou a frase "*Não uma coisa, mas todas as coisas atribuídas a Judas Iscariotes são falsas*" atribuída a De Quincey, que, influenciado por outro autor, já havia concluído que Judas propositalmente delatou Jesus para apressar e deflagrar o caráter divino oculto em seu Mestre.

O protagonista de "Natureza de Judas", por sua vez, elabora uma tese com argumentos de ordem metafísica. Judas não simplesmente teve um propósito nobre. Era sim necessário, era o instrumento divino para mostrar ao mundo o Messias, a Redenção e a Cruz. Mais que o Filho do Senhor, era necessário o delator que o apontasse ao mundo e dissesse: "Vejam, aquele é o Rei dos Judeus." Os fatos subsequentes são por demais conhecidos e poucos explorados no escrito do Outro — uma fraca literatura, óbvio. Não há menção dos detalhes dos acontecimentos da Cruz, do destino de Judas, dos trinta dinheiros e da sua misteriosa morte por suicídio. As linhas — como dito pelo alemão — eram poucas. Centravam-se no protagonista — inventado por Borges — que criara o tal livro sobre a índole de Judas. Por sua vez, não há muitos detalhes sobre tal livro. Trata-se de um conto tipicamente borgiano: a invenção de um personagem criador de um livro imaginário, centrando-se na citação, no erro da humanidade em julgar Judas e em uma ou duas parábolas bíblicas.

O protagonista tenta a publicação desse seu livro algumas vezes. Na terceira, a Igreja Católica o condena por blasfêmia e apologia dessa perigosa heresia. É excomungado e, como insiste em seu erro — de pregar a importância de Judas —, acaba morto por fanáticos religiosos, que assaltam sua casa. Em sua agonia delirante, pede uma cruz e espinhos. Os fervorosos católicos respondem que ele não merece tamanha honraria. E o matam com um punhal.

Em resumo, é essa a história que fascinou o alemão. Uma história simples, um roteiro primário, previsível, quase infantil. Alguém que se rebela contra a versão tradicional de uma história extremamente difundida e que faz um livro para demonstrar seu argumento. A história de um autor de um livro que é execrado e, por fim, encontra a morte nas mãos de católicos, que é o clímax anunciado. Pleiteia o protagonista — como último pedido — que sua morte seja igual à de Jesus Cristo. Pede a Cruz, pede que sejam Judas. Eles negam, porque o protagonista não merece a Cruz, mas sim uma morte comum, para que sua vida restasse esquecida junto à sua perigosa ideia.

Essa é a história que eu devo aprofundar. Mas como? O que escrever? O que mais dizer, que já não foi dito? Por mais resumida que fosse, a teoria estava bem exposta. Prolongar denotaria prolixidade e repetição apenas. Por alguns longos minutos, imaginei razões e consequências da teoria do Judas de Borges, mas nenhuma delas me convenceu. Não consegui pensar em algum fio condutor da história certamente porque se tratava de um argumento pobre. Certamente porque não há mais nada a dizer.

Li mais duas vezes o escrito. Após a releitura, alterei minha linha de raciocínio. Na verdade, não se trata de um argumento pobre; é sim um argumento completo. Borges sintetizou tudo o que poderia ser dito em poucas páginas e isso só pode ser uma virtude. Peguei-me assaltado, pensando virtudes do Outro. Não pode ser. Se escreveu, é ruim. Se escreveu, consigo superar. Nasci melhor escritor e agora é a vez de provar isso para mim. Mais: é a chance de me vingar, é o momento da desforra pelo acontecimento com Raquel.

Já deitado em minha cama, virei para o lado e fechei os olhos, procurando inutilmente algo para escrever que agradasse ao alemão. Antes de dormir, sorri uma última vez. Novamente, achava graça na minha situação. Foquei meus pensamentos em vinganças e traições. Mais de uma vez fui assaltado por pesadelos. Em um desses, o outro Borges se antecipava a mim e escrevia um brilhante, incisivo e terminativo ensaio sobre Judas. Devo ser rápido, pensei. E dormi, novamente.

20.

A NTES MESMO DE ACHAR razões para complementar o conto do Judas, decidi dar a resposta ao alemão. Talvez seja uma contradição dizer que aceito, que desejo fazer parte de sua pesquisa e não ter uma mísera ideia para colocar no papel, uma única razão para o seu fantasioso Judas. Mas o medo que desista de mim é mais forte. Quero o dinheiro. Mais, quero o desafio do trabalho. Sei que é um tema pobre, esgotado e que não me agrada. Mesmo assim, decidi que preciso escrever para mostrar quem sou. Medo que desista ou que descubra que eu não sou quem ele imagina? Medo de Raquel descobrir? Se descobrir a farsa do homônimo, não terá mais apreço por mim... Ideia ruim, que teima em voltar enquanto penso algum obscuro e desconhecido Judas, e que expulso, uma, duas, três vezes... Decidi deixar meu vil protagonista e meu inimigo para depois. Por ora, é necessário somente conversar com o alemão. Dizer que aceito; que me dê as coordenadas e deixe que eu cuide de todo o resto.

Retornei ao Nuevo Mundial, perguntei novamente por Raquel e pelo alemão. Subi o elevador e bati em seu apartamento algumas vezes. Já imaginava que não havia ninguém quando a porta se abriu. Dessa vez, infelizmente, não foi Raquel que me recebeu, mas seu namorado. Estava sem camisa, apenas coberto com uma toalha, e me pareceu extremamente constrangido. "Peço desculpas por atendê-lo dessa maneira. Acabo de sair do banho. Entre, e logo estarei pronto para recepcioná-lo."

Depois de alguns poucos minutos, o homem retornou. Sua entrada foi prenunciada pelas batidas fortes do coturno. Como já imaginava, veio com a mesma roupa militar. Olhou-me com seus grandes olhos claros e deu um sorriso, que me pareceu falso e ensaiado. "Que alegria vê-lo aqui, Borges. Dizíamos de você ainda há pouco. Espero que sejam boas notícias que o tenham trazido até este humilde quarto."

"Creio que são boas notícias, sim", respondi. "Decidi aceitar sua proposta. Escreverei sobre seu Judas."

"Ótimo. Fico extremamente grato. Não pode imaginar a importância que têm seus escritos. Saiba que será bem recompensado por tudo que está fazendo." Deu a resposta com um murro de alegria na mesa.

"Obrigado. Sei que serei bem recompensado. Disse que falava de mim. Falava com quem? Onde está Raquel?"

"Raquel teve de sair. Foi resolver uns problemas pessoais, mas creio que logo retornará. Não dizia de você a ela, mas sim a algumas pessoas na Alemanha. Pouco antes de chegar, telefonava para amigos do outro lado do oceano. Disse-lhes maravilhas de um escritor portenho, que fala dos acontecimentos do cristianismo com mais propriedade que muitos doutos teólogos da fé cristã. Disse sinceramente que encontrá-lo foi encontrar um tesouro inestimável, ainda mais agora que confirmou que dará continuidade ao trabalho."

"Eu só posso agradecer esses seus tantos elogios. Mas ainda acho que está exagerando."

"Não, não, de forma alguma", interrompeu-me. "Não diria se não fosse verdade. Não estaria disposto a pagar se não fosse verdade. É sinceramente o que acho... é o que espero. Que continue a escrever essa bela produção. Quero uma grande pesquisa sobre o personagem Judas Iscariotes."

"Um conto, quer dizer?"

"Tanto faz o nome que queira dar. Quero que continue na mesma linha desse seu maravilhoso escrito. Se quer chamá-lo de conto, não me oponho. Nomeio-o apenas como maravilhoso. Realmente genial."

De fato, os elogios ao homônimo feitos para mim cada vez me deixavam mais incomodado. Além disso, eu permanecia sem saber por que aquela besteira tinha empolgado tanto o alemão.

"Bom, vim aqui primeiro para dizer que aceito o serviço. E também para perguntar o que quer que eu escreva. De Judas, já sei. Mas as minúcias, os detalhes. Creio que, se o senhor me der um norte, meu trabalho restará mais eficaz."

"Primeiro, não me chame de senhor", falou com seu sempre riso metódico e estudado. "Com certeza não sou tão mais velho que você. Nem tenho o seu gênio. Sou um operário, sou o homem comum que prega Raskolnikov. Você que é o homem extraordinário, o poeta. Quanto ao escrito, quero que aprofunde o que já escreveu. Quero que mude o foco narrativo de todos os que escrevem sobre o episódio da Cruz. Não quero que escreva do Protagonista, mas sim do pobre vilão, tão malhado e açoitado pelos séculos. Não quero nada com a tradição, com o beijo, com o dinheiro e seu terrível destino. Quero os esquecidos pormenores. Quero o cotidiano de Judas. Era vaidoso? Magro ou gordo? Casado? Qual a sua ocupação, além de servir e trair o Senhor? Como foi o dia seguinte, os bolsos pesados, como restou sua consciência? Mais, quero que diga como ousou dar início ao plano que fez com que a cristandade restasse completa. Como lhe surgiu a ideia de delatar o filho de Deus? Como elaborou seu plano? Como foi sua conversa com os generais romanos? Como foi que decidiu combinar o toque da entrega — o beijo na face — com os soldados? Todos os pormenores, todos os interlúdios, suprimidos em nome da cega fé. Quero o que foi esquecido. Quero a visão deturpada. Quero a história, mas não a história contada pelos vencedores..."

Saí do Nuevo Mundial transtornado e um pouco chateado. Primeiro porque não vi Raquel. Segundo porque a tal história se mostrava cada vez mais uma loucura sem tamanho. Transtornado permaneci; dois dias se passaram em frente de papéis em branco e uma Bíblia antiga, dada por minha avó, gravada com meu nome e com uma oração especial a São Jorge. Duas noites insones, à base de café e histórias bíblicas. No terceiro amanhecer, já com denunciadoras olheiras de cansaço, sou assaltado com a visita de Raquel Spanier.

"Olá, Borges, posso entrar?" Estava com um vestido rosa e sorriu ao me ver. Linda. A casa estava uma balbúrdia total, cheia de papéis desconexos e copos sujos de café.

"Claro", respondi. "Só não ligue para a desordem." Antes que entrasse, retirei rapidamente os escritos do Outro jogados pela casa. Se descobrisse a existência de Borges, certamente seria o fim.

"Prometo que não demoro. É uma visita curta...", disse, ao entrar na confusão da minha casa.

"Não há problema algum, Raquel", apressei-me em dizer. "Pode ficar o tempo que quiser." Ela ficou imóvel na sala, olhando para todos os papéis, livros e copos sujos do ambiente. Rapidamente limpei um pedaço do sofá para que se sentasse e fiz um gesto com a mão. Ela se sentou e então procurei outro espaço para mim. Olhei-a e vi que ainda desviava o olhar de mim, olhando para um copo de café frio, pela metade, ao seu lado. Impaciente, perguntei: "E então? A que devo a honra da visita?"

Ela deixou de mirar o copo de café. Virou-se para mim e deu um sorriso tímido. "Na verdade, não sei por que vim, Borges. Não sei nem o que dizer. Apenas gostaria de conhecer o local em que você criava suas histórias..."

"Deve estar decepcionada agora, não? Imaginou, sem dúvida, um local mais organizado e não esta bagunça..."

Ela riu timidamente. "Não! Não pensei em nada. Apenas gostaria de conhecer. O local em que saem seus escritos deve ser um local muito importante, eu imaginei. Talvez por isso decidi vir. Agora, no entanto, parece tão sem sentido minha visita. Devo tê-lo atrapalhado. Imagino que tirei sua concentração. Peço desculpas, Borges. Não devia ter vindo..."

"Imagine, Raquel. Sua visita é uma inspiração para mim. Sabe disso. Pode vir sempre que quiser."

Olhou para baixo, acanhada. "Bom, também vim para dizer que meu namorado ficou impressionado com a forma que escreve. Nunca o vi dessa maneira. Está muito preocupado em recompensá-lo, fazendo muitas ligações para a Europa, dizendo de você para várias pessoas. Só gostaria que soubesse que ele, em seu país, é uma pessoa importante, com amigos importantes. Quero que saiba que, quando diz que saberá recompensá-lo, diz sério. E fará muitas coisas para você, se fizer o que ele pede. Escreva o que ele quer, Borges. Também vim aqui para dizer isso."

Apenas respondi que sim com a cabeça. Raquel olhou para mim, deu um sorriso e se levantou. "Agora vou. Não precisava ter vindo. Mas, por um momento, senti uma curiosidade irresistível..."

Deu-me um beijo no rosto e foi em direção à porta. "Até logo, Borges. Quero que saiba que não só meu namorado gostou dos seus contos. Eu também!" Abriu a porta e saiu. Por alguns minutos permaneci olhando para a porta fechada, manuseada há pouco por Raquel Spanier. Na mesa, os papéis teimavam em ficar brancos, assim como minha mente. O ambiente ficou por um bom tempo cheirando a um perfume feminino que nunca mais esqueci...

21.

Pensando em Raquel, sentei-me em frente da máquina de escrever, sem razão ou vontade para escrever qualquer coisa. Mas precisava. Rápido, antes que Borges mais uma vez ousasse cruzar meu caminho. Também pelo dinheiro. Um bem-vindo dinheiro. Devia escrever antes que descobrissem que não sou quem pensam. Mais uma vez, li "A Natureza de Judas" que havia colocado em meu próprio livro. Dessa vez, deixei todo o orgulho de lado: não ousaria inventar novas razões, outros pensamentos. Apenas continuaria a linha de raciocínio do inimigo. Prolongar apenas o seu ensaio sobre Judas, da mesma maneira que ele explicitou. O que importa em uma hora dessa o orgulho, o que importa que eu escreva melhor que o inimigo? Concluí que não era a hora de tentar mostrar isso ao mundo. Ou a mim mesmo. Não podia deixar o tempo correr e ter o risco de ser desmascarado. Com o conto na mão, escrevi um personagem de acordo com o que Borges escreveu e completamente distinto do que pregam as tradições. Um Judas altruísta e humano. Um Judas não movido pela cobiça, mas sim preocupado com um único propósito: com o engrandecimento do nome de Deus, aquele Deus que tanto falara seu mestre Jesus. Um Judas portador de uma devoção quase ilimitada, um Judas asceta por um propósito: honrar o nome do Deus que aprendeu a cultuar.

Escrevi assim sobre um apóstolo tão fiel, tão fiel, que, por sua fidelidade, foi capaz mesmo de contestar seu mestre, Jesus de Nazaré. Um Judas capaz de dizer que seus pequenos milagres, como transformar a água em vinho ou multiplicar peixes, eram frívolos e nada contribuíam para que o nome do Senhor fosse perpetuado. Um Judas capaz de dizer que os milagres eram fruto de um orgulho sem sentido do filho do Pai e que, com o tempo, todos esses seriam jogados ao vento e esquecidos. Um Judas que pregava um ato imortal para a glória do Senhor.

Assim escrevi: *"O culto a Deus que pregamos só será grande se Jesus, seu filho, demonstrar isso a todo mundo. Mais que isso, se demonstrar para todas as gerações futuras. As palavras serão esquecidas e jogadas ao vento. Um grande ato não. Um ato que tem de ser eterno."*

A palavra "culto" automaticamente me fez lembrar de religião. Que, por sua vez, fez-me pensar na Santa Igreja Católica Apostólica Romana. Se esse Judas que escrevo está tão preocupado em preservar o culto de Deus, deveria também estar embrenhado na Santa Igreja. Pelo contrário, é um dos vilões da Instituição. É açoitado, violado e massacrado pelos séculos, pelos próprios cristãos. Como conciliar a maldita memória que a Igreja construiu com esse humano e preocupado Judas que tento criar?

A resposta demorou alguns dias, que destinei a estudar sobre o princípio da Instituição. Relembrando o princípio da Fé cristã, ainda em latente combate com os gnósticos dos primeiros séculos, forçoso foi o estudo de Pedro, o patriarca da Igreja. No entanto, do estudo que fiz de Pedro pouco ou nada descobri além dos fatos que eu já conhecia desse personagem: que é o pai e fundador da religião católica. E que negou Jesus Cristo três vezes. *"Ora, estando Pedro embaixo, no átrio, chegou uma das criadas do sumo sacerdote e, vendo a Pedro, que se estava aquentando, encarou-o e disse: 'Tu também estavas com o nazareno, esse Jesus.' Mas ele o negou, dizendo: 'Não sei nem compreendo o que dizes.' E saiu para o alpendre."* Nessas linhas demorei-me buscando achar algum fio de raciocínio conveniente para meu protagonista. Confesso que minha conclusão foi espantosa, e não apenas por conveniência. O fato de o apóstolo mais importante ter negado Jesus Cristo é realmente intrigante.

Engraçado. Aprendi — somos obrigados a aprender — que Judas é o grande vilão e nunca paramos para pensar no ato horrendo perpetrado pelo fundador da Igreja. Por acaso a cobiça é um crime maior que a covardia? Judas ainda tem atenuantes. Poderia, quiçá, precisar do dinheiro, poderia passar por necessidades financeiras. A covardia não. A covardia é vilania pura da alma. Marca nascitura que não sai com banho ou com reza, signo de nascença, sem justificativas e sem perdão. Judas traiu no silêncio; apenas os romanos foram testemunhas de sua delação. Pedro não. Pedro fez pior: traiu Jesus em sua frente; negou Cristo olhando em seus olhos. Não é verdade o dito popular que o que os olhos não veem o coração não sente? Judas cometeu seu delito em segredo. Com os romanos, combinou apenas um código de delação. Poderia ter gritado, apontado dedo em riste, palavras injuriosas: "Este é o Rei dos Judeus." Seu ato foi secreto e, de toda forma, mais respeitoso que o de Pedro.

Que burrice a minha, de repente pensei. Óbvio que Pedro nunca será o vilão. Não ocupará esse posto justamente porque é o patriarca da Igreja. Isso não o redime, é verdade. A covardia e a negação não têm perdão. Mas o fato é que a Instituição Apostólica não pode ter em seu fundador um vilão. No santo teatro encenado, além de Deus, dos santos e dos anjos, deve ser feita uma divisão de heróis e vilões. Este papel foi entregue a Judas. Aquele a Pedro.

Desse fato, imaginei uma comunhão de propósitos de Pedro e Judas. Eram os dois apóstolos, conviviam juntos, tinham a mesma crença, escutavam da mesma palavra, ceavam do mesmo pão... Imaginar que um não conhecia os pensamentos do outro é quase intolerável. É, sem dúvida, um pensamento irresponsável e ingênuo. Com um sorriso, quis escrever: *"Pedro sabia da cobiça de Judas. Este, da covardia latente de seu amigo..."* Mas não pude. Não pude escrever nada que ligasse Judas à traição, mas sim ao nobre propósito. E os dois, ao menos no meu conto, tinham um elevado propósito: perpetuar o nome de Deus e, posteriormente, fundar uma religião para cultuar a memória do Senhor. Um propósito complexo, resta lógico. Um propósito que envolveria um esforço sobre-humano dos dois. Deviam fazer isso sozinhos, sem sequer a ajuda do mestre. Sabiam Pedro e Judas que Jesus trilhava errôneos caminhos: as prostitutas, os leprosos, os peixes, nada disso era necessário. Todos eram pequenos e pessoais milagres, que ajudavam poucas vidas e seriam deturpados, confundidos com charlatões e esquecidos com o tempo. Deus pleiteava um milagre maior, eles bem sabiam. Um milagre que necessitaria do esforço dos dois, um ato que valeria a vida dos dois. Como já dito, sabiam que os pequenos milagres eram fruto de um orgulho despropositado de Jesus e que, se não agissem rápido, seu mestre seria logo confundido com um mago ou profeta, que naqueles tempos eram legião.

Perfeito, pensei. Acabei de criar uma sociedade comandada por Judas e Pedro. Tinham um propósito em comum, confabulavam esse propósito longe dos demais, reuniam-se em silêncio: eram realmente uma sociedade, talvez a primeira sociedade secreta da história. Esse pensamento me seduziu por um tempo. Escrever (mesmo que de maneira esdrúxula) sobre pessoas que se reúnem para discutir um fim secreto chama a atenção dos leitores. Certamente o alemão gostará da conclusão a que cheguei. No entanto, não me convenceu uma sociedade formada apenas por duas pessoas. Alguém mais tinha de entrar nesse grupo. Não existe verdadeiramente uma sociedade apenas com duas pessoas. Um outro, quem? Pensei em um apóstolo, mas não encontrei um que conseguisse demonstrar o intento dos outros dois. Pensei no próprio Jesus, como grão-mestre desse secreto grupo. Mas Jesus estava enganado; a atitude deles só existiu porque seu mestre não fez forças para colaborar. Se Jesus tivesse se esforçado, nada disso teria acontecido e Judas não passaria pelos tempos como sinônimo de delator, segundo minha recém-inventada interpretação. Revisitei o quadro da Cruz e do martírio algumas vezes. Todos do santo teatro bíblico pareciam muito contrários ao que ocorrera no monte Sinai. E eu precisava encontrar alguém... mas quem? A resposta me custou alguns dias, lendo o mais famoso dos episódios bíblicos. Lembrei que, de acordo com as Escrituras, quem efetivamente matou Jesus Cristo foi um soldado romano chamado Longinus. Perfurou Jesus Cristo com uma lança, que ficou conhecida pela história como Lança Sagrada,

Lança do Destino ou Lança de Longinus. Pesquisei sobre a vida de Longinus e descobri que, posteriormente, a Igreja o santificou. Como a Igreja Católica tem a capacidade de santificar aquele que deu a última estocada no filho de Deus?

Conta a tradição que o sangue de Jesus respingou nos olhos de Longinus e que, após tal fato, este se safou de uma grave doença ocular. E que se converteu à fé e ao incipiente cristianismo, morrendo mesmo por esta causa. Mas muitos foram os que morreram no princípio, quando o cristianismo era apenas uma entre várias seitas para os romanos. Por que justamente este foi escolhido para virar santo? Justamente o que matou o Senhor, e não os outros inúmeros guerreiros desconhecidos que ofereceram em vão suas vidas? A conversão tem o poder mesmo de limpar a grave mácula de ter matado Jesus Cristo? Pesquisei mais sobre o centurião Longinus e mais nada encontrei a não ser as mesmas reproduções das notícias de sua famosa lança, da estocada, dos seus olhos e da sua conversão. Percebi mesmo que a grande maioria dos recentes cristãos pede inúmeras coisas a São Longuinho sem desconfiar que ele tem mais culpa que Judas e que aqueles que colocарam cravos na mão do Senhor e espinhos em Sua fronte. Isso porque ele foi o responsável pela última e letal chaga. A lança. A Lança do Destino. A famigerada Lança de Longinus.

Um fato deste só pode ter uma explicação: Longinus, o posterior São Longuinho, estava mancomunado com Judas e Pedro. Sabiam os três que a única forma de perpetuar o nome de Deus era matar o Seu filho. Que, desta maneira, ele seria morto em nome Dele. É imemorial o conhecimento de que o mártir é eterno, como a carne e a memória não o são. Imaginei e descrevi a cena: os três em sua silenciosa reunião discutindo o futuro da humanidade e da fé. Bolado o plano, tiraram na sorte suas funções... e posteriormente seu destino. As funções eram por demais conhecidas. Um tinha de ser o delator: Jesus só seria morto se o jugo de Roma se voltasse contra ele. Outro deveria ser propriamente encarregado da morte de Jesus. Esse era um cargo importante, para certificar que o mestre seria morto e que o Plano restaria completo. Também porque, ocorrendo a morte na mão dos sectários dessa Sociedade Secreta, seria uma morte pura, precedida por uma reza e antecedida do glorioso destino que os esperava. Não uma morte ímpia, na mão de pessoas que não acreditavam em Jesus, mas sim um ato necessário, realizado por um dos seus fiéis.

Por fim, o último cargo era daquele que deveria permanecer vivo e contar exaustivamente o que havia se passado naquela tarde. A Cruz, a imolação, a lança perfurando a carne, o Filho descendo à mansão dos mortos... a história hoje é por demais conhecida, mas não naqueles tempos. Uma pessoa tinha o dever de perpetuar a história. E o escolhido, pelo acaso, pela sorte, foi Pedro. Só por isso conhecemos que este foi Pedro e sobre ele foi edificada a Santa Igreja onde Hades nunca colocaria seus pés. Caso a sorte tivesse sido outra, o beijo e o dinheiro seriam destinados a Pedro, enquanto o primeiro santo papa teria sido Judas Iscariotes.

Sorte lançada, escrevi em meu conto que, de um lado, uma pequena lágrima brotou no olho de Judas. Pedro colocou a mão em seu ombro e o consolou. *"Não chore, amigo. É trivial o fato de você ser o delator e não eu. Não obstante distintas nossas atribuições terrenas, nosso destino é igual. Nosso destino é glorioso porque seremos os responsáveis pela perpetuação da fé em Cristo."*

"*Sim. Mas você será o pai dessa fé. Será cultuado e, no futuro, as pessoas o olharão como um santo. No meu caso não. Minha função é a mais torpe que pode existir. Mais mesmo que o assassinato de Cristo. Eu serei o delator. Tem consciência de como serei maldito? Por séculos e séculos, minha alma não terá sossego...*"

Mas Pedro continuou: "*Fala de sua consciência terrena, caro amigo. Mas isso não importa. O que realmente importa é a nossa estada no céu, ao lado do Pai. Por acaso te esqueceste das palavras do Mestre?*"

Judas então enxugou as suas lágrimas e deu início aos preparativos do plano.

22.

Li DUAS OU TRÊS vezes meu novo e grande conto. Não pude deixar de rir do resultado. Por mais que a linha de raciocínio fosse plausível, a conclusão era absurda, quase grotesca. Mas o resultado era o pedido pelo alemão. Era simplesmente uma versão estendida de um conto de Borges sobre um teólogo que ousou mudar o que se conhece da natureza de Judas. Datilografei e encadernei cuidadosamente meu escrito. Se seu conteúdo era uma imensa bobeira, ao menos sua edição tinha de ser elegante. Com o conto findo, embalei-o em um plástico e o levei ao Nuevo Mundial. Deixei na portaria aos cuidados do alemão. E de Raquel Spanier.

Uma semana depois, fui acordado por toques violentos na porta. Vesti-me um pouco assustado e fui verificar: era Bernhard Rech. Deu seu comedido e metódico sorriso ao me ver, ergueu lentamente a mão direita e pude perceber que estava segurando o meu conto encadernado.

"Posso entrar?" "Claro, claro", respondi, ainda torpe de sono. Entrou na sala e pareceu não notar a enorme bagunça ali instalada. Seu semblante parecia grave e sombrio e logo imaginei que portava alguma notícia ruim. Sentei-me à sua frente e perguntei: "Então? O que achou do conto? Era o que esperava?"

Ele olhou pouco nos meus olhos. Fixou seus grandes olhos azuis em algum ponto do chão e parecia extremamente encabulado. Será que descobrira que eu era o outro Borges?

"Na verdade, não. Tenho de ser sincero. Quando imaginei contratá-lo para escrever sobre Judas, imaginava outra história."

"Imaginava outra história? Mas segui a mesma linha do conto que já havia escrito. Utilizei o 'Natureza de Judas' como molde para escrever o que me pediu. O que esperava?"

O alemão olhava de um lado para o outro. Era a primeira vez que via aquele forte e resoluto homem encabulado. Parecia com vergonha de dizer que eu o havia decepcionado. Mais, parecia sentir uma imensa vergonha de dizer qual era o resultado que esperava.

"Não sei explicar o que queria. Foi justamente por isso que eu pedi para que escrevesse. Porque julgava — e julgo — que sabe mais que eu. No entanto, tenho de dizer que não é a história que eu esperava..."

Cortei-o. "Acha que escrevi mal?"

"Não, não, por Deus, não é isso. Escreveu maravilhosamente bem, assim como da primeira vez." E dessa frase senti inexplicavelmente um grande orgulho. "Não questiono sua literatura, seu conhecimento, seu dom em colocar as letras no papel. Digo de outra coisa. Imaginei que o resultado seria outro, apenas isso..."

O alemão, encabulado, olhando para os cantos, estava começando a me deixar irritado. "Ora, se disser o que espera, eu posso muito bem colaborar. Posso ainda mudar meu conto. É uma pesquisa paga, não é? Escreverei de acordo com o gosto daquele que está me pagando..."

"Você não entende, Borges." Repetiu. "Eu não esperava o que escreveu, mas não quero interferir em seu trabalho. Não quero dizer o que tem de escrever. Quero simplesmente que escreva. Assim, escrevendo, tenho certeza de que poderá me ensinar muitas coisas que desconheço. Só confesso que não entendi o que quis dizer nesse escrito", e apontou para a minha encadernação.

"O 'Natureza de Judas' se propunha a contar a história de um Judas não movido pela cobiça, mas sim por um gesto em nome da fé. O novo conto só foi uma extensão disso."

"Mas... e essa sociedade que criou? E Pedro? E Longinus? Não compreendo o que quer dizer com isso."

"Ora. Só os coloquei porque eles também traíram Jesus Cristo. E, ao contrário de Judas, estes passaram pela história como santos, ao contrário do nosso protagonista. É muito estranho que a posteridade tenha dado destinos tão diferentes a personagens que naquela época se assemelharam tanto. Imaginei que fosse apreciar essa sociedade..."

"Sim, só não consigo entender. Não consigo compreender de onde tirou esses dados, essas fontes. Como chegou à brutal conclusão de que Pedro e Judas eram companheiros de uma sociedade secreta? Tem de convir que não é uma resposta a que se chega facilmente. Tem de convir que tal solução só pode ser fruto de um grande raciocínio mental. Só quero saber como chegou a tal conclusão..."

Inferno. Como explicar que não houve tanta dificuldade como pensa? Como explicar que meu trabalho não foi o de um pesquisador sério, mas sim o de um escritor irresponsável? Como falar para o sério alemão implorando respostas na minha frente que eu simplesmente achei dois personagens bíblicos e que também quis dar um destino diferente a eles...?

23.

A RESPOSTA TINHA DE ser rápida e demonstrar firmeza. Caso contrário, eu seria desmascarado. Por que também Pedro? Por que Longinus?

"Ora", respondi com um sorriso no rosto, procurando mais tempo para pensar um prólogo desnecessário. "O seu questionamento é o mesmo questionamento que todos deveriam ter. Por que Pedro e Longinus? Por que eles passaram para a posteridade como santos populares? Um como patriarca da Igreja, outro como santo que auxilia a encontrar as coisas perdidas. O que quero demonstrar é que, na Santa História que nos é contada, por que fizeram vistas grossas para Pedro, que negou o mestre em sua frente? Por que Longinus virou santo, depois da estocada final que deu no Filho do Senhor?"

"Pretende, com isso, amenizar a atitude de Judas Iscariotes?", perguntou-me, sério, Bernhard Rech.

De pronto, um estalo me veio. 'A Natureza de Judas' de Borges não pretendeu minimizar a atitude de Judas, como um delator arrependido, mas sim aumentá-la, torná-la uma atitude grandiosa e santa. E é isso que tanto encantou Rech.

"Não pretendo amenizar a atitude que Judas teve. O que coloquei é só um questionamento sobre como todas as atitudes foram interpretadas. Como um se tornou santo e o outro se tornou vilão."

Parecia transtornado, querendo dizer algo que lhe era importante. "Olhe, Borges. Na verdade, o que me atraiu em seu primeiro conto foi o fato de ter retirado toda a culpa de Judas. Tê-lo colocado em um papel altivo, como nunca antes descreveram. Mas seu segundo conto o misturou com a Igreja... sendo bem sincero, não nutro tanta simpatia pela Igreja Católica... creio que este é o fato do seu segundo escrito ter me incomodado..."

Compreendi de pronto o que o tinha desgostado. A reação com Pedro e com a Igreja.

"Você diz que não gosta da Igreja. Mas refere-se à Igreja atual. Refere-se aos muitos homens que desvirtuaram a Instituição. Mas, no princípio, era diferente, eram apenas poucas pessoas, tentando transmitir a fé em Cristo... em seu mestre. Colocar Judas como um dos fundadores da Igreja, como imagino que você pensa, diminui o personagem que eu havia criado no primeiro conto. De forma alguma. Porque eles sabiam que, para existir a fé, deve existir o bem, que não por acaso as Escrituras correspondem ao céu e à claridade. Mas também deve existir o mal, representado pelo submundo de Hades e pela escuridão sulfúrea. Sabiam os três — principalmente Judas — que a fé e a esperança não necessitam apenas do bem. É sim importante que exista o mal. Não existe Deus sem o diabo, sabia Judas. Não há fé sem que exista o ateísmo e a descrença. Não há Igreja Católica nem a cena do Calvário sem que tenha existido Judas Iscariotes."

Falei, inflamado, tentando ganhar meu interlocutor. De fato, quando disse essas palavras, senti seus olhinhos claros se iluminando. Era, definitivamente, outra pessoa daquela que tinha entrado em meu apartamento minutos antes.

"Quer dizer então que Judas preceituava essa importante lição? Quer dizer que ele sabia que o mal é necessário? Que a delação era importante, porque somente assim transmitiria a verdadeira vontade de Deus?"

Respondi que sim com a cabeça.

"Pelo que havia lido deste seu segundo conto, imaginei Judas como apenas um dos que foram responsáveis pela Igreja Católica. Um a mais, quero dizer. Aquela história de tirar na sorte. Que Judas foi o encarregado da delação. Agora, no entanto, me parece que tudo foi figurativo. Que Judas realmente tinha noção de sua importância. Que sabia que era o único a ter essa noção: sabia que o conceito de bem só existe com o mal, e que não há céu sem que exista inferno. É isso que eu quero, Borges. Que escreva que Judas foi o ator principal, não obstante oculto da Santa História. Agora compreendo o que quis dizer..."

"Claro", respondi um pouco confuso. "Não quis amenizar sua atitude. Só quis demonstrar como foram utilizados dois pesos e duas medidas no julgamento das pessoas que estavam próximas a Jesus Cristo. Como você mesmo disse, vejo agora bem, porque era necessário que existissem dois pesos e duas medidas. O fato de Judas ser um santo não seria suportado para a humanidade, é um fato por demais complexo para ser encarado. Por isso o colocaram como vilão, por isso seu nome se tornou sinônimo de vilania. Porque era necessário que existisse o mal. Porque sem o mal não há bem... como você mesmo disse."

"E Pedro? E Longinus?", disse-me ele. "Realmente não estou ainda satisfeito em misturar os conceitos da dualidade com símbolos da Igreja Católica... como é que estes dois ficam?"

Repeti a sentença que sabia lhe agradar: "Ora, você mesmo diz que não há bem sem que exista o mal. Se verdadeira sua máxima, o contrário só pode ser verdade. Não há como formular um conceito de alguém que busca o mal, para que exista o bem, sem a própria existência do bem. Deve considerar que, mesmo alterada durante a história, não existiria fé cristã sem a existência da Igreja Católica. Portanto, não existiria a fé cristã sem Pedro. Todos são peças que se encaixam. Judas, aquele que renegou a honra, a posteridade e o céu para que existisse Pedro, o orgulhoso apóstolo que negou Cristo e depois associou seu próprio nome ao da Igreja Católica. Deve aceitar o fato de que tudo se encaixa de maneira prodigiosa. Longinus, vendo seu mestre açoitado por romanos na Cruz, decide dar fim ao sofrimento: ora uma prece secreta compartilhada apenas pelos três, pede perdão pela gravidade da conduta que cometerá e dá a estocada final. Obviamente a história de que o sangue foi aos seus olhos e o curou é uma lenda. Apenas uma lenda para justificar o fato de que aquele que matou Cristo depois se converteu e morreu pelo cristianismo. De toda forma, é curioso e inusitado imaginar que um cego seria um legionário romano portador de uma lança e que justamente este teria o encargo de matar Jesus.

"Os atos de Judas também são muito simbólicos. É fato notório nas Escrituras que Judas era o tesoureiro dentre os doze apóstolos. Considerando-se que dinheiro é dinheiro desde que o homem é homem, pode-se chegar à pacífica conclusão de que aquele encarregado como depositário do dinheiro de um grupo só pode ser uma pessoa de extrema confiança. Acha que Jesus Cristo confiaria esse cargo a Judas se não confiasse nele? Acha mesmo que Judas foi apenas cobiçoso ao vender Jesus? Se sim, por que não apenas pegou para si o dinheiro dos apóstolos que lhe era confiado? O fato de ser tesoureiro fiel de Jesus e de vendê-Lo por trinta dinheiros é uma grande ironia, que dão pouca atenção...

"Pois bem, os fatos ulteriores são conhecidos. Judas trai Jesus com os romanos por trinta dinheiros. Insisto: Por que Judas trairia Jesus pelas trinta moedas se já tinha esse montante como tesoureiro do seu grupo? Não seria mais fácil — e seguro —, simplesmente, de um dia para o outro, debandar com a quantia que lhe era confiada? Teria mesmo de passar pelo arriscado gesto da delação? Sabe-se — uma vez que também a delação é delação desde que o homem é homem — que é um gesto arriscado. Delatores são vistos com desconfiança, como raposas, como abutres. Judas não sabia do risco de delatar e depois ser preso junto com Jesus? Não sabia que poderia cair em uma armadilha romana, que poderia ser considerado culpado e comparsa do Nazareno? Obviamente que sim. Foi delator, mas não burro. Tinha plena ciência da gravidade da sua conduta.

"Então, novamente a imperiosa pergunta: Por quê? Por que não optar pelo mais fácil? Simplesmente pegar o dinheiro e se mandar. Para longe de Jesus, para longe das Escrituras. Para longe do inferno que sua memória lhe concedeu, lhe concede e lhe concederá. Por que não essa opção? A resposta que consigo identificar é apenas uma. Ele delatou e não necessitava dos trinta dinheiros. Os trinta dinheiros são meramente simbólicos. Judas não os utilizou nunca. Pelo contrário, sabe quem utilizou esse montante?"

O alemão fez um muxoxo. Estava interessadíssimo na minha recém-inventada anedota. Perguntou com a cabeça. Quem? Respondi:

"Ora, só pode ter sido Pedro." Quando falei isso, senti que Bernhard estava prestes a rir. Era uma história absurda demais. Mesmo para ele. "Calma, deixe-me concluir. Pedro utilizou das trinta moedas, mesmo que simbolicamente. Não as gastou, mas as trinta moedas foram um dos alicerces da Igreja que estava sendo construída. A Igreja baseada no opróbrio, na caridade e na fé cega e pura. Conjecturando Judas como um dos vilões, seu dinheiro também foi considerado vilão. Foi um dos princípios para a Igreja Católica posteriormente dizer que os ricos eram piores do que os pobres e, por isso, todos tinham de doar seu dinheiro para a Igreja, pois assim a chance de entrar no céu aumentaria.

"Creia-me, meu caro. Pedro e os posteriores papas souberam muito bem capitalizar a grandiosos juros os trinta dinheiros que Judas recebeu. E nem por isso se tornaram vilões..."

24.

Em Genebra, no quarto do hotel, lembro do momento que Bernhard Rech saiu do quarto satisfeito com a ideia que tinha acabado de comprar. Agora tinha um importante aliado; um aliado que até aquele momento era sua maior inimiga: A Igreja Católica. A santa Igreja Católica de Roma, que condenara aos fogos infernais Judas e todas as heresias dos primeiros séculos da fé cristã. Pensando de maneira clara hoje, obviamente o alemão nutria muito ódio da Igreja. Se não fosse pelas atrocidades em nome do dogma católico, muito provavelmente a doutrina pregada por Rech seria predominante no mundo. Não existiriam papas nem hóstias. Não existiriam Lutero, Calvino nem *A ética protestante e o espírito do capitalismo*. Muito provavelmente Maomé seria apenas um dos inúmeros profetas que prefiguraram a Verdade. Muito provavelmente os inúmeros conflitos da fé atuais não existiriam. Muito provavelmente seriam substituídos por outros, tão desnecessários quanto os existentes.

Pensando hoje, vejo quanto fui ingênuo naqueles dias. Parece-me óbvio, hoje, as intenções de um alemão militar, com uma tatuagem de serpente, pedindo-me para que contasse versões apócrifas de Judas. E, quando mostrei o resultado, vejo hoje, ele deve ter ficado extremamente decepcionado. Eu havia incluído no barco — no seu grandioso Plano — a Igreja Católica: a pior e mortal inimiga. A inimiga vencedora da guerra, a inimiga que fez com que ficassem refugiados e silentes. Se não fosse pela doutrina católica, eles atualmente mandariam no mundo. Agora, no entanto, estavam ocultos como ratos que se escondem dos gatos. Estavam por baixo, camuflados, esperando o momento certo para dar seu bote; esperando séculos para arquitetar um plano capaz de reverter a situação... E pensar que eu era o Plano. Eu era o responsável por fazê-los visíveis. Mas naquele momento eu decepcionei Rech da maneira mais profunda: equiparei-os a Pedro e suas consequências. Coloquei-os no mesmo bote dos incipientes cristãos... era esse o motivo por que foi me visitar e dizer que esperava outro resultado...

Mesmo ingênuo, porém, mesmo sem saber seu real propósito, mesmo sem saber o que me esperava, consegui contornar a situação. Consegui explicar e justificar meu conto. Ao acaso, disse as palavras corretas. Disse o que ele estava esperando que eu dissesse: não que Judas casualmente se transformou no vilão conhecido. Mas sim que pressentiu que o bem só se faz com o mal. *Essas* eram as palavras-chave. Se não tivesse dito *exatamente essas palavras*, nada teria acontecido. Muito provavelmente Rech teria desistido de mim, muito provavelmente deveria ter pensado que eu era igual os outros; que eu não sabia da natureza secreta que se escondia por trás da Santa História que nos é contada. Teria desistido e continuado sua eterna procura, sua secular e inesgotável busca. Ou não, quem pode saber? Poderia ter me matado. Já havia exposto seu nome, havia exposto seu símbolo, havia denunciado um pouco do seu propósito, muito embora eu não tenha sido sagaz o suficiente para descobrir. E Borges? Será que teria descoberto? Penso que muito provavelmente sim. A invenção do Judas é dele e não minha. Quem inventou todos os males foi ele. Por isso deve morrer. E não eu...

Mas minha morte naquele momento teria evitado milhares de outras mortes. Eu seria, então, um mártir secreto. Como Judas, e não como Jesus. Mas era apenas um jovem cego por uma carreira literária brilhante, dominado de ciúmes por existir um outro Borges mais habilidoso do que eu e principalmente morrendo de amores por Raquel Spanier. Se não fosse por ela, será que eu teria prenunciado os horrores que se sucederiam? Mas ela, antes de se declarar para mim, tentou me avisar, creio...

* * *

A campainha tocou. Já eram quase onze horas, e eu ainda estava na cama. Na mesa, uma garrafa de vinho pela metade e uns papéis desconexos, alguns contos febris insuflados pelo álcool e pelo tempo desperdiçado com a bobeira do Judas. Rapidamente coloquei uma calça e uma camisa. Abri a porta e, com surpresa, vi Raquel.

"Entre, Raquel", disse. Dessa vez não me preocupei com a confusão da casa ou mesmo com os papéis do outro Borges. Raquel entrou na sala e novamente limpei um pedaço do sofá para que se sentasse. Ela olhou para o vinho pela metade, deu um sorriso e disse:

"Então é assim que consegue produzir suas loucuras." Olhei firme nos seus olhos. Ela os baixou e se repreendeu: "Desculpe. Não quis dizer isso. Disse *loucuras* como um elogio. Como algo sobrenatural, fora do comum..."

"Não há problema. Realmente, o conto pedido pelo seu namorado só pode ser classificado como uma loucura." E ri, ameno.

"Nos últimos dias só sabe falar do seu escrito. Só para mim já o leu e explicou umas cinco vezes. Liga diariamente para a Europa narrando seu pequeno prodígio."

"Eu não acredito", respondi. "Não acredito que esteja levando a sério. Aquilo é uma fantasia, Raquel. Não tem nada de verdade. E ele deve saber disso melhor que eu."

"Por favor, nunca repita essas palavras. Muito menos para ele. É um homem bom, extremamente honesto e justo. Quer recompensá-lo por tudo o que fez. Mas, principalmente, é muito crente. Acredita de fato no escrito. Acredita que você pesquisou tudo isso a fundo. Não diga, por favor, que é uma fantasia. Bernhard é também um homem muito malvado, às vezes. Sabe punir. É um alemão, criado em um ambiente austero de fé e de disciplina militar. Não tolera mentiras nem ser passado para trás. Ele nunca pode saber disso, Borges."

O primeiro mecânico pensamento foi o de que eu não era o Borges que ele queria. Mas talvez esse fato estivesse perdoado por ter gostado tanto do segundo escrito, do Judas feito de meu próprio punho. Será que podia contar isso ao menos para Raquel? Será que já podia confiar plenamente nela? Ela olhava pouco para mim, seus olhos teimavam em olhar para o chão.

"Borges. Não sei o que acontece comigo. Meu namorado está maravilhado com seu trabalho. Nesses últimos dias, esqueceu-me por completo. Só pensa em dar telefonemas e contatar pessoas para dizer das novidades. Eu deveria estar muito brava com você. Nos últimos dias, trocou-me por seus papéis, não me dá sequer um bom-dia. Tudo o que se dispõe a falar comigo são coisas relacionadas com o seu Judas. Deveria estar brava com você por tudo isso, mas não estou. Primeiro porque abriu meus olhos. A vida dele é a sua própria causa, seus compatriotas são a sua ferrenha crença. Eu serei sempre um acessório. Um acessório de luxo do qual volta e meia ele se lembrará. Você, sem querer, mostrou isso. Além disso, você me mostrou outras coisas. Deu-me atenção e carinho nesses últimos tempos. Um carinho de que precisava e que desconhecia. Um carinho que relembrou o passado, quando já me ajudou descobrindo os assaltantes da casa de papai. Leio diariamente o livro que me deu. Toda vez que o termino, penso a mesma coisa: que estou irremediavelmente apaixonada por você..."

25.

Fiquei completamente sem reação quando Raquel se declarou. Toda literatura, todas as palavras escritas... agora, tudo tão irreal e tão distante. Gaguejei algo, apoiei meu braço desajeitadamente no canto do sofá e fiz que me levantaria. Imediatamente Raquel se adiantou, levantando-se. "Perdão, Borges. Não queria ter dito, não era para falar nada. Peço milhões de desculpas. Eu tenho namorado, não posso falar essas coisas para você. Não posso sequer estar aqui. Por favor, não lhe diga nada. Nem diga que estive aqui." Raquel falava rápido, sem parar para respirar. Interrompi-a: "Lógico que não direi." Completaria falando que a amava, que por isso não diria nada. Mas ela respondeu "Ótimo" e saiu rapidamente. Chamei-a, tentei impedir que fosse embora, mas não escutou mais nada. A casa, atulhada de lixos, papéis desconexos e garrafas de vinho, pareceu vazia, e a declaração de Raquel parecia ecoar ainda pelos cômodos e pela minha mente.

Duas horas depois, a campainha tocou novamente. Fui abrir a porta ligeiro, pensando que fosse outra vez Raquel. Era Bernhard Rech. E estava acompanhado de outra pessoa.

Era tudo de que precisava, pensei. Uma visita do alemão e mais aporrinhações com o maldito Judas. Bernhard falou algo em sua língua para o amigo e só consegui entender o meu nome. O outro me cumprimentou muito solenemente. Era fisicamente parecido com Rech, bem como seus trejeitos: a postura militar de andar e se portar, os gestos comedidos, o olhar penetrante, frio e aguçado. Rech me apresentou: "Este é Jürgen Braun. É um amigo que chegou recentemente da Alemanha. Fiz força para que o conhecesse." Continuei olhando para o alemão ao lado de Bernhard, que mantinha um sorriso bobo na face e olhava penetrantemente em meus olhos. "Não vai nos convidar para entrar, Borges? Onde estão seus modos com as visitas?" Rech riu nervosamente. "Claro, claro", respondi. "Peço desculpas. Não estava preparado para uma visita, mas, por favor, entrem." Fui na frente, aumentei o espaço limpo do sofá, que já havia sido ocupado por Raquel, e fiz menção para os dois se sentarem. Perguntei se queriam beber alguma coisa. Aceitaram. Abri uma vodca barata e misturei com um pouco de gelo. Rech virou quase tudo de uma só vez. Em seguida jogou um envelope em cima da mesa. "Tome, Borges. Sou um homem de palavra. Disse que o recompensaria pelo seu escrito e aqui está seu pagamento. Espero que possamos trabalhar mais vezes juntos."

Olhei para o envelope jogado e para a fisionomia dos dois. Ambos estavam sorrindo, um sorriso bobo, meio forçado, tentando demonstrar contentamento. Peguei o envelope, abri-o e minha expressão no momento certamente mudou porque o sorriso metódico dos dois cresceu simultaneamente. Meu Deus, pensei, vendo as muitas notas do envelope. É muito dinheiro. Por um Judas malfeito, inventado às pressas e copiado.

"Por favor, não diga nada. É o que você merece. E merecerá muito mais, se continuar a nos escrever." Olhei para Rech e para o seu amigo. Ele também estava nessa. Definitivamente, também se interessava por Judas.

"E a visita de vocês? Tem algum motivo especial? Também seu amigo se interessa pelo tema?", perguntei.

"Sim, sim. Também se interessa muito. E também veio porque quer conversar com você. Serei o intérprete da conversa." Deu outro sorrisinho forçado, eu não consegui disfarçar meu desapontamento com relação ao inútil diálogo que estava por vir no mesmo local que presenciou a voz doce de Raquel dizendo que estava apaixonada...

"Acalme-se, Borges, prometo que será uma conversa curta. E, dependendo das suas respostas, pediremos mais escritos. E novamente será recompensado. Pense nisso..." Não esperou minha resposta. Olhou para o lado e falou algumas palavras em alemão. Seu amigo, Jürgen Braun, respondeu com grave entonação, alterando a voz, fazendo gestos com a mão e me olhando de canto de olho. Rech então se virou para mim e disse: "Ele está perguntando se tem conhecimento do Evangelho de Judas."

Fiz que não com a cabeça. Jürgen Braun então continuou a falar. Disse por alguns minutos para um atento Rech. Este escutou tudo e se virou para mim.

"O Evangelho de Judas é uma lenda que persiste nos séculos, caro amigo. Consta-se que é um documento no qual há o relato de sua vida logo após ter recebido o pagamento por sua traição. É fato notório que a Igreja Católica, nos primórdios, elegeu alguns evangelhos que considerou oficiais. Os evangelhos oficiais são quatro: o de Mateus, de Marcos, de Lucas e de João. Os outros todos foram considerados falsos. E o critério para isso foi um só. Eleger quatro textos que fossem harmônicos entre si e que não mostrassem uma versão não querida por eles de Jesus Cristo. Assim, tornou-se tradição que todo evangelho que retratou Jesus como homem — com frio, sede e desejo — tivesse de ser retirado do texto oficial. E o texto oficial é o conhecido Novo Testamento. Conta-se mesmo que, naqueles tempos, as pessoas que viveram próximas a Jesus tiveram a preocupação em dar um depoimento de como era a vida ao lado do mestre. Por isso surgem as especulações que muitos evangelhos são datados desse tempo, como, por exemplo, o evangelho de Maria Madalena.

"Pois bem, o Evangelho de Judas é uma história contada à exaustão, mas sempre infrutífera. Segundo a lenda, tal escrito foi considerado pela Igreja Católica primitiva como um dos mais perigosos documentos para a propagação da fé. Um documento que, se viesse a público, abalaria todo o conceito que lutavam por construir."

Fingi interesse, balançando a cabeça enquanto ele falava. E, dentro de mim, já mandava à merda toda aquela história.

"E sabe o que conta a lenda que está escrita no Evangelho de Judas? Esse documento, segundo o que consta, tem a mesma história que você nos escreveu. A história de um Judas preocupado com o Plano Divino, preocupado com o destino que devia ser imposto a Jesus Cristo." Arregalei os olhos, tentando mostrar espanto. Ele continuou: "O seu primeiro escrito foi um prenúncio do que todos nós sabíamos. De um Judas diferente do que consta nas escrituras oficiais. Por isso pedimos para que escrevesse algo maior. Queríamos, em verdade, que você reproduzisse o Evangelho de Judas. Acreditamos que era capaz de fazer tal prodígio."

Exatamente nesse momento me lembrei das palavras de Raquel, dizendo que eu não contrariasse o propósito de seu namorado. Mas era inverossímil demais o que me pediam.

"Olhe, Rech. Sei que é um homem sério e justo. Sei que me pagou bem pelo trabalho. Mas não posso concordar com essas palavras; não tive a intenção séria que pretendem. Não pretendi escrever um evangelho porque, afinal, eu nem o conhecia. Escrevi com respeito ao senhor, é verdade. Mas sem esse propósito."

Logo subiu-me o medo de contrariá-lo. Agora, ele e outro militar estavam em minha casa. Será que armados? Será que tão perigosos como afirmado por Raquel? Mas não, apenas novamente o sorriso metódico e falso. Disse:

"Sabemos disso. Sabemos que não conhecia e não teve a intenção de escrever como o Evangelho de Judas. Mas não sabia porque deliberadamente eu não o contei. Porque era necessário que escrevesse sem saber. Eu tinha ciência de que, se soubesse, suas pesquisas seriam muito mais fáceis. No entanto, queríamos realizar um teste. O resultado, a princípio estranho, foi o que esperávamos."

Apreensivo, eu disse: "E qual é o resultado que esperavam?"

"Ora. Ainda não está claro? Que você conseguiu reproduzir inteiramente um apócrifo evangelho. Que é um eleito. Que seus escritos devem ser lidos, memorizados e estudados. Que você foi enviado para esclarecer muitos pontos bíblicos, Borges. É isso o que quero dizer..."

26.

OS ACONTECIMENTOS POSTERIORES FORAM rápidos e atrozes. Não me recordo se no mesmo dia ou no dia posterior Raquel apareceu. Não tocou a campainha como das outras vezes. Tentou abrir a porta e, vendo que estava trancada, bateu com força. Escutei sua voz abafada, implorando para eu abrir rapidamente. Nunca poderei me esquecer da cena que vi no momento em que abri a porta. Raquel me viu. Seu rosto estava vermelho e ela estava ofegante. Um olho estava arroxeado e quase inteiramente fechado. A cena durou frações de segundo, mas está ainda gravada em minha mente. Ela logo se jogou aos meus braços, cobriu meu rosto de beijos e procurou com sua mão a minha e a apertou muito forte.

Fragilizada. Minha chance para beijá-la, para conquistá-la, para fugir com ela. Que se fodam os alemães, Judas e essa bobeira toda. Dinheiro é o de menos, se com Raquel. Viveríamos de amor, em alguma praia perdida do Brasil, lendo livros de Jorge Amado e amando loucamente. Mas me assustei com seu olho roxo. Afastei-a de mim, esqueci-me por completo do momento importante, da primeira vez que a tive em meus braços.

"O que aconteceu com você, Raquel?"

"Por Deus que está bem. É só isso o que importa. Comigo não ocorreu nada. Ainda bem que nada aconteceu com você..."

"Como assim, não aconteceu nada? Que história é essa? Rech bateu em você?"

"Foi uma discussão, Borges. Uma discussão tola. Você não tem nada que se meter... Foi apenas uma discussão de um casal."

Compreendia que estava mentindo e me entristeci porque escondia a verdade. Deixei-me cair no sofá: "Tudo bem. Não quero me intrometer, apenas me preocupei. E da forma como chegou, preocupada em saber se eu estava bem, achei que algo mais sério houvesse ocorrido. Vejo que não preciso me incomodar..."

Olhou-me por alguns segundos com seu olho bom. Estava visivelmente transtornada. Não aguentou e deixou-se levar por um alto e embaraçoso pranto. Ergui-me e abracei-a, tentando consolá-la.

"Desculpe, Borges. Não queria contar o que ocorreu. Mas ele me bateu. Discutimos bastante. Não sei se há volta da nossa relação. Depois que os alemães chegaram, tudo mudou..."

Os alemães chegaram? Então não foi apenas um?

"Os alemães agora moram conosco. E Bernhard só sabe falar com eles. De uma hora para outra, esqueceu-me. Fica com o livro para um lado e para o outro, fazem anotações, discutem coisas, falam em voz alta, rabiscam símbolos, escrevem tudo novamente, tudo em alemão. Não permitem nem que eu fique perto. Por vezes falam coisas estranhas, que nada se parecem com espanhol ou com alemão. Não sei o que dizem, mas mesmo assim não toleram minha presença. A briga ocorreu porque me aproximei. Não entendia nada do que falavam, mas falavam tão alto, com uma paixão tão grande, que minha curiosidade aumentou. Ergui os olhos e tentei ver um diagrama que desenhavam em um papel. Jürgen percebeu, gritou-me palavras furiosas e chamou Bernhard. Meu namorado ficou furioso e por alguns minutos gritou-me em alemão. Pedi que se acalmasse e falasse comigo em minha língua porque eu não conseguia compreendê-lo muito bem. Enfim percebeu que suas palavras eram inúteis e parece que isso o irritou ainda mais. Finalmente falou em espanhol, mas antes não tivesse falado. Falou coisas tão feias, tão feias, que imaginei que nem conhecesse. E me bateu..."

Apontou o olho roxo, chorando novamente. Abracei-a, tentando consolá-la. "Calma, Raquel. Nunca mais isso acontecerá. Prometo que nunca mais permitirei que encoste um dedo em você."

"Você não entende, Borges. Ele é perigoso. Foi por isso que vim aqui... fiquei com medo que fizesse algo contra você também. Temo que faça coisas muito piores. E, se fizer, irei me sentir culpada para o resto da vida..."

Ela falava rapidamente, misturada a um choro desesperado. Não conseguia que se acalmasse. E começava também a ficar preocupado. "Como, perigoso? Por que culpada? O que quer dizer, Raquel?"

Ela parou de chorar por um instante, respirou um pouco. Olhou-me bem com o olho ainda aberto. "Borges. Ele sabe desde o princípio que é apaixonado por mim. Não é bobo. É frio e finge tudo para chegar aos seus objetivos. E deve imaginar também que sou apaixonada por você. Fingiu que não sabia de nada. Mas sabe. Quando me bateu, disse que sabia de tudo desde o princípio. E disse para eu ficar longe de você..."

"Espere um pouco", cortei-a. "Sabe de tudo desde o princípio? E não se importou? E por que se importaria agora?"

"Ele tem interesse em você e não em mim. Cismou que eu vi os escritos e os diagramas loucos de seus amigos. E cismou que eu lhe contaria tudo. É esse o problema. Por isso vim, por isso fiquei com medo que ele fizesse algo..."

"Mas por que faria algo contra mim? Ele, que quer tanto que eu continue escrevendo essas baboseiras? Qual o problema em ver um desenho? O que isso poderia mudar em nossa relação? Não consigo entender, Raquel. Na verdade, essa história toda é muito estranha."

Sentei-me no sofá, irritado. Raquel se levantou e enxugou as lágrimas de seu rosto. Ajoelhou-se em minha frente e continuou a dizer: "Borges. Quero que entenda uma coisa. Bernhard Rech é um homem perigoso. É capaz de muitas atrocidades. Isso eu já lhe disse, mas não disse tudo. Ele pertence a uma seita secreta. Não sei o nome nem o propósito, porque nunca me foi dito. Tenho certeza de que o desenho que vi tem relação com sua crença e que também seus amigos fazem parte. Imagino que estão envolvidos com magia e ocultismo...

"Borges, por favor, não se meta mais com Rech. Vim aqui escondida. Fiquei com medo de que não tivesse dado tempo. Por favor, saia da sua casa. Por favor, não se meta com um homem tão perigoso..."

Essas palavras ecoaram depois que Raquel saiu. No sofá fiquei por um longo tempo, pensando nas coisas que me ocorriam. O que eu deveria fazer? Deveria acreditar? Fugir com ela e abandonar tudo? Engraçado. Um alemão tão metódico, tão correto, será que é tão perigoso como diz? Difícil acreditar. Aparentando tão inofensivo, tão manso...

Não sei por quanto tempo permaneci sentado no sofá, rememorando tudo o que me havia ocorrido nos últimos meses. Fui interrompido por outra batida brusca na porta. Raquel novamente, pensei, erguendo-me, rápido, e abrindo a porta. Antes que eu pudesse dizer qualquer coisa, fui surpreendido com um direto em minha boca. Caí gritando de dor e susto. Ao olhar para cima, percebi que Bernhard estava acompanhado de seu amigo e de mais um... os dois alemães de que Raquel me falou. Eles entraram e fecharam a porta. Fizeram um semicírculo diante de mim. Rech pediu em espanhol para que me levantasse. Levantei-me, com a mão na boca, a dor e o susto ainda pulsantes. Então me olhou com seus olhos frios e penetrantes: "Desculpe, Borges. Não é nada pessoal. Não queria realmente que as coisas tomassem esse rumo. Mas tomaram e é por isso que estamos agindo dessa maneira. Será muito melhor se, daqui em diante, colaborar conosco."

"Não fiz nada. Por que me bateram?", foi a única coisa que consegui dizer, e depois de dito, senti o quanto minha pergunta soou infantil e débil.

"Para que não corrêssemos o risco de que gritasse e nos denunciasse para a vizinhança. Queríamos simplesmente entrar em sua casa com segurança. Foi apenas uma precaução."

Quase disse que, se pedissem, eu os deixaria entrar normalmente como das outras vezes. Mas passei a mão na mandíbula, que agora tinha o sabor de sangue, e achei melhor permanecer quieto.

"Por favor", falou Rech, olhando para o sangue que escorria da minha boca. "Peço desculpas, mas peço também que nos auxilie. Peço encarecidamente que colabore com tudo o que pedirmos. Se colaborar, será bem-tratado. Se não, não posso garantir mais nada. Gosto de você, mas há outros interesses muito maiores envolvidos. E, acredite, estes homens que me acompanham são frios e não poupam sangue pela causa que têm. Por favor, Borges, este é meu petitório."

Olhava incisivamente, e os seus olhos realmente imploravam para que eu colaborasse, para que eu fizesse de acordo com o que me pedia. Dizia em espanhol e seus amigos não entendiam. Certamente, militares também. Fortes. Podiam me matar ali mesmo. Estava assustado. "O que querem que eu faça?"

Rech tirou do bolso uma venda preta. Parecia constrangido com o objeto em suas mãos. "Mais uma vez, não me leve a mal. Apenas medidas para nossa segurança. Terá de colocar em sua boca."

Fui amordaçado e, logo em seguida, os outros dois me derrubaram e me colocaram em um saco enorme preto. Daí em diante, não entendi mais nada do que falavam. Só sabia que dentre as palavras raivosas de sua língua nativa, algumas poucas saíam compreensíveis: "Borges", "Judas" e "Cristo".

27.

A MORDAÇADO, ENVOLTO EM UM enorme saco preto, fui retirado de casa. Jogaram-me de maneira brusca, e, após, ouvi a voz de Rech, alta e raivosa. Imaginei que estava discutindo com os outros dois por terem me despejado de maneira tão ríspida. Em seguida, escutei o barulho de um carro funcionando. Dentro de um carro, com três loucos alemães. Amordaçado. O que mais me ocorreria?

Medo súbito, serei morto com certeza, pensei. Se quisessem algo pacífico, não me retirariam de casa. Um grito. Dois. Os gritos saíam abafados dentro da mordaça. Não são quase ouvidos e estou dentro de um carro em movimento. Ninguém me escutará. Mas continuei gritando mesmo assim, modo de extravasar todo o pânico que sentia. Segundos depois o carro para. De dentro da escuridão, escuto Rech falar com seu espanhol arrastado: "Borges. Será melhor para todos que colabore. Peço juntamente com meus amigos para que se cale. Eu peço com mais educação que eles porque sei verdadeiramente do que é capaz. Não quero de forma alguma perdê-lo. Eles ainda têm dúvidas, eles ainda querem uma prova final. Se ama sua vida, colabore. Por favor."

Parou de falar, e o medo da morte se encheu em mim. Falou para eu me comportar, caso contrário seria morto. Pela primeira vez, falou-me da possibilidade de ser morto. Amordaçado. Por loucos que querem que eu escreva sobre um Judas diferente das escrituras.

Raquel disse que eram perigosos, por que não a escutei? Por que não fugi de casa, sem oportunidade para que alemão algum nos alcançasse? Já o Brasil, os livros de Jorge Amado e a vida feita de leituras e amores em uma praia agora tão distantes, tão incertos. E Raquel? Onde estará neste momento? Será que Rech a machucou, será que lhe fez algum mal? Ela viu os planos, escutou suas reuniões. Viu um desenho do grupo... que diabos de desenho pode ser esse? Que desenho seria capaz de fazer um alemão realizar uma loucura dessas? Bateu na namorada, sequestrou-me... sinto que Raquel não está bem.

O carro rodou por algum tempo e me desnorteou por completo. E amarrado em um pano negro, amordaçado, todos os tipos de pensamentos rondaram minha cabeça na tentativa desesperada de decifrar uma saída para o pesado momento que vivia. Um desses pensamentos pulsou mais forte e me deu um aperto por dentro. E se Raquel for conivente? E se tudo não passou de um plano para sequestrar um promissor escritor argentino? E se pesquisaram a vida de Borges, e se descobriram que tem posses, propriedades e agora querem um resgate? E se forem um grupo de criminosos prejudicado pelo doutor Guillermo, o advogado criminalista pai de Borges? E eu tomei o fardo acreditando que assim conquistaria Raquel, e agora estou a pagar por uma pena do Outro. Enganado por Raquel. Por doidos que querem que eu escreva de Judas, por uma judia linda, namorada de um alemão que não se importa com nossa paixão. E que me paga ainda, um mecenas, um comerciante de letras, um financiador de loucuras. Óbvio que há alguma coisa errada, mordi a língua com raiva de mim mesmo. E a raiva pouco a pouco foi transferida ao outro Borges, porque era dele a culpa de tudo o que me ocorria. Se não existisse, se não escrevesse, se não tivesse um pai advogado, não existiriam Raquel nem doidos alemães. Eu não me apaixonaria nem fingiria ser o que eu não sou. Só escreveria as coisas que sei escrever, sem comparações, sem enganações. Borges, Borges. A causa de todos os meus problemas. A razão primeira, o gérmen que desencadeia todos os fatos ruins que acontecem em minha vida. O primeiro sopro de tristeza, de dor, que se arrasta, que se transfigura e que mais cedo ou mais tarde chega até mim, na forma de estrelas de Davi e loucos loiros de olhos claros.

Borges miserável. Agora certamente em sua escrivaninha, escrevendo sobre coisas ensandecidas, sobre temas que poucos compreenderão, mas muitos fingirão apreciar. Viverá, e eu morrerei por ele. Morrerei para que escreva, para que continue sua comédia de erros, pensei, e a imagem do Cristo na Cruz foi inevitável. Inferno. Essas imagens da Santa Ceia não me saem da cabeça. Bode expiatório. Morto quase. Sem visão, sem poder falar, vontade de socá-lo, de esmurrá-lo até ver seu sangue caindo ao chão, o lugar que tinha de estar e não eu. Enquanto o carro dava voltas, uma raiva descomunal foi se apoderando de mim, as imagens todas reproduzindo uma surra no Outro até vê-lo morto, ensanguentado, quiçá dentro de um pano negro, sem vista, sem poder se defender, como eu estou agora. Queria ver sair desta, queria ver inventar razões, dizer de labirintos imaginários dentro da escuridão. O mundo é férreo e real, Borges. O mundo inteiro está preso dentro deste saco negro, sem visão, sem poder quase respirar, a voz sufocada por uma amarra. A vida toda está aqui, e está próxima a ruir, a se findar, tudo. Sem literatura, sem metáforas. Sem mais outros. Eu não existirei, mas existirá um Borges. Dessa sentença, um ódio imenso voltou a brotar. Eu que devia estar em seu lugar. Ele que devia estar aqui.

Assim pensei: quando me soltarem, falarei a verdade. Foda-se que menti. Foda-se que não fui o autor do conto de Judas. Eles querem matar o dono do conto. Pois lhes mostrarei o verdadeiro escritor, o verdadeiro imbecil que escreveu a loucura que tanto apreciam. Eles todos, que são loucos, que se entendam. Voltarei para minha casa; não os conheço, não sei quem são, não sei o que querem. Não serei cúmplice de um atentado, simplesmente salvarei minha própria pele. Morto, antes ele do que eu.

Minha cabeça rodava nos pensamentos de como eu me desculparia, de como eu anunciaria que pegaram o homônimo errado, quando senti um objeto me perfurando. Imaginei que uma abelha ou outro inseto havia me picado e, em poucos segundos, senti uma enorme tontura na cabeça. Prestes a desmaiar, concluí que era o fim e que não haveria sequer a chance de me explicar.

28.

ACORDEI, E MEUS OLHOS não me obedeciam. Em frações de segundo, a realidade voltou pesando uma tonelada em minhas costas. Sequestrado por pessoas que imaginam que eu sou um homônimo. Caído infantilmente em um golpe, imaginando que a linda namorada de um alemão gosta de mim. Atordoado, aos poucos recobrando os sentidos, retornando completamente à minha desgraça. Então percebi que estava preso a uma cadeira, ainda com a mordaça na boca, ainda embalado em um saco negro. Escutei algumas palavras alemãs e, dentro da minha mordaça, tentei dizer que já estava acordado, que sentia falta de ar dentro do saco. Por um momento, ficaram em silêncio. E logo Rech se pronunciou em espanhol:

"Borges, meu caro. Primeiramente, sinto que devo milhares de desculpas. Sinceramente, estou envergonhado de como as coisas se sucederam. Não era para ocorrer dessa forma, mas algumas coisas se alteraram. Só tenho que pedir perdão e a sua compreensão. Aos poucos, explicaremos nossos motivos e rogo para que entenda nossas razões. *Rogo*, uma vez que eles são mais nervosos do que eu..." Disse a última frase com a voz baixa, pausada, como se estivesse confessando. "Eles estão do meu lado e não entendem uma palavra que digo. Duvidam ainda da sua capacidade, ainda querem um teste final. Duvidam do destino que você tem." Quase perguntei do que duvidavam e que porra de destino era esse que nem eu sabia. Ele continuou: "Borges, por favor, coopere. Seja um bom homem e tudo dará certo. Raquel está bem. Não está aqui agora, mas está bem, isso eu posso garantir. Sei que ela foi à sua casa, sei mesmo que gosta de você. Não se preocupe, garanto que logo poderá revê-la. Por ora, concentre-se nos nossos pedidos. Concentre-se em mim e em meus amigos; se for satisfatório em suas respostas, será libertado e poderá voltar pra sua casa. Caso contrário..."

Silenciou-se. Dentro de mim um calafrio percorreu. Naquele momento percebi que não poderia revelar minha identidade. Se falasse, seria morto certamente. E, para todos os efeitos, continuei a ser o Borges que imaginavam. O Borges que escreveu o conto do Judas.

"Quem são vocês?", perguntei, abafado, dentro da minha mordaça.

"Somos um grupo de pessoas que luta por um mundo melhor. Nossas crenças se baseiam em um mundo melhor e mais justo para todas as pessoas. Mas não podemos nos revelar porque, caso nos mostrássemos ao mundo, tal fato geraria o caos e a incompreensão. Devemos permanecer silentes como sempre permanecemos. Você é um dos poucos que terão a chance de nos conhecer e saber nossos verdadeiros propósitos. Isso porque, assim como nós, você também tem uma marca. Você também sabe a maneira de fazer um mundo melhor. Falei aos meus companheiros, e eles ainda desconfiam. Mostrei seus escritos, mostrei o poder que têm suas palavras. Ficaram impressionados, é verdade, assim como eu fiquei. Mas acreditam que o trabalho possa não ter vindo de suas próprias mãos. Pensam que talvez tenha copiado de outro lugar, que os escritos não sejam de sua verdadeira autoria."

Desconfiam então que há outro Borges? Desconfiam que não fui eu que escrevi?

"Então é importante que continue a me surpreender e agora também surpreenda os meus amigos. Quero que escreva sobre Judas na nossa frente. Quero que mostre que estão errados. Quero que mostre que é o predestinado que esperamos. Somos da cúpula de uma sociedade grande e com muitos poderes na sociedade da Alemanha. Mas nós três, apenas nós três, temos uma ligação especial que é justamente baseada em nossa crença: formamos uma sociedade especial e que passou incólume pela história. Aos poucos você entenderá a força que nós três possuímos. E que você, aos poucos, também terá."

Dentro do saco negro, a falta de ar, a escuridão e as palavras sem sentido de Rech me sufocavam. Por um momento, senti que desmaiaria e não tinha forças para gritar por trás da mordaça que tapava minha boca. Alheio a isso, ele não parava de ter devaneios de grandeza e loucura.

"Não sabe o poder que temos, Borges. Não pode sequer imaginar o poder que temos. Nós três, creio, sabemos o maior segredo que há na humanidade. E apenas nós três, eu suponho. Mas você, sem querer, intuiu-o. Porque, em verdade, o segredo começou a se manifestar em você. Esperamos ansiosos esse dia, o dia em que a verdade viria à tona e que não mais precisaríamos nos calar com medo da ignorância e cega raiva da humanidade. E você mostrou que esse dia é possível, que um dia, sim, a verdade aflorará e que não precisaremos mais nos esconder, como há imemoriais tempos fazemos. Você intuiu o Segredo, eu sei disso. Eles ainda duvidam. Eles ainda creem na possibilidade de tudo não ter passado de uma grande coincidência. De uma gigantesca, colossal coincidência. Porém, acredito plenamente que é o messias que nos mostrará o caminho da verdade para toda a população novamente. Acredito que é o prometido, que é a pessoa esperada por tantos séculos, por tantas gerações..."

Não havia mais como. Em pouquíssimo tempo eu desmaiaria. O ar me faltava, as palavras me pesavam, meu corpo ainda sentia o forte anestésico que haviam me aplicado.

"Sequestramo-lo porque não havia outra escolha. Raquel viu nossos planos e poderia interpretar errado, poderia falar-lhe coisas erradas nossas. Poderia dizer para outras pessoas e, se isso ocorresse, seria uma verdadeira tragédia. Não só para nós, mas para toda a humanidade. Tem de acreditar nisso. Só o sequestramos por segurança. Agora estamos todos seguros. O segredo não caiu em mãos erradas, mais uma vez. Queremos tirar sua venda e sua mordaça. Quero, principalmente, que escreva tudo o que sabe. Pode fazer isso para mim?"

Com a cabeça girando, balancei-a para que entendesse que sim. "Posso tirar sua mordaça? Posso ter certeza de que não gritará?" Mais uma vez balancei a cabeça, ele me desamarrou da cadeira, levantou-me e tirou a capa negra que me cobria. Em um segundo, a claridade e o ar fresco me inundaram. Tive de me sentar na cadeira, com medo de desmaiar. Então um outro alemão puxou de forma brusca meus cabelos. Disse algo com voz ríspida e soltou a mordaça da minha boca.

"Bem-vindo à Alemanha, Borges. Esperamos sinceramente que aprecie nosso país."

29.

"Nosso país, Rech? Como assim, nosso país?"

"Estás na Alemanha. Trouxemo-lo para cá. Aqui, em nossa sede, é o único lugar que o teríamos em segurança."

"Porra, Rech. Alemanha? Alemanha? Viajaram o oceano comigo? Viajaram enquanto eu dormia? O que deram para mim?" Gritava, ainda cego de claridade, ainda ofegante de falta de ar, ainda dopado.

"Não grite, Borges. Sei que tem todos os motivos do mundo para estar bravo, mas a prudência avisa que é melhor não gritar. Estes dois que estão ao meu lado são bravos e, agindo assim, não demorará muito para que tomem a decisão de dar um fim em você."

Abri os olhos e tentei enxergar as pessoas que estavam à minha frente. Pouco a pouco minha visão foi se adaptando à luz e pude perceber três vultos. O do centro, como adivinhei, era Rech. Ao seu lado estavam dois, os mesmos dois que entraram em minha casa em Buenos Aires. Aos poucos pude perceber que olhavam pouco amistosamente para mim, como se eu fosse um inimigo, como se eu fosse um falsário — como se simplesmente soubessem toda a verdade.

Atravessaram o mar, acreditam que sou alguém importante, morrem de medo de que seu segredo — seja lá o que for — seja desvendado. Se digo que não sou quem pensam, a morte será certa. Não deixarão nunca que eu viva sabendo quem são. E se eu disser que há outro Borges, e se eu contar que ele também sabe escrever de Judas, assim como eu? Não mentirei. E eles saberão que há um outro...

Os dois me olhavam fixamente, e Rech dividia sua atenção comigo e com o olhar dos seus amigos. "Não veem a hora de me ver morto", falei. "Olham-me com raiva e com ódio. Por quê?"

"Ainda desconfiam, já disse. Terá de provar o contrário. Tem de escrever o que querem: sobre a real natureza de Judas."

Rech disse algumas palavras aos seus amigos. Um deles, o do meu lado direito, negaceou com a cabeça e gesticulou com o dedo em riste. O outro entrou na confusão, gritando também, e não consegui decifrar de que lado estava. Discutiam rispidamente, e, por um momento, um pequeno alívio tomou conta de mim: não era mais o centro da discussão. Baixei a cabeça, pouco interessado em quem estava com razão, até porque eu me questionava se possuía razão de algo. Depois de uma longa discussão, os três se calaram. Rech falou em espanhol:

"Não acho justo que apanhe, que seja amordaçado, sequestrado, que atravesse o continente e seja forçado a escrever sobre algo que não compreende direito. Mas as coisas tomaram esse rumo e não posso fazer mais nada. Não acho justo que passe por esta situação e não tenha o direito de saber um pouco sobre nós. Por isso, mostraremos quem somos e o que pretendemos. Em muitos séculos, vamos abrir nosso segredo para um profano..."

Nisso ele deu um sinal para os outros dois e, juntos, tiraram a camisa. Foi então que vi, os três tinham a mesma tatuagem no peito. Uma enorme serpente, enrolada em si mesma, olhando para o alto. A serpente que circundava o umbigo, que subia entre os mamilos e que, com imponência e raiva, olhava para o alto.

"Veja, Borges. Olhe para o ambiente em que está e me diga o que consegue enxergar." Até então não tinha tirado os olhos de Rech e dos outros dois que pareciam querer me matar. Os alemães saíram do semicírculo da minha frente e então percebi o quarto em que estava. A iluminação que cegou meus olhos não vinha de uma luz instalada no teto, mas sim de várias pequenas velas, espalhadas por todo o quarto. As velas eram negras, e, nelas todas, havia alguma inscrição em alguma língua antiga que não pude decifrar. Havia também muitas colunas, e nestas, inscrições e reproduções de quadros famosos. Reconheci a *Santa Ceia* e a *Nossa Senhora Desatadora de Nós* (que só depois descobri ser pintada por um alemão, chamado Johann Schmidtner), retratando Santa Maria ao mesmo tempo desatando os nós e pisando na cabeça de uma serpente. Percebi que todas as reproduções continham figuras de serpente. Em alguns quadros, unicamente a serpente como objeto principal. Em outros, o animal aparecia apenas como acessório, apenas como objeto decorativo de um motivo maior. Olhando-os percebi que todos os quadros tinham conotação bíblica; em todos os quadros, a figura da serpente aparece relacionada com a virtude bíblica e com as trevas, a lembrança do paraíso perdido, a lembrança da serpente que açoitou Eva e expulsou a raça humana do paraíso.

Embaixo da Nossa Senhora Desatadora de Nós havia a seguinte inscrição talhada em letras douradas, que compreendi depois de aprender alemão: *"Eva, por sua desobediência, atou o nó da desgraça para o gênero humano; Maria, por sua obediência, o desatou."* Embaixo, sua autoria: Santo Irineu, Bispo de Lyon.

As colunas eram similares, em números pares. Ao centro, um estreito corredor formava a impressão de uma pequena capela, iluminada por velas negras e incensos. Subindo os olhos, o inevitável: o corredor terminava no local em que se principiava um pequeno relicário, formado de três lances de escada e de diversos objetos decorativos. Um altar. Um altar de loucos. Uma seita de loucos, foi nisso em que consegui me meter. Atravessei o oceano por causa de três loucos, adoradores de Lúcifer e de Judas.

Acima de tudo, uma pintura malfeita, diferente das reproduções das gravuras dos outros quadros famosos; uma gravura certamente pintada por um dos três. Uma serpente enorme, toda enrolada, olhando para os céus. Uma serpente igual a que os três tinham no peito. E que em breve, mal sabia, eu também possuiria...

30.

"O QUE VOCÊ ENXERGA, Borges", questionou Rech.
"Enxergo serpentes. Muitas."

"E o que são essas serpentes que você enxerga?"

"São todas reproduções do animal bíblico. São todas ligadas à denotação que o cristianismo concedeu para a serpente", respondi, convicto. "E qual é a denotação que o cristianismo concedeu?"

Olhei-o, sorrindo. A conotação bíblica da serpente é uma das primeiras lições que qualquer cristão aprende. Qualquer criança de 6 anos sabe que, por culpa da serpente, Eva foi tentada a comer a maçã. E, por culpa da tentação de Eva, logo, por culpa do rastejante animal, o paraíso foi tirado de todos os homens. Por culpa da serpente, ainda lutamos para voltar ao paraíso. O paraíso prometido pelos cristãos, por Jesus e pela Bíblia.

"A serpente simboliza o mal. Simboliza Lúcifer, a tentação de Eva e quem tirou da raça humana o paraíso. Todos os cristãos sabem disso."

"Aí é que se engana. Intuiu a verdade, mas não consegue decifrá-la sozinho. A verdade vai além do seu escrito. E vai muito além do que o cristianismo nos faz imaginar deste mítico animal. Somos conhecidos pela história como os 'Adoradores da Serpente', embora poucos saibam o motivo dessa adoração. O cristianismo necessitou de símbolos que evocassem o mal e as trevas. Elegeu seus símbolos: os céus e as cores claras sendo o bem. As trevas e a profundidade, o mal. E também foi necessário criar símbolos que evocassem a cópula e a luxúria, tão distantes da caridade e pureza de espírito pregadas pelo cristianismo. Assim foi que evocaram a maçã vermelha e a serpente como símbolos que para sempre lembrariam os órgãos genitais masculino e feminino.

"Mas a serpente, antes de evocar o mal, representa a sabedoria. E a sabedoria, em nosso entender, é a dualidade. A dualidade é a essência que Deus deu aos homens, é o legado mais importante que pôde nos transmitir. E nos transmitiu mostrando que sempre, absolutamente sempre, são possíveis o bem e o mal. E, mais importante, há a liberdade de escolha. Há o livre-arbítrio. Este é o legado humano. Não existiria o bem sem que existisse o mal. Não há virtude sem vício. Tal é a conclusão que chegamos porque, se não houvesse o vício, se não houvesse o mal, não haveria como qualificar as nossas atitudes. Acima de tudo, nós pregamos a dualidade. Nós cultuamos o livre-arbítrio e a possibilidade eterna que o homem tem de fazer suas escolhas. Porque, agindo assim, cultuamos o bem, a virtude e todas as glórias dadas pelo nosso Senhor Jesus Cristo. E no centro da dualidade há a Serpente. Que mostra a Virtude e o caminho da *gnosis*."

"E quem são vocês?", perguntei.

"Este, ao meu lado direito, é Jürgen Braun, um antigo militar que já conheço há alguns anos. Este, do lado esquerdo, é Sven Mallmann, o outro membro de nossa Sociedade. Eu, como já sabe, sou Bernhard Rech."

"Não pergunto seus nomes, mas sim quem são? Qual é sua sociedade?"

"A história nos conhece por muitos nomes, como, por exemplo, Naasenos. Mas o nome mais conhecido é Ofitas. Ofitas, do grego *Óphis*, que corresponde à Serpente. Nosso grupo é tão antigo quanto a própria existência da Igreja Católica. E, enquanto eles estão presentes em lares e cidades no mundo inteiro, nós, hoje em dia, nos resumimos a três. E a você, que agora sabe da nossa existência. Isso porque o cristianismo venceu e se tornou a religião dominante. Caso tivéssemos vencido, não haveria imagens de adoração à Cruz, mas sim à Serpente, como a que você vê em nosso altar.

"E por que perderam para o cristianismo?"

"Porque era necessário. A humanidade não estava pronta para intuir a verdade. A humanidade não consegue intuir que a existência do Mal é tão importante quanto a existência do Bem. A Igreja Católica venceu apenas porque é mais simplista. Prega o bem, prega a pobreza de espírito. Repudia o mal de forma infantil, com maças e serpentes, elegendo traidores e vilões. A realidade dos fatos é muito mais complexa. Eles sabem disso, mas não podem falar. Não podem falar porque a humanidade entraria em um colapso nervoso, porque não haveria mais paz nem segurança, mas muitas guerras e desordem. A humanidade definitivamente não está pronta para entender a importância do mal."

"E acreditam que este é o momento da revelação?"

"Sim. Acreditamos. O tempo está para se cumprir. A humanidade enfim saberá a importância do mal. Não o mal como fim, mas o mal como meio: como meio e redenção. O mal como meio da purificação e da vida feita de virtudes. O mal como meio fundamental para a existência do livre-arbítrio. Nossa história é rica e antiga, Borges. Depois de nós, os Ofitas, outro grupo tomou nossa importância e intuiu a verdade. Esse grupo é conhecido como Maniqueus. O maniqueísmo, o bem e o mal. Todos nascem com os ofitas. Não há nada — nenhuma doutrina, nenhum credo — que não tenha sido influenciado pela Serpente. Enfim é chegado o momento do nosso símbolo mostrar sua real importância, não malévolo, mas sim sapiente. E você é parte importante do sinal dos tempos, Borges."

Loucos, disse para mim mesmo. Vítima de loucos imemoriais, adoradores de serpente. Respirei fundo. Não queria perguntar, mas não tinha outra escolha. Ele só havia me dado uma oportunidade para continuar o estranho diálogo.

"E por que sou parte importante do plano?"

31.

"É IMPORTANTE PORQUE é o profeta. Você é o profeta que esperávamos e que há tantos séculos tantos ofitas desejaram ver em vão. E que temos o privilégio. Eu sei disso. Eu sei que é. Meus dois amigos ainda duvidam, mas eu tenho certeza. Desde a primeira vez que li o conto do Judas misturado com poemas e besteiras românticas. Aquilo era uma verdadeira pérola no meio dos porcos. Acreditei, Borges, na sua fina ironia. Para engrandecer ainda mais o seu ensaio sobre Judas, se é que isso é possível, adornou-o da melhor forma possível. Alçou o Judas ao meio de um livro de contos grotescos, somente para sinalizar e grifar a importância que tem seu personagem. Quando vi seu primeiro escrito, tive a certeza de que era o prometido."

"Prometido? Só porque escrevi um conto?", indaguei e, após ser amarrado, amordaçado, sequestrado e levado para a Alemanha, pela primeira vez não liguei para a ofensa que faziam aos meus reais escritos.

"Alguns poucos conseguem intuir a verdade. Alguns poucos têm o dom inato de saber a Verdade. Raros são os que têm a consciência que não existe o Bem sem que exista o Mal. O profeta esperado, no entanto, é o que consegue melhor intuir os planos divinos. Logo, o profeta é aquele que pode chegar mais próximo da Verdade. Você, em suas palavras, tem esse dom, Borges. Eu posso pressentir isso."

"Não compreendi. Repito a pergunta. Acha que eu sou o profeta só porque escrevi sobre Judas?"

"Os profetas intuem. Você sabe pouco, mas intui maravilhosamente bem. Lemos os textos ofitas, lemos as versões não corrompidas das histórias bíblicas. Lemos os textos de Irineu de Lyon, o santo católico que intuiu a verdade e que, ao seu modo, adorou também a Serpente. Você não simplesmente escreveu um texto sobre Judas. Você, ao seu modo, intuiu que não há bem sem que exista o mal. Principalmente, você pressentiu que não há redenção sem que exista a danação. E sem redenção não há a salvação. Não é necessário explicar que a salvação é a graça maior prometida pelo Deus de todos nós. Sem saber, você disse as mesmas palavras que há anos lemos dos textos antigos e dos profetas. Você conseguiu chegar mais perto da verdade. E eu acho, pelo que li, que ainda pode chegar muito mais perto. Mais que os antigos da Bíblia, mais que toda a nossa biblioteca de heresiarcas, mais mesmo que Santo Irineu de Lyon. Você pode nos mostrar a Verdade. Você pode mostrar de fato que plano o Senhor tem para todos nós."

Não havia visto Rech ainda dessa maneira. Sempre tão sóbrio, sempre tão comedido com suas palavras, agora gritava palavras de adoração e desvario.

"A santificação e as alturas, o maior mistério da divindade, não existem sem as trevas, sem a vilania e sem a baixeza de espírito. Você compreendeu isso, assim como Judas compreendeu o seu destino. O destino de Judas não era a santificação, mas mostrar que a posteridade tinha a possibilidade de ser santificada. Se aparentemente o conhecemos como vilão é porque é necessário que assim o conheçamos. Mas, se ele não existisse, não existiria a Cruz, não existiria o Jesus pregado, não existiria a Igreja que conhecemos hoje. Eles cantam, entoam hinos de adoração para Aquele que morreu imolado na Cruz, mas se esquecem daquele responsável por esse ato. Eles tocam o piano, nós cuidamos para que o piano reste limpo, afinado e pronto para o acorde final. Nós somos os carregadores do piano, Borges. Nós existimos para que eles possam brilhar e falar de Jesus. No entanto, Deus é testemunha, somos tão importantes quanto eles."

Os olhos de Rech estavam vermelhos e injetados. Quanto mais falava, mais medo me causava, sentindo-se o próprio Judas, injustiçado pelo tempo e pela história.

"Nós cuidamos de tudo. Nós fizemos a faxina da casa para que os donos recebessem seus hóspedes. Nós fizemos o trabalho sujo. E o que dão em troca? A vilania. A desonra eterna. Para sempre, a pecha de covarde. Pior, a pecha da cobiça. E o que então fazemos? Ficamos quietos. Porque temos de ficar quietos pelo bem da humanidade. Como já disse, é perigoso que a humanidade saiba nossos reais propósitos. Imagine, de uma hora para outra, para tantas pessoas que sequer sabem escolher um homem para governar sua cidade, dizer que foram enganados, que cresceram enganados, que o padre lhes mentiu, que sua igreja mentiu, que Judas é, sim, bom, puro, e que fez o que fez com a melhor das intenções. Realizou o ato para que você vivesse, diríamos nós. Mas este não é Jesus?, indagariam. Sim, mas Jesus é filho do Pai. Não precisava de um mero traidor para executar o Plano. Judas, sim, forçou o Filho e o denunciou para que a honra do Pai restasse completa. O Filho deu a vida, e seu ato durou poucos instantes. Judas deu mais que a vida: deu a honra e a memória. E isso foi eterno. Esse ato perdura até hoje. Diga-me, Borges. Se eu fizesse o manifesto ofita e mostrasse essa carta aos quatro cantos do mundo, você é capaz de imaginar as consequências? Todos se sentiriam enganados. Enganados não apenas por uma vida, mas sim por milênios. A raça humana inteira enganada. E como reagiriam? Tudo o que aprenderam como mau, de repente, torna-se bom. Como alterariam as relações sociais? Os paradigmas quebrados, as boas regras de conduta idem. Se o maior traidor da humanidade é bom, quem é mau? Vê o perigo? Se, com a Igreja pregando a caridade, a pobreza e o opróbrio, já existem guerras, fome e incompreensão... E se nossa verdade fosse revelada? O mundo inteiro viraria um caos. Um lugar insuportável pra viver."

"Se está dizendo que a verdade de vocês geraria o caos, então por que ainda acreditam nela?"

"Acreditamos porque é a Verdade. Se boa ou má, não podemos julgá-la, mas simplesmente acatá-la. Creio que não fui claro em minhas palavras. Disse que o caos seria instalado, mas não disse que não quero ver a Verdade derramada pela humanidade. É lógico que quero, é tudo o que mais quero. Consegue imaginar minha tristeza em saber que milhões de pessoas são enganadas todos os dias? Consegue imaginar minha dor em saber que muitos nem sequer desconfiam da verdadeira natureza de Judas? Consegue imaginar o que sinto em saber que muitos me tratariam como louco pelas palavras que digo? É lógico que quero a Verdade revelada. Acontece que tenho discernimento. Sei que a humanidade ainda não está pronta para tamanho impacto. E é aí que você entra..."

"Como assim?"

"O profeta é aquele que consegue intuir a Verdade, disso já sabe. Uma vez a Serpente mostrando o caminho. Outra vez Judas deflagrando o Plano de Deus e entregando Jesus para seu destino e para a Cruz. A trindade é santa, você bem sabe disso. Só falta um. O terceiro. O último. Aquele que mostrará a trilha que há entre o bem e o mal."

"Está dizendo que eu terei de mostrar esse caminho que há entre o bem e o mal?"

"Não, Borges. Você intuiu que Judas foi fundamental para o Plano divino. Agora você será o profeta que mostrará o novo Judas. O novo enviado de Deus que terá a missão de ser a Serpente. E de ser Judas. E de ser, à sua estranha forma, a imagem distorcida do próprio Deus, nosso Pai."

32.

"Sem Judas, estaríamos sob o signo do pecado. Judas pecou para que nos salvássemos. Consegue compreender, Borges? Consegue compreender o tamanho da ironia? Trata-se do maior segredo do cristianismo, trata-se da verdade velada, trata-se mesmo do caminho da salvação. Uma vez a serpente. Outra, Judas. Esperamos a terceira e derradeira prova de que há o bem e de que há o mal. Queremos ser testemunhas deste fim."

"Dizem em fim. O fim, por acaso, é o fim do mundo?"

"O fim do mundo terreno, como conhecemos, Borges. O fim que coincide com o julgamento final, o julgamento dos bons e dos maus. Por isso a importância de um ser que há de mostrar estes conceitos para a raça humana. Por isso acreditamos na vinda de um novo Judas, que deflagrará à humanidade a verdadeira imagem de Deus. E que consequentemente mostrará que todos nós seremos julgados pelos nossos atos. Acreditamos que só um novo enviado de Deus seria capaz de deflagrar o julgamento final. Por isso o esperamos. Agora, ainda com mais ansiedade."

Loucos. Loucos de pedra, pensei, tentando não olhar para os olhos vermelhos de Rech. Meti-me com loucos de merda. E, retendo para mim mesmo essas palavras, senti imensa vontade de chorar, imensa vontade de não ter conhecido Raquel. Nem o outro Borges. De pensar nele, sinto quase as lágrimas brotarem em minha face. Era ele quem devia estar aqui. Eu devia estar longe. Do outro lado do oceano.

"Acredito em suas palavras, Rech. Mas por que acham que justamente eu sou o prometido? Por que eu sou o profeta? Não pode ter existido alguma confusão em sua interpretação? Eu não posso ter sido como Irineu, que apenas falou dos ofitas? Por que acha que eu tenho o poder de mostrar ao mundo o novo Judas?"

"Porque nunca ninguém havia falado de Judas com tanta propriedade, Borges. Porque só alguém capaz de reconhecer a importância que este teve é que pode denunciar ao mundo o novo Messias. E você tem todas as características que esperamos. Escreve com propriedade, escreve com sabedoria. Esperamos muito do conteúdo de sua prodigiosa mão. E, particularmente, espero que possa mudar a ideia dos meus amigos, que ainda não estão totalmente convencidos."

"Por que não se convenceram?"

"Porque, desculpe o modo de falar, há muita charlatanice nesse meio. Há muitas pessoas mal-intencionadas, doidas para ganhar dinheiro ou qualquer coisa do tipo. A fé move os charlatões, isso você pode imaginar. Pois bem, eles têm receio que seja mais um desses charlatões. Tentei argumentar, mas são irredutíveis. Querem ver com os próprios olhos para crer."

"Como Tomé?", falei com um sorriso amargo na face.

"Como Tomé", respondeu o alemão com um sorriso largo e com os olhos novamente inflamados. E continuou: "Mostre tudo o que sabe. Mostre o poder que há dentro de suas palavras, o poder que você mal desconfia que tem. Deixe a Verdade falar por você, e Esta o guiará por rumos desconhecidos, entre veredas verdejantes e rios de lava, entre montanhas límpidas e vales escuros, entre a claridade e a escuridão. E no fim de tudo haverá o estopim em formato de homem, pronto para trair os humanos, pronto para alcovitar e passar o resto de seus dias como vilão. Mas ele deflagrará o novo Messias, que mostrará Deus, a Verdade e a Vida. E então o Julgamento se iniciará."

Inferno. O que faria o grande Jorge Luis Borges em uma situação dessas? Escrever sobre Judas é fácil. Difícil é mostrar ao mundo ou a três loucos o novo Messias e o início do julgamento final.

33.

"**N**ÃO SOU O QUE estão pensando. Não sou nenhum profeta. Tenho certeza disso. Desde pequeno, sempre fui um sujeito normal. Cresci católico, mas nunca fui ligado à religião. Escrevo sobre a Cruz, mas não consigo nada além, Rech. Disso tenho certeza."

"Você não pode ter certeza do que não sabe, Borges. Não pode afirmar que tem certeza ou dúvida quanto aos planos de Deus. Quanto a estes planos, somente Ele sabe. E quando escreveu sobre Judas foi um sinal de que Deus está fazendo de você um importante instrumento para mostrar a Verdade. A Verdade que tanto esperamos."

E agora? Peço para me desamarrarem? Digo que há outra pessoa que sabe mais que eu e, coincidentemente, essa pessoa também se chama Borges? Também se chama Jorge Luis Borges. Digo que temos intuições parecidas, mas que ele tem mais chances de ser o profeta que tanto esperam? Digo que ajudo a pegá-lo, ajudo a dar-lhe umas bordoadas para que escreva, para que ensaie tanto quanto quiserem do Judas, da Verdade, das besteiras que bem entenderem? E depois disso tudo, quem sabe, libertam-me, eu posso ir para casa, posso voltar a escrever minhas coisas, que estes alemães insistem em falar que são ruins. Não acreditarão. Dois já me olham desconfiados, já achando que eu sou um falsário. Se disser de um outro, se disser que um homônimo escreve as mesmas coisas que escrevi, certamente me considerarão um mentiroso. Não posso perder a confiança de Rech, e, no momento, esse é meu principal objetivo. O resto eu resolvo. Enganei até agora eles todos. Necessito continuar a farsa. Dizer mais besteiras de Judas, agora acrescentar o que querem ouvir: fim do mundo, volta do Messias, um novo Judas, bem e mal, dualismo etc. etc. Floreio um pouco, acrescento o que querem, uso algumas palavras proféticas, bonitas. Quando menos esperarem, caio fora. E levo Raquel junto. Voltaremos para Buenos Aires, mudaremos nossos nomes e nos casaremos. Seremos felizes sem fim do mundo nem nada disso. Sem esses três loucos de pedra. E como escapar? Será que Raquel fala alemão? Em que cidade estamos? E, por falar nisso, onde está ela?

Depois de falar mais um pouco, Rech me soltou da cadeira. Disse que, dentro da casa, eu seria livre para fazer o que bem entender. Mas que eu não podia sequer me aproximar da porta ou da janela. "Por segurança, você será vigiado. Não me entenda mal, não pense que ainda tenho dúvidas de você. Mas ocorre que eles ainda têm. Sua liberdade será alcançada na medida em que convencer meus amigos de que não é um falsário, como pensam. Por enquanto, os dois revezarão em sua vigília. E, faça o que fizer, um deles estará sempre perto. Digo isso para que não se surpreenda e nem tente fazer nenhuma besteira. Fique calmo e sóbrio. Concentre-se no que sabe fazer de melhor:

escrever. Deixe que do resto cuidamos nós. E, na medida em que for inspirando confiança, revelaremos mais segredos nossos."

Quis dizer que a última coisa que queria era ouvir mais segredos deles, mas não podia sequer demonstrar isso. Tinha de ganhar a confiança dos outros dois, isso era fundamental.

"Não se preocupe, Rech. Não sei falar uma palavra de alemão. Não tenho nenhum documento pessoal comigo. A última coisa que quero é sair pelas ruas de uma cidade que desconheço. Fique tranquilo. Ficarei em casa. Farei o Judas que me pedem."

"Ótimo! Fico feliz que tomou a decisão correta. Garanto que é burrice se rebelar conosco neste momento. Sei que o sequestro não foi um ato bonito e não pense que nos orgulhamos disso. Mas foi necessário, como já disse. O mais importante é que você se decida a colaborar. Dessa maneira tudo melhorará. Escreverá o que esperamos e, muito em breve, boas novas virão. Será liberto, mas nunca se esquecerá de nós. Garantimos que seremos parte de sua vida para sempre."

Não sei se era bom ou ruim o que me dizia. Mas pelo menos havia uma chance de não ser morto. Pelo menos eu podia escapar com vida, e isso me deixava feliz. Por um momento desgarrei a pensar no outro Borges, na situação em que estou, sequestrado por três adoradores de serpente e obrigado a escrever baboseiras. Quase não aguentei o riso de tão absurda que era a situação.

34.

COM MAIS DE 80 anos, é estranho possuir uma tatuagem. Ainda mais se é um velho tatuado com uma enorme serpente em seu peito. No quarto do hotel em que estou, procuro um abominável espelho e o encontro dentro de um armário. Retiro a camisa e vejo a imagem que me persegue nas últimas décadas: a imagem dos três ofitas. Rech, Sven e Jürgen e as lembranças horrorosas do confinamento na casa junto a eles.

Mesmo há tanto tempo sem vê-los, a imagem dos ofitas continua nítida em minha senil mente: Jürgen Braun tinha olhos e cabelos castanhos e a pele muito alva; era o mais alto. Sempre reservado e comedido, falava pouco com os outros dois e menos ainda comigo, mesmo quando eu aprendi a língua alemã. O problema era por eu não ser ariano como eles. Invariavelmente, quando queria falar algo, perguntava para Rech, que perguntava a mim. Com o tempo fiquei fluente no alemão, e, mesmo assim, Jürgen insistia para Rech traduzir para mim. Eu respondia em alemão, sem olhar para Jürgen para que não entendesse como uma afronta, e ele fingia não escutar. Esperava uma inexistente tradução e então fazia mais perguntas ou se dava por satisfeito. Eu não dizia nada; com honra e princípios, o melhor a se fazer é não provocá-los, julguei. Sabia já que se desse um olhar torto, uma palavra fora do contexto, seria eliminado, e eles procurariam outro idiota para brincar de profeta.

Sven Mallmann era polaco, loiro, tinha olhos azuis e nunca deixou de fitar meus olhos com seu olhar penetrante. Dos três, era o que mais nutria ódio por mim. Não um desprezo velado e contínuo como o de Jürgen, mas sim uma raiva cega e pronta para explodir. Rech também sabia, também interceptava o olhar de fuzileiro que Sven me lançava. E nessas ocasiões ele tinha de intervir porque eu não possuía defesa alguma; simplesmente baixava os olhos e torcia para não ser morto. Nessas oportunidades, Rech batia em seu ombro, dizia alguma amenidade que normalmente eu não compreendia. Sven retrucava, falava alto, gesticulava. Daria tudo para saber o que falava de mim nos primeiros dias que cheguei à Alemanha. Devia falar que eu era um falsário, que agora conhecia o segredo e que o espalharia, que estavam perdidos, coisas do tipo. No fim acalmava-se, parava de gritar. Rech fazia gestos pacificadores com a mão, isso eu podia compreender. Essa foi a dura rotina dos meus primeiros meses de cárcere na Alemanha.

Rech foi durante esse pesaroso tempo o meu único protetor, o meu porto seguro. Dizem que a síndrome de Estocolmo ataca os sequestrados que insistem em proteger seus sequestradores. Creio que pouco disso aconteceu comigo no começo. Em um país distante, sem dinheiro, sem qualquer documento, com Raquel quase sempre ausente, meu único alento era conversar com meu sequestrador e namorado da mulher por quem eu estava apaixonado. Eu também era o alento dele, um alento muito maior, eu sabia. Por mim, ele apostara todas as fichas de sua vida e estava pronto para brigar com a namorada, com os dois parceiros, com o mundo inteiro, se eu assim vaticinasse.

"O que vai fazer quando eu acabar de escrever, Rech?", disse-lhe em um dos primeiros dias de cativeiro.

"Não farei nada. As coisas acontecerão sozinhas, da mesma forma que já estão acontecendo. Conhecer você foi um caso fortuito, um golpe daquilo que entendemos e julgamos como sorte. As coisas vêm sozinhas, Borges. Cabe a nós saber enxergá-las e saber dar a destinação que Deus quer que demos. Só isso é necessário."

"E acredita mesmo que escreverei algo que mudará a sua vida?"

Olhou em meus olhos e gesticulou que sim com a cabeça.

"Não só a minha vida. Tenho certeza de que seu escrito mudará o mundo inteiro. O tempo e meus dois companheiros me darão razão. Verão que não exagero, verão que estou certo desde o princípio."

Continuava a falar olhando em meus olhos:

"Borges. Mudei minha vida por sua causa."

"Como assim?"

"Havia deixado a Alemanha. Estava decidido a morar na Argentina. Estava lá havia pouco mais de um ano, quando você apareceu. E, por você, decidi voltar."

"Eu não sabia disso. Por que saiu da Alemanha?"

"Problemas políticos. Sou jurado de morte aqui. Tinha certeza de que seria morto se ficasse. Por isso busquei a América. E lá encontrei você. É outro fato que me faz acreditar no plano que nos é imposto, Borges. Só o conheci pela conjuntura de diversos fatos, todos improváveis. Por isso acredito que você é o prometido."

"E por que voltou por minha causa? Não é jurado de morte aqui? E se for morto agora? E como fico, sem um tradutor, sem dinheiro, sem ninguém para me proteger?"

"Nada vai me acontecer, estou certo disso. Deus disse nas entrelinhas que está me protegendo. Disse ao me dar um presente tão maravilhoso como você. Devo correr o risco de voltar para cá, devo trazer o profeta para junto do altar dos ofitas. Aqui terá segurança e inspiração."

Olhei instintivamente para os outros dois, que olhavam nossa conversa com um rabo de olho. Rech percebeu.

"Não ligue. São muito tradicionalistas e não admitem ainda um profeta que sequer conhecia os ofitas e que não é germânico. Têm esse grave problema. São extremamente nacionalistas. Mas, aos poucos, vai convencê-los do contrário. Aos poucos você convencerá o mundo do contrário."

Deu uns passos e abriu uma janela que invariavelmente permanecia fechada. "Olhe! Olhe o que o espera. Olhe as pessoas que esperam sua palavra. Não só as pessoas que pode enxergar, mas todas as que estão espalhadas pelo resto do mundo. Dê sua bênção ao mundo, Jorge Luis Borges. *Urbi et Orbi*, diga sua palavra. Não é curioso que o responsável por ser o Pastor que falará a Palavra não seja um ariano, mas venha lá do fim do mundo, lá da distante Argentina?"

Olhei pela janela e vi um tumulto de pessoas apressadas. "Em que cidade estamos?"

"Ora! Não sabe? Pensei que soubesse. Estamos em Munique, Borges. Munique será sua nova casa a partir de agora.

35.

DEBRUCEI-ME NOS PRIMEIROS MESES em textos ofitas antigos e estudos parciais que os três tinham da Bíblia. Escrevia pouco, mas lia muito. Lia não só para agradá-los, mas para passar os dias, os intermináveis dias preso junto ao apartamento que servia de altar para a seita da serpente. Raquel quase não aparecia. Era mantida em um apartamento separado por determinações de Rech, que tinha medo de que ela corrompesse a doutrina ou que maculasse o puro altar da serpente. Todas as vezes que ela vinha ao apartamento eu tentava gesticular com o olhar, com a mão, necessitava falar com ela a sós, dizer que não a tinha escutado e que agora pagava o preço de minha descrença. E que, o mais rápido possível, fugiríamos daqueles loucos e nos casaríamos. Mas Raquel parecia não olhar mais para mim. Em todas as visitas, desviava os olhos e não se aproximava nem para me cumprimentar. E meu medo de que tudo estivesse previamente combinado e de que ela sabia do plano aflorou novamente. Será que fui enganado também por ela? Será que também adora a serpente, será que caiu na conversa fiada do seu namorado? Será que só se aproximou de mim para que, assim, eu fosse uma presa mais fácil? Os pensamentos novamente voavam, agora junto a personagens bíblicos e heresiarcas, que eram as únicas companhias dos meus dias e noites.

Determinado dia Raquel apareceu e, como de costume, deu-me apenas um sorriso cerimonioso. Os três falavam em alemão, e Raquel parecia se interessar pela conversa. De repente, interveio, tentando conversar diretamente com seu namorado. Os outros dois tentaram se meter, mas Rech não permitiu e conversou por longos minutos com Raquel. Depois de um tempo, ele se virou para mim e disse:

"Precisamos sair. Discutíamos quem cuidaria de você. No entanto, ela disse que pode."

Apontou o dedo para Raquel, que continuava a não olhar para mim.

"Disse-me ela que é perigoso ficar tanto tempo trancafiado em um apartamento; que é melhor para você — e consequentemente para todos nós — que possa sair um pouco. Entendemos como razoável o pleito. E, além disso, vem ganhando nossa confiança a cada dia. Tenho certeza de que não fugirá, até porque não conseguiriam ir muito longe. Esperamos que não nos decepcione, Borges."

Assim foi que saí pela primeira de muitas vezes nas ruas de Munique e quase não me contive de tanta felicidade. A primeira vez depois de meses contínuos ao lado de serpentes, bíblias e velas negras. Além disso, descobri que Raquel não me ignorava, como eu então acreditava...

"Por que todos esses meses sem sequer olhar em meus olhos?"

"Não sabe o quanto são desconfiados? Morrem de medo de mim, medo de que eu me aproxime muito e que o corrompa. Se percebem nossos olhares, se percebem que tramamos uma fuga, tudo está perdido. No apartamento temos de demonstrar distanciamento."

"Mas Rech não sabe de nós?"

"Sabe, mas prometi-lhe distância. Prometi que não ficaria ao seu lado."

"Tem ciúme de você?"

"Nem um pouco. O problema é só você, Borges. Comigo, não há nada. Desde que surgiu, eu não mais existo para ele."

"E por que ainda mantém o romance? Por que não o abandona?"

"Por medo. Somente por isso. No começo foi pelo palavrório, pelas sempre bonitas promessas. Depois as coisas foram se alterando, até que você surgiu em nossa vida. Aí tudo revirou de vez. Ele novamente contatou os antigos amigos, novamente deu prioridade à sua seita. Esta estava quase esquecida, relegada por um mundo novo na América e por promessas de um casamento e de uma vida normal, com filhos pequenos, com passeios, coisas assim. Mas você surgiu e tudo mudou."

"Creio que deve odiar-me...", falei, olhando em seus olhos.

"De forma alguma, Borges. Eu o amo. O cativeiro é o preço que pago por essa descoberta. Mas não me arrependo."

Fiz menção de segurar sua mão, mas ela me repeliu.

"Não podemos. Alguém pode nos observar. Não podemos ainda correr esse risco."

Conversando em castelhano com a mulher que amava, por um tempo esqueci estar tão longe de casa. Parecia mesmo estar em Buenos Aires, parecia mesmo que as cidades eram parecidas. E, por um curto espaço de tempo, fui feliz, porque Raquel também me amava. Quis prolongar ao máximo o instante, quis escutar infinitamente da sua boca essas palavras. Quis provas, quis juras de amor, que, como disse o Outro em algum de seus muitos ensaios, são vãs e tolas por serem apenas entonações.

"Diz que me ama e mal me olhou durante esses meses. Quer que eu acredite que foi apenas por medo dos alemães?"

"Foi também por vergonha. Sinto-me responsável por tudo que está acontecendo. Se eu tivesse mais pulso, se eu fosse mais enérgica, certamente nada disso teria acontecido."

"Por que diz isso? Acha que poderia ter batido de frente com Rech? Acha que poderia tê-lo convencido de que não sou quem espera?"

"Não. De maneira alguma. Mas poderíamos ter fugido. Tivemos a chance. Não o fiz por medo, por receio do futuro. Agora vejo que agi de maneira errada."

"Há tempo ainda, Raquel. Há tempo para fugirmos. Casamos aqui mesmo, na Europa. Vamos para qualquer país e não precisamos de dinheiro para felicidade. O mundo é grande. Nunca descobrirão nosso paradeiro."

"Está louco? Não temos dinheiro, não temos documento. Eu sei pouco de alemão. Somos presas fáceis. Além disso, tenho certeza de que, neste momento, somos vigiados. A fuga é impossível."

E, com essas palavras, de repente toda a felicidade do mundo foi circunscrita pela incerteza e pelo medo de sermos reféns de loucos.

"Diga-me a verdade. Acredita mesmo nessa baboseira de que eu sou o profeta prometido?"

Ela parou de andar e arregalou bem os olhos. "Nunca repita isso nem em brincadeira, meu querido. Nem quando acreditar que nenhum alemão o escuta. É a frase mais perigosa que pode dizer. Eles acreditam, eles querem acreditar nisso. Esta é exatamente a nossa única chance: o fato de terem clemência, piedade ou gratidão com o profeta que lhes ensinou ou mostrou algo importante. Se não sentirem isso, nós nunca sairemos com vida."

"Raquel, sei que não é um bom momento, mas preciso dizer algo muito importante."

Não havia mais Munique ou Buenos Aires. Não havia mais nada ao nosso redor. Parados, sem tempo, sem espaço, sem se preocupar com espiões, ela subitamente esperando a minha confissão:

"Raquel, há um outro Borges."

"Como assim, um outro Borges?"

"Um homônimo, Raquel. A merda de um homônimo. Um homônimo que escreveu sobre Judas. Que escreveu toda essa porcaria que eles tanto querem saber."

Ela gesticulou negativamente a cabeça. "Não acredito. Está dizendo isso para se safar, diz isso somente porque está com medo. É impossível o que está dizendo."

"Não é, e posso provar. Não fui eu quem descobriu o ladrão do Once. Foi na verdade o meu homônimo; foi o outro Borges. Ele é escritor. Ele escreve essas coisas. Não eu."

"Quer dizer que o livro que me deu, na verdade, era de outro?"

"Não. Eu o escrevi. Mas intercalei com escritos do meu homônimo, que julguei ruins. Um desses contos era justamente o do Judas. O conto que provocou toda essa confusão não foi feito por mim. Não era eu quem devia estar aqui."

Raquel me olhou, atônita, e desandou a chorar, com a mão sobre o rosto. Esperei algum tempo. Fiz menção de abraçá-la, mas faltou-me coragem.

"Está decepcionada comigo, Raquel?"

"Por que fez isso?", foi a única coisa que conseguiu dizer em meio a um imenso choro.

"Porque a amava. Porque queria impressioná-la. Depois tudo tomou um rumo louco, de uma hora para outra tudo se tornou insano. Um impossível rumo. Mas só fiz por amor, só fiz por você."

Ela ainda chorava com a mão na face. "Estamos mortos, Borges. Estamos mortos. A única chance que tínhamos de sair com vida se foi. Eles o matarão e depois me matarão também." E saiu correndo, deixando-me perdido, no meio de ruas desconhecidas que agora eu sabia: era Munique.

36.

Então vi Munique. Vi as ruas convexas de um bairro, perto do centro, cujo nome me era quase impronunciável, móveis de transeuntes e vendedores ambulantes, gritando palavras estranhas para outras pessoas atarefadas, apressadas, que não reparavam nos que gritavam, e que, por um momento, lembrou-me La Boca. Vi mulheres com longos vestidos e com chapéus maiores ainda, portadoras de olhar altivo, desdenhoso — o intemporal e platônico olhar feminino —, que me fizeram ver os tangos da Academia ao lado do Tortoni. Vi uma rua larga parecida com a Calle Florida e um cemitério muito parecido com o da Recoleta, com o mesmo silêncio, não obstante outros sejam seus hóspedes, não obstante outras tenham sido suas razões, suas justificativas, as mentiras que aplicaram em vida, não importa quanto arrecadaram, quanto amaram, quanto lutaram por ideais, sejam verdadeiros, sejam utópicos, se lutaram pelo cristianismo ou pela salvação estranha por um ignoto Judas, se pela caridade e por um infinito bem ou pela crença que só há verdade com a coexistência do bem e do mal; não importa o que foram, o silêncio era o mesmo, o sepulcral silêncio daqueles que não podem mais falar. Vi carros, vi homens cortejando mulheres trajando paletós finos ou imitações de paletós finos, o charuto em uma das mãos, na outra um maço de flores ou chocolates, vi mulheres suspirosas, e em suas retinas brilhava o *capuletto* eterno à sua frente e que me mostrou que a engrenagem de amor era idêntica no outro lado do oceano, vi cachorros nas ruas, vi anúncios com sorrisos, vi senhoras com terços e idosos sem qualquer esperança nos olhos. De fato, apesar da distância, dos idiomas e dos muitos séculos de cultura, não são tão diferentes assim, pensei, com uma pitada de orgulho da minha terra natal.

O outro Borges viu em um *Aleph* o universo. Eu, ante Munique, via apenas meus problemas, via apenas meu pequeno mundo, via apenas Raquel e os três loucos das serpentes.

Posso escapar, posso correr para longe dos alemães. Creio não ser difícil encontrar a Embaixada Argentina. Lá terei abrigo, lá acreditarão no rapto, posso denunciar os três sequestradores. E ante o universo dos meus problemas eu enxergava apenas letreiros com palavras grandes e estranhas, eu via Raquel e a estranha necessidade de retornar ao cativeiro em que eu exercia a função de cativo.

Inexato de raiva, deitado na cama do hotel, sinto-me ainda trêmulo dos anos e dos acontecimentos de minha vida; não consigo, por mais que me esforce, recordar-me por que voltei à casa dos ofitas. Naquele momento — não posso esquecer — tive a chance de fugir e de, consequentemente, mudar o curso do mundo. E por que voltei? Por Raquel? Por uma mulher que havia acabado de me abandonar sozinho nas ruas de Munique, gritando que morreríamos? Por Bernhard Rech? Pela síndrome de Estocolmo que me acometeu nos primeiros meses, a estranha sensação de gratidão que nutri pelo alemão que me pagou para escrever sobre Judas e depois me socou, me sedou e me transportou dopado pelo oceano como uma carga qualquer? Pelos outros dois alemães, um xenófobo com seu riso ariano de desdém, com seus gestos sempre truculentos? Pelo outro, o que mal olhava na minha cara e que se recusava a apertar a minha mão? Para mostrar aos dois que, sim, eu podia escrever o que quisesse, podia até ser a porra do profeta que tanto esperavam?

Pela profecia? Não deixei a Alemanha porque em algum momento, em algum átimo de segundo daquele dia, Munique diante de meus olhos, cogitei que era, sim, o profeta? Que, sim, Judas escrevia por mim, que, sim, eu enxergaria o Anticristo, o Cristo, o bem e o mal etc. etc. e que seria eu, o neto não aceito pelo avô, o pobre projeto de bardo argentino, o envergonhado romântico que recorria às letras porque faltava nas ações, seria eu o grande profeta que denunciaria o apocalipse?

Sinto que não foi por nenhum destes motivos, mas sim pela única pessoa que competi nesse mundo e que, até pouco, não (não?) sabia da minha existência: Borges. Fiquei sim para escrever, para penetrar em suas linhas, para saber o que existia de tão profundo naquela bobagem de Judas que criou. Se fugisse, nunca saberia como a mente do meu inimigo funcionara ao escrever sobre o conto que encantou tanto os alemães. Naquela época, creio, devo ter pensado mais ou menos desta forma: ou Borges escreveu tudo ao acaso, o que é a hipótese mais plausível (e mais provável), e, também por uma questão de acaso, o conto acabou caindo nas mãos de alemães loucos, que cultuam a serpente e ficaram impressionados. Ou Borges sabe. Sabe mais que eu. Sabe que existem ofitas. Sabe que há pessoas que veneram a serpente e Judas

Iscariotes. E, se sabe, mais uma vez me superou, como me superou no enigma do Once. E, se sabe, como sabia daquela vez, é um inimigo admirável, até mesmo invejável.

Mas imaginar que ele soubesse tudo o que ocorria era uma hipótese extremamente remota. E, para saber, só ficando junto aos alemães, só ficando junto com Raquel. Mesmo que isso significasse o risco da minha própria vida. De qualquer forma, que reste consignado que foi a primeira vez que em mim se acendeu a centelha da dúvida, o augural e crescente sentimento que ainda me açoita, a fria desconfiança com suas quatro pesadas letras que precedem um sinal interrogativo: será?

E na Munique que refletia apenas os meus erros e a minha pequena existência eu recolhi o fio de Ariadne do roto labirinto em que estava. E bati firmemente na porta da casa dos ofitas. Quis gritar: "Abram, sou eu, sou Borges", mas cogitei a possibilidade de só estarem os dois alemães que não compreendiam minha língua. Bati mais uma vez com força. Rech abriu a porta e me deu um grande abraço.

"Santo Deus. Que bom que veio. Estávamos preocupados. Por um momento, cogitei que tivesse fugido. Peço perdão, Borges. Peço perdão por não crer. Ajuda-me a crer. Ajuda-me a enxergar o mundo que está por vir."

Fala comigo como se falasse com Jesus Cristo, assustei-me, com medo que meu destino fosse o mesmo das chagas, dos pregos e da Cruz.

37.

"**A**INDA BEM QUE VOLTOU, Borges. Estávamos todos muito preocupados. Peço desculpas por cogitar que fugiria, por imaginar sua traição."

"Não há por que pedir desculpas, Rech."

"Por que se separou de Raquel? O que houve? Ela não foi capaz de lhe fazer companhia?"

Será que Raquel havia contado a verdade? Improvável, não estariam me tratando dessa forma. E o que dizer para ele?

"Rech, parece estranho, mas eu queria ficar um pouco sozinho. Quis pensar um pouco. Sufocavam-me a casa, o altar, as tantas figuras, vocês me observando constantemente, esperando que, de uma hora para outra, eu profira palavras mágicas e fórmulas do fim do mundo. Caminhar foi muito bom. Caminhar sozinho, em uma cidade desconhecida, incomunicável, deu-me uma sensação muito boa, uma sensação de liberdade que há muito não tinha. Só por isso quis ficar sozinho."

Balançou a cabeça concordando comigo. "Compreendo o que quer dizer, mas Raquel não tinha o direito de abandoná-lo. De maneira alguma podia ter feito isso. Mesmo que você pedisse, mesmo que implorasse."

"E por que não?"

"Porque está em uma cidade desconhecida e perigosa. Porque há muitas pessoas mal-intencionadas por aqui. E muitas pessoas que nos vigiam, que querem o nosso mal. Somos invejados por alguns e vítima da incompreensão de muitos. Se o pegam, estamos todos mortos. Se não sabem o que é, pedirão um resgate, como ladrões normais. Mas se sabem a importância que tem, matarão sem dó. Sem piedade, Borges. Tem de tomar mais cuidado. O cárcere é terrível, mas é fundamental para a sua segurança. Raquel também sabe e, por isso, não deveria tê-lo deixado sozinho pelas ruas de Munique... mas aprendeu a lição."

"Como, aprendeu a lição?"

"Foi castigada. Somos bons com quem é bom conosco. Mas somos ruins com os que merecem nossa punição. Somos exemplares com todos aqueles que precisam de corretivos. Ela nunca mais errará, tenho certeza disso."

Falava como um padre medieval, pregando cegamente uma verdade que mais ninguém sabia. Senti absurda raiva de Rech naquele instante.

"Onde está Raquel? Quero vê-la imediatamente."

O alemão deixou transparecer o susto que brotou da sua face por causa da minha sentença imperativa.

"Foi uma punição exemplar, e não um castigo desmedido, não sei por que o tamanho de sua preocupação. Achei mesmo que fosse compreender por ser o escolhido, achei que fosse entender que o dever de cuidá-lo é grande, pesado e que, portanto, não pode ser tratado com desleixo, como ela fez há pouco. Achei que, entendendo a sua importância, você também entenderia sobre a punição que aplicamos. Não compreendo o tamanho da sua preocupação. Tem de se concentrar no plano. O tempo passa, e os dois cada vez mais ficam agitados, impacientes. Querem algo revelador, querem algo que prove que é verdadeiramente quem digo. Assim sossegarão. Deve concentrar-se no plano, Borges. Não quero assustá-lo, mas a frase que disse em relação a Raquel também é aplicada a você. Somos bons com os bons, maus com os maus e exemplares com os que precisam de algum tipo de corretivo. Não se assuste, pois já deu uma grande prova de fidelidade ao não fugir, ao retornar para este que, bem, já posso dizer que é seu lar. Retornou para o lar enquanto podia correr para longe. Ficamos todos felizes com esse gesto, mas é necessário que prove mais. É necessário que mostre seu valor escrevendo. Dizem que Dante Alighieri, quando se sentava e empunhava sua pena, ficava possuído. Dizem mesmo que seus olhos mudavam estranhamente de tonalidade e, naquele momento, ninguém mais conseguia falar-lhe; sonho-o da mesma forma, escrevendo e possuído por entidades que intuem a Verdade e que lhe mostram o verdadeiro caminho. Tem de escrever, Borges. Tem de se preocupar somente com a escrita."

Maldito filho de uma puta, que acha que pode coagir, ameaçar e fazer o que bem entender, que nada nem ninguém irá castigá-lo, pensei, sentindo que a improvável gratidão que eu já sentira por Rech de repente ia para os ares.

"Sei de tudo o que disse, mas agora quero ver Raquel." Foi minha primeira ordem, a primeira palavra enérgica que disse na Alemanha. Sabia que a submissão era importante diante de alemães tão severos, mas um sentimento de culpa, medo e raiva me fez falar daquela forma.

"É incompreensível que aja dessa forma, Borges. Já disse que ela tomou apenas o castigo que merecia, o castigo exemplar por ter faltado nos seus cuidados. Mas aceito a sua raiva e deixarei que a veja."

Passamos pelo pequeno altar das serpentes, e ele me guiou pelo corredor escuro. Demos em um quartinho que insistia em permanecer fechado. Rech tirou do bolso uma chave e o abriu. Empurrou a porta com a mão e com essa mesma mão fez um gesto para que eu entrasse, como que dizendo que não iria junto. A imagem seguinte ainda machuca meu coração. Eu inventara a farsa de Borges, eu continuara impunemente a história, mentindo para Raquel, para Rech e ainda recebi dinheiro para isso. A culpa era só minha, pelo menos naquele pequeno momento a culpa era apenas minha, porque o outro Borges não conseguiu açoitar minha mente e rir da minha cara dizendo que havia escrito e que ainda estava impune.

Raquel estava deitada. Seus lábios, que sempre me provocaram luxúria, estavam ensanguentados e inchados. Um dos olhos também sangrava, bem como um arroxeado grande surgia do lado esquerdo de sua face...

38.

"**R**AQUEL. O QUE FIZERAM?"

Ela, ao me ver, teve o cuidado de colocar a mão no lábio deformado e me pedir silêncio. Fiz menção de voltar, quis bater nos três covardes que tiveram a audácia de bater em uma mulher, mas ela me impediu.

"Sem demonstrações públicas, Borges. Você nos colocou aqui. Agora tenha a bondade de nos ajudar a sair."

"E o que devo fazer?"

"Deve continuar com a mentira, não está claro? A única maneira de sairmos com vida é se acreditarem em você."

"Você não disse nada?"

"É claro que não. Se dissesse, já estaríamos mortos. Nunca poderão saber que você não escreveu o livro."

"E por isso apanhou?"

"Apanhei. Mas era necessário, parece que não quer entender. São extremamente perigosos, e não custa nada matarem uma ou duas pessoas que foram contra os seus princípios. Este é o problema: acreditam cegamente, creem que mudarão o mundo com suas ideias e não colocam óbice em eliminar todo aquele que entrar em seu caminho."

"Obrigado, Raquel. Obrigado por não ter contado nada."

Peguei em sua mão e acariciei o lado do rosto que não tinham batido.

"Estamos juntos agora. Prometo que escreverei o que quiserem. Prometo que acreditarão, prometo que sairemos com vida e que no futuro riremos de tudo o que está acontecendo." Patético, enfático, tentava reconquistá-la, tentava me mostrar o grande sujeito que um dia pensou que eu fosse. Forcei um sorriso, mas ela me olhou com tristeza, e uma lágrima rolou de seu rosto e se misturou ao sangue que manchava a cama.

"Eu espero que sim e ajudarei no que puder. Mas a única coisa que posso fazer é apanhar, levar a culpa e ser o erro, porque você ainda não escreveu o que querem. Além de tudo, acham que o retiro do caminho que deveria trilhar, acham que a responsabilidade de tudo é minha."

Raquel deitada na cama, tomando a culpa e apanhando por uma mentira que eu inventara; naquele momento minha piedade foi maior mesmo que o amor que eu sentia. Ela, na cama, ensanguentada, dizendo que apanharia para que eu tentasse nossa salvação, e minha mente fugindo para assuntos bíblicos, para outras mulheres que tomaram a culpa do mundo...

"Raquel. Prometo que, daqui em diante, viverei para escrever o que querem... Não posso prometer que não encostarão mais em você, mas prometo todo meu empenho para escaparmos com vida..."

39.

A PRIMEIRA DECISÃO QUE tive foi, como da primeira vez, manter a linha dos escritos originais de Borges. Novamente tomei o seu "Natureza de Judas" e o li procurando nas entrelinhas algum significado ainda não revelado.

No entanto, as palavras eram as mesmas sem sentido de antes. E, depois que saí pelas ruas de Munique, comecei a perceber a alteração dos alemães. Cada vez mais me olhavam, impacientes. Mesmo Rech, que ainda me protegia, vez ou outra insistia na produção de algo palpável e notório para que, assim, selasse um pouco de tranquilidade aos ofitas. Raquel definitivamente foi afastada de mim, e, nas raras e curtas vezes em que a via, nada podia falar porque estávamos sob ferrenha observância. E, em seus olhos, lia ou imaginava ou queria ler que estava desesperada para que eu escrevesse logo e que assim fôssemos libertados do cativeiro.

Voltei-me inteiramente para os papéis em branco que enchia de mentiras e depois os jogava no lixo, porque sabia que estes apenas piorariam minha situação. Na primeira oportunidade, tinha utilizado a técnica de alongar o próprio texto do Borges, sem modificá-lo, sem alterar seu sentido nem suas consequências. Mas agora não podia mais utilizar tal técnica. Não podia porque apenas repetiria o que já havia sido escrito; não podia porque queriam coisas novas, não reveladas, isso estava mais que claro. Não posso me queixar inteiramente, pensei. Sei o que querem, sei o que esperam de mim. Minha tarefa é gigantesca, quase homérica: tenho de escrever sobre o fim do mundo e daquele que será o estopim do apocalipse. Mas poderia ser pior. Poderiam ter omitido sobre sua sociedade e sobre o motivo pelo qual se reúnem e esperam. E, se eu não soubesse, não tinha nem a chance de tentar enganar, de tentar me safar com literatura e esperteza onde enxergam sapiência e profecia. Posso mentir, eu sei. Posso escrever coisas que gostem, que acreditem. Posso buscar em seu passado um incerto futuro. A história é cíclica, a história nada mais é do que repetição. Digo mais erros que já foram ditos, desditos, comprovados e descartados por seus mestres antigos. Mudo-os de roupagem, uma enxaguada, um toque de perfume, umas palavras rebuscadas e pronto: se tenho sorte, acreditam. E, se acreditam, deixam-me livre. Se livre, caso com Raquel. O motivo da minha desgraça pode ser o princípio de uma vida feliz, pensei, subitamente bem-humorado. Sou um escritor, inferno! Um escritor pode fazer um universo com sua própria mão. Por que não pode enganar três trouxas?

Confiante, escrevi três folhas, alterando pouco do original e do meu próprio escrito. Mostrei-o a Rech, que leu e depois conversou com os outros dois, que pareceram não muito surpresos. Então se virou para mim e disse:

"Não me leve a mal, sei do seu potencial. Mas isso que escreveu é vago e prolixo demais. Escreveu três folhas corridas e não disse uma só palavra que pudesse nos alentar. Sabemos do que é capaz, mas isso não nos serve."

Tive vontade de dizer que tudo era prolixo. Todas as linhas de todos os seus profetas eram vagas, imprecisas e que apenas os imitava.

"Queremos algo concreto. Nós o trouxemos por este motivo. Não adianta narrar coisas que já disse ou que outros disseram. Queremos saber a Verdade, Borges."

Sentado na cadeira, apoiado o lápis no papel, abaixei a cabeça derrotado. Não posso me deixar vencer assim tão fácil, pensei e subitamente comecei a rabiscar algo no papel em branco. Começava já a escrever palavrões, palavrões terríveis que nunca certamente tinham ouvido falar. Mas parei no meio e escrevi uma palavra. Uma única palavra. Uma atitude desesperada, uma mentira desesperada era necessária, uma mentira que seduzisse e, por ora, acalmasse o ânimo dos alemães. Mesmo que absurda, mesmo que grotesca, era inevitável dizer algo concreto, mas incomprovável; revelador, porém impossível de certificar.

"Quer algo concreto? Esta frase é o que mais posso dar de concreto agora."

Rech pegou rapidamente a folha em minhas mãos, olhou com dúvidas e me perguntou se eu tinha certeza. Respondi que sim, eu estava convicto.

No papel, escrevi "Alemanha". Fiz a pose mais solene que me imaginei fazendo e disse: "O Anticristo está perto de vocês. O Anticristo está na Alemanha."

40.

ISSE, POR IMPULSO, A primeira coisa que me veio na cabeça e que pudesse ser visto como uma revelação, uma revelação que tanto queriam. As consequências do meu ato, para três ortodoxos que esperavam o fim do mundo com toda a sua força e toda a sua fé, no entanto, eram bem maiores do que eu podia imaginar. Cheguei mesmo a imaginar que bastou uma palavra, bastou um simples gesto para fazer com que os outros dois também caíssem. Querem cair, querem ser enganados, pensei. Estão sendo levados a isso, sugestionados a acreditar em qualquer tolo que falar qualquer tolice. A maior prova é que bastou uma palavra e o tratamento que tinham comigo se alterou por completo.

Nos dias seguintes, os diálogos em alemão aumentaram ao meu redor e mais de uma vez peguei-os conversando e me olhando com medo de que eu pudesse interceptar suas confabulações. No terceiro dia, creio, Rech me disse que a Sociedade Ofita era um grupo restrito de um grupo muito maior, que cada vez mais ganhava forças na Alemanha. Perguntei sobre o grupo. Ele assim me respondeu: "Somos parte da Thule."

"Thule?" Indaguei.

"Sim. Seu nome completo é *Studiengruppe für germanisches Altertum*. Ou Grupo de Estudos para a Antiguidade Alemã. Ou ainda conhecida como Vril. É uma sociedade secreta ocultista com sede em Munique e que tem ganhado extrema importância em Berlim."

"Há alguma ligação entre os ofitas e a Thule?", questionei, com medo de estar envolvido em um grupo ainda maior de loucos.

"Não, não necessariamente. Mallmann pertencia desde o começo à Thule e nos iniciou também. Mas eles não cogitam a existência de outra sociedade secreta como a nossa. Gostamos de brincar que somos uma sociedade secreta dentro de outra."

Riu, achando graça nas próprias palavras. Fingi que também achei engraçado, mas meu riso quase não saiu dos lábios. Outra sociedade secreta, maior? Loucuras maiores certamente. Não se tratava de apenas três loucos, a loucura era maior, a loucura tinha contaminado mais pessoas.

"E essa sociedade também adora a Serpente?"

"Não, não, de forma alguma. Relembre-se sempre as palavras que já lhe disse. O mundo não está preparado para conhecer as verdades que conhecemos. Uma vez ditas, o caos se estabeleceria em toda a sociedade. Mesmo a Thule, que em suas fileiras contém grandes profissionais liberais, a nata dos intelectuais alemães e jovens promissores, futuros líderes, futuros gerenciadores da nação, mesmo estes ainda não estão preparados para a nossa verdade."

"E no que eles creem então? Qual é o objetivo dessa sociedade?"

"Como seu próprio nome informa, é uma sociedade que busca estudar as razões e o brilhante passado germânico. E que cada vez mais procura conhecer o Vril...

"E o que é o Vril?"

"O Vril é uma energia. Uma energia que buscamos para o próprio interior. O Vril, Borges, é uma energia que há no subterrâneo. Uma energia que os antigos buscaram, todos em vão, obter. Uma energia poderosa, telúrica, que promete muitas vantagens ao seu portador."

"E como se obtém essa energia?"

"Principalmente através da concentração. A meditação, em todas as suas formas, a autoconsciência, a sinapse com o mundo inferior."

"E há relato de alguém que já conseguiu essa energia?"

Rech riu.

"Os iluminados do Mundo a conseguem, Borges. Sempre a conseguem." E continuou: "Poderia falar muitas coisas sobre o Vril e sobre a Thule. Mas farei melhor. Assistirá a uma de nossas reuniões."

Foi assim que entrei para a Sociedade Thule, a milenar sociedade ligada ao druidismo e às magias em geral e que, no século XX, em 17 de agosto de 1918, fora novamente aberta por Rudolf von Sebottendorff. Foi assim que adentrei às fileiras da sociedade que crescia dia a dia na Alemanha, alimentada por um crescente sentimento de nacionalismo e antissemitismo e que tinha como membros intelectuais, autoridades políticas e judiciárias, jovens promissores e a maioria dos sobrenomes importantes de Munique.

A reunião da Thule em Munique acontecia em um local discreto, atrás de uma lavanderia e sem, obviamente, qualquer inscrição ou referência à sociedade. O interior do templo, no entanto, era rico em detalhes e adornos. Conforme pude saber depois, a disposição dos detalhes e dos sectários observava um critério muito parecido com os cargos e a disposição de um templo maçônico, inclusive o fato de chamar o templo da Thule de loja. Os membros todos me cumprimentaram com respeito, mas muita sobriedade e reserva, uma reserva parecida com a que os dois alemães amigos de Rech me dirigiam. Rech me confidenciou que, por sorte, eu não tinha traços negros em minha feição; sorte porque todos os membros da Thule eram, acima de tudo, extremamente nacionalistas e reservados com negros, índios, orientais e, principalmente, judeus.

A reunião em si correu de forma pacífica. Rech me traduzia o que lhe parecia interessante e me ensinava a compreender algumas palavras em sua língua. Disse-me que discutiam sobre a Terra Oca, uma teoria em que então acreditavam. Falavam que o centro da Terra era oco e habitável e que somente assim conseguiriam alcançar o Vril. Quis perguntar se era verdade o tamanho daquele absurdo. Poderiam crer as mais brilhantes mentes de Munique, em pleno século XX, que o centro da Terra poderia ser oco e habitável? Poderiam crer tais pessoas em uma teoria mais incrédula ainda que o dos ofitas e de Judas Iscariotes? Mas, por sorte, não perguntei, não questionei, não zombei. Acreditavam com todas as suas forças neste fato e o comprovavam com ábacos, com geômetras, com quadros-negros expondo contas gigantescas e fórmulas químicas, com fotos escurecidas, quase todas com um buraco negro em meio a uma imensidão branca e que todos acreditavam ser uma fenda no polo sul que levava ao local que eles tanto buscavam, um duto que ligaria a incompreensão do mundo externo com os poderes prometidos pelo mundo interno. Atlântida, Hiperbórea, o local que Borges chamou de Tlön, eles chamavam simplesmente de Vrilia. Vrilia, o local em que existe o Vril, o poder alquímico capaz de conceder forças e energia ao seu portador. E a reunião tratava de justificativas ou antecipações ou esperanças para buscar esse incerto lugar.

"E para que serve essa energia, Rech? O que faz o Vril?"

"O Vril, se compreendido da maneira correta, dá poderes quase ilimitados ao seu portador. Por isso deve ser usado apenas por quem tem bom coração e boas intenções. Imagine o erro se um poder desse porte cair em mãos erradas? Por isso a Thule é uma sociedade secreta, por isso não divulgamos a todos a existência do Vril."

"Mas me diga. O que, de fato, pode fazer o Vril? O que consegue, na prática, fazer aquele que dominar essa energia?"

"Seu portador tem capacidade ilimitada de pensamento. Consegue mover objetos com a mente, consegue levitar, consegue destruir. A destruição, Borges, vem do Vril. Por isso é um poder que deve ser restrito a quem tem boas intenções. Por isso seria um perigo se caísse nas mãos de alguém mal-intencionado. O portador do Vril tem de ter, antes de tudo, muita paz de espírito para saber sua missão, caso contrário o caos se estabeleceria em toda a sociedade." Parou de falar, observando dois homens que expunham algum fato e que desconheci o que era, uma vez que não me foi traduzido. Depois continuou: "Mas não dê tanta importância assim ao Vril e à Thule, Borges. Trouxemos-lhe somente para que tivesse ciência de que também participamos desta organização junto com outras tantas pessoas importantes de Munique. Sua preocupação deve ser com seu escrito e com os ofitas. É somente para nós que tem obrigações."

Nada respondi e permaneci calado o resto da cerimônia, vendo loucos falarem de buracos, de contas, de um mundo desconhecido. Não falta acontecer mais nada, pensei.

Obviamente, eu não podia vaticinar o futuro. Não podia sequer imaginar que, enquanto um Borges era relegado no fim do mundo, outro Borges era relegado como o arauto do fim do mundo.

41.

Após o término da reunião, levaram-me os três para casa. Cansado de tanta besteira, de horas e horas sentado escutando doidos, só queria me deitar. Dirigi-me à minha cama, mas Rech segurou meu braço.

"Agora não, Borges. Precisamos seriamente conversar."

Levou-me ao altar e me deixou no centro, como um cordeiro oferecido em imolação. Logo os outros dois chegaram e conversaram entre si. Rech então traduziu:

"Borges, o motivo de o termos levado à Thule é que vislumbrasse com seus próprios olhos que mais pessoas estão reunidas com o mesmo propósito, não obstante outros sejam os nomes, outras sejam as crenças: todos se reúnem com o objetivo de encontrar a Verdade. Eles buscam na teoria da Terra Oca, no nacionalismo, nos poderes do Vril, no conhecimento dos antigos druidas e magos. Nós buscamos na serpente, na dualidade do bem e do mal, no maniqueísmo que rege a vida e a morte. O motivo pelo qual o levamos foi para que entendesse o atual momento que atravessa o mundo.

"Não consigo compreender. Que atual momento é este que passamos?"

"Todos estão se reunindo em busca da Verdade, em busca de conhecer os segredos mais profundos da vida. Não é apenas uma coincidência. É, na verdade, um fato que transcende nosso próprio entendimento, nossas próprias e poucas faculdades de inteligência. O que passamos é um momento regido por um sentimento geral, um sentimento que a todos assola, um sentimento de busca, conhecimento e sapiência. Não se fala abertamente, mas nas entrelinhas, no que paira no ar, no que não é dito; se for atento, perceberá: há um clamor público, há um sentimento que paira e que quase é desesperador de tão pesado e de tão forte que é: um sentimento de querer conhecer o que se passa, de conhecer melhor as forças sobre-humanas."

Um dos alemães acendeu alguns incensos em volta de mim. Continuei quieto, sem me mover, eu, o cordeiro, prestes a ser oferecido como relicário pelo novo Judas que estava por vir ou pelo duto que conduz à Hiperbórea.

"E o mais importante de tudo isso, Borges. Você é especial, iluminado. Em todos há um sentimento desesperado de querer conhecer os segredos do universo. Você, ao contrário, é diferente. Tem esses conhecimentos dentro de si, no seu ínterim, não obstante não tenha se dado conta disso. E ao invés de querer aprimorar esse conhecimento, ao invés de compartilhá-lo com seus verdadeiros discípulos, com aqueles únicos que estão preparados para receber a Verdade, única e completa como ela é — permeada do bem e do mal —, os únicos capazes de trilhar esse estreito e tortuoso caminho, entre o Elysios e o Inferno, os únicos que não serão corrompidos pelas promessas inexatas do bem nem pela tentação absoluta do mal — nós três, discípulos da Serpente, de Irineu de Lyon, de Judas e de tantos outros grandes ofitas do passado —, ao invés disso, você se cala. Falamos e mostramos tudo para que saiba a importância que tem, Borges. Para que veja o universo, para que veja como o mundo desesperadamente tenta se reunir e encontrar um caminho e uma resposta. E você tem uma resposta. Tem de saber a importância disso."

Rech falou essas últimas palavras gritando, possuído por antigos espíritos em seu próprio altar. Para aumentar o grotesco da situação, perguntei o que então eu deveria fazer. Ele continuou:

"Tem de se esforçar. Tem de se esforçar e se dedicar muito mais do que tem dedicado. Jejuar, postergar o sono e suas necessidades físicas. Tem de viver pela revelação, Borges. É isso o que importa."

Baixei os olhos e continuei calado.

"Este ambiente, estas imagens, a memória recente de observar tantos em busca de um sinal, em busca da Verdade, tudo isso não o inspira? Não lhe dá nenhuma fonte luminosa e que ainda não tenha sido revelada? Sabemos que, se se esforçar um pouco, só mais um pouco, tudo se esclarecerá. Neste momento, não tem nenhuma intuição? Não tem nenhum sentimento diferente?"

Inferno. Montaram tudo para que eu dissesse mais coisas. Preciso dizer algo. Preciso inventar agora algo que ainda não sabem. Algo genérico, algo que não me comprometa, mas algo que ainda não tenha sido dito. Novamente devo pensar rápido.

"Então, Borges. Não tem nada para nos dizer? Não se sente inspirado com o incenso e com as imagens que tem ao seu redor?"

Fechei os olhos e os baixei, fingindo concentração.

"Calma, Rech. Estou me esforçando. Prometo que estou me esforçando para ver algo..."

Um dos alemães começou a falar algo estranho, mas não era alemão, isso eu podia saber. Era uma língua estranha. Sibilada. Como uma possessão. Como um mantra. Como um louco. Somente uma coisa, uma simples coisa que possa deixá-los felizes.

Rech continuava a dizer:

"Concentre-se, Borges. Concentre-se e tudo dará certo. Concentre-se..."

"Bom, acho que há uma coisa que tenho a dizer e que vocês ainda não sabem."

Rech subitamente parou de pedir concentração e ficou olhando com seus grandes olhos azuis para mim. E eu disse com entonação a coisa mais genérica que naquele curto período de tempo consegui raciocinar.

"Disse já que o Anticristo está na Alemanha. Pois agora falarei sobre o Messias."

"Pois fale", disse Rech.

"Ele também já existe. E trata-se de um judeu."

42.

Os olhos de Rech continuaram vidrados em mim, esperando alguma continuação da oração, que não veio. Depois de alguns longos segundos me olhando, virou-se sem jeito para os outros dois e assim permaneceu, com medo de traduzir o que eu tinha acabado de dizer. Olhou-me novamente, olhou para os outros dois e finalmente falou. Seus amigos tiveram a mesma expressão, a expressão de que a frase fora inconclusa e que carecia de algum predicado ou de algum objeto direto. E, quando perceberam que nada mais havia, a frase era aquela e só, simples, que só dizia que o Messias por vir era um judeu, então foi visível a decepção que tiveram, com gestos e com as palavras nada amigáveis que me direcionaram. Rech deixou que gastassem toda a sua repentina fúria, uma fúria inexplicável pela frase que eu acabara de dizer. E, tão repentina como veio, a raiva também se foi e logo os dois ficaram quietos, olhando-me apenas. Então Rech falou, com jeito pacificador:

"Não leve a mal, Borges, mas você disse a frase mais óbvia que poderia falar. É claro que o Messias é um judeu, o estranho seria o oposto. Disso as escrituras antigas já disseram, todas. Os judeus são o povo prometido, o povo de Deus santo e pecador. Quando na Cruz se escreveu 'Este é o Rei dos Judeus', o fato de o crucificado ser um judeu é um fato óbvio, banal e incontroverso. Como é incontroverso e banal que o novo Messias, o novo crucificado ou de qualquer outra forma morto, imolado por nossos pecados, também será um judeu."

Caralho. Nem tinha me tocado da obviedade da minha frase. Sob pressão, com um cheiro forte de incenso e com várias serpentes me observando junto de três alemães loucos, achei que minha frase pudesse ter algum efeito positivo. Vejo que surtiu justamente o efeito contrário. Agora preciso dizer algo que amenize a besteira dita. Se continuar assim, de besteira em besteira, logo verão que eu sou um larápio, um grande falsário. Então serei eu quem pegarão para messias enfiado em uma cruz.

"Pois veja, Rech. Sei que o povo judeu é o povo prometido, sei mesmo que todas as Escrituras fazem promessas para os judeus e que deles é o reino dos céus. Sei que é tudo óbvio. É justamente por isso que acabamos nos esquecendo destes fatos. Sabemos da história e do destino do povo judeu, mas, se querem procurar o Messias, têm de primeiro se concentrar no povo judeu. Nos judeus da esquina, nos comerciantes judeus do bairro, nos judeus existentes em toda Munique. Falam tanto das Escrituras, mas se esquecem de enxergar o próprio lado. Conseguem ler pensamentos de dois mil anos de existência, mas não conseguem perceber que o dono da padaria judeu ao nosso lado pode ter a marca do Destino, pode ser o filho de Deus, pronto para mostrar o Caminho e a Verdade."

E em um momento o rosto fechado de Rech novamente voltou a brilhar. Pensou um pouco e disse, entusiasmado, o que eu acabara de dizer para seus amigos. Já consegui compreender algumas de suas palavras, já o alemão não me era tão estranho. E assim pude perceber — também nos olhos deles — que se entusiasmaram com meu prolixo discurso. E Rech voltou a falar em castelhano:

"Peço desculpas, Borges. Não é tão óbvio como julgamos. É claro que o Messias será um judeu, mas realmente nunca paramos para pensar que ele pudesse estar entre nós. E agora as conjecturas são diferentes. Agora o tempo corre a nosso favor, bem como a maré e os ventos são todos bem-vindos. Falamos tanto desse espírito que ronda a sociedade e que faz o povo se unir em busca da verdade, de uma verdade que intuem mas não conseguem conhecer por completo. Falamos, mas nos esquecemos de olhar para o inteiro espírito dessa sociedade, que nos quer dizer mais coisas que nossa imperfeita compreensão consegue captar. Essa sociedade a que levamos você hoje, a Thule, não apenas busca o poder vital do Vril, como bem dizemos. Também luta pela consciência nacionalista, como pôde perceber. E, dentro desse espírito nacionalista, os membros da Thule nutrem uma velada cólera com relação aos judeus. Sempre imaginei que essa raiva fosse em decorrência do fato de os judeus serem ótimos negociantes e também por aquele livro que está tão na moda ultimamente, os tais *Protocolos dos sábios de Sião*, não sei se já ouviu falar. Pois bem, é óbvio que o problema não é só em relação a isso. É óbvio que há um espírito metafísico instando a sociedade contra os judeus, como que nos dizendo: 'Olhem para eles. Um deles tem uma coisa que vocês não têm. Um deles tem a marca de nascença de Deus. Um deles deverá morrer, assim como Cristo, para que vocês vivam'."

Cristo, eu disse em voz baixa. Quanta besteira. No entanto, fiz que sim com a cabeça, fingindo entusiasmo, como Rech.

"Não é provável que, de uma hora para outra, toda a sociedade se viraria contra os judeus. É óbvio que há algo metafísico por trás disso. E o que há por trás é um aviso. Um aviso que, segundo entendi, segundo você quer me dizer, é o seguinte: o Anticristo já está vivo e já vive na Alemanha. E só pode estar aqui por um motivo. Porque o Messias também está aqui. Que o Messias é um judeu, não há dúvida, todos sabem muito bem. Todos sabem, desde o princípio dos tempos, que é judeu e será judeu, porque assim quis o Pai: que o povo judeu fosse seu povo sofrido e merecido, o povo que virá a morar em sua morada eterna. E, se o Anticristo está vivo, o Messias também está. Assim o problema resta perfeitamente delimitado: o Filho de Deus mora na Alemanha e é judeu. Quantos judeus moram atualmente na Alemanha? Duzentos mil, quinhentos mil, um milhão, que seja. Borges, dizer que, entre um milhão de pessoas, nós temos Aquele que sempre procuramos já é uma vitória. Uma vitória que muitos morreram sem conseguir. Não sei como agradecer por abrir tanto os nossos olhos. Não sei o que fazer para recompensá-lo."

Estava com os olhos vidrados, assim como os outros dois. E eu continuava de joelhos, fedendo a incenso, no meio de um bizarro altar. Mesmo assim, fiquei com pena. Há loucos para tudo nessa vida.

43.

A REVISTA *Ostara* ENTÃO ganhava cada vez mais reputação e leitores na Alemanha. Mais ou menos nessa época pude ler um de seus números. Os textos todos tinham um misto de conotação nacionalista, somado ao antissemitismo e ainda excertos de paganismo. O paganismo, segundo me pareceu, era o elemento determinante para se afastarem das tradições existentes e, assim, entrarem em choque definitivamente com o judaísmo. Li um texto que evocava mitos antigos nórdicos e os nibelungos, em proclamação para que todo louro lutasse porque sua raça estava em perigo. A Germanorden, a Thule, todas as associações eram variantes de um contexto social que buscou nos judeus o problema. Havia ainda os famosos e famigerados *Protocolos dos sábios de Sião*, o escrito definitivamente mais falado, comentado e repudiado do que lido. Em formato de ata, conta uma reunião de judeus da Basileia, com motivos e propósitos escusos; o motivo maior era a dominação mundial, e, para isso, propunham-se a estancar a economia e a política dos países europeus.

E havia meus três sequestradores, alheios aos comentários do mundo, formando uma sociedade só deles. Enquanto todos enxergavam medo e repugnância nos judeus, eles simplesmente enxergavam um sinal macrocósmico de que os tempos estavam para se cumprir, assim como no tempo em que o domínio (Roma) se voltou contra o judeu mais famoso da história. Enquanto todos enxergavam na *Ostara* um alerta, eles atribuíam um caráter metafísico, dizendo que o judeu certo tinha, sim, de morrer, mas não pelas razões atribuídas pela ordem vigente. Enquanto todos vociferavam as passagens dos *Protocolos*, os três ofitas acreditavam cada vez mais que estavam descobrindo a Verdade, que estavam próximos daquilo que sempre buscaram.

"Os *Protocolos*, Borges, os *Protocolos* são uma grande metáfora. Quando se lê que os judeus estão no subterrâneo, tramando contra o mundo, as pessoas de um modo geral não conseguem enxergar o tamanho dessa oração. Esta é obviamente uma mensagem cifrada."

"Como, cifrada?", perguntei.

"Ora. Está escrito que os judeus se encontram no subsolo confabulando. Tudo é cifrado. A terra, a raça, os superlativos. Os judeus todos embaixo da terra tramando contra o mundo. Veja a ironia desta frase, você, que intui a verdade, você, que a dividiu conosco. Dizem dos judeus porque é o povo prometido, porque é necessário dizer sobre a raça. Mas e se for apenas um judeu? Dizem do subsolo, do interior, das entranhas? Mas, tratando-se de um judeu, e se for outro o tipo de interior? E se considerarmos que é o interior desse próprio Judeu, e se for o que ele tem de mais precioso? Quiçá seu corpo ou seu sangue. Seu pulsante coração bombeando sangue. O sangue de seu Pai. O sangue real. O Santo Graal. O objeto mais procurado pelos séculos, Borges. E esse Judeu está tramando. Mas está tramando porque tramam contra

Ele. Porque desde o princípio tramam contra Ele. Porque querem Sua vida, porque querem machucá-Lo em demasia. Porque, principalmente, querem Seu poderoso sangue. Esta é a metáfora que não querem enxergar, Borges. A metáfora do filho de Deus. A Thule e as ordens todas não sabem e, no entanto, intuem que o subterrâneo que procuram é um coração e o Vril tão procurado é o Sangue Divino."

E na Thule intensificavam-se as buscas pela Terra Oca e o sentimento nacionalista, inflamado pelo antissemitismo. Acompanhei os três ofitas nas reuniões diversas vezes. E nestas fui apresentado para muitas pessoas: aristocratas, banqueiros, políticos, pessoas importantes no cenário alemão, todas crentes que havia algo escondido no subsolo e crentes que os judeus eram a verdadeira praga do mundo. Em uma dessas reuniões Rech decidiu apresentar-me para membros do Partido Popular Nacionalista Alemão. Apresentou-me para um tal Alfred Rosenberg, que era um sujeito interessante, falador, expansivo. Disse um pouco de suas ideias e do futuro brilhante que esperava a Alemanha. Depois de um eloquente discurso, falou que tinha outra pessoa que deveríamos conhecer. Apontou-nos com o dedo.

"São aqueles dois ali. O da esquerda é um jovem muito promissor. Um bom orador, tem um magnetismo pessoal interessantíssimo, creio que ainda será muito útil para a Alemanha e para nossos planos."

Cheguei perto dos dois e fui apresentado por Rosenberg.

"Este é Rech e este é Borges, um argentino que, segundo dizem, é capaz de produzir maravilhas com sua mão." O rapaz da esquerda focalizou seus olhos em mim quando ouviu meu nome. Seu cenho fechou e algumas dobras de nervoso ou preocupação brotaram de sua face. Juro que, naquele momento, um medo inominado cresceu dentro de mim. Um medo que, julguei, fosse que tal jovem pudesse descobrir que eu era uma farsa apenas com seu olhar, um olhar penetrante como eu nunca tinha visto antes. Não alterou seu semblante e falou com uma voz enérgica e metálica:

"Prazer, Borges. Sou Hitler. Adolf Hitler. Espero que, com seus escritos, possa ser útil ao futuro da nossa gloriosa Alemanha."

44.

A Besta não parece ser o que é. Ele é jovem e vigoroso e a sua voz traz em si um poder mágico que, como os tons sedutores do flautista de Hamelin, pode levar grandes líderes à terrível condição de perder a responsabilidade pelos próprios atos, ao mesmo tempo que é capaz de excitar as massas e levantá-las para transformar uma cultura moribunda num monte de detritos e de cinzas. Sob um exterior banal e enganador — Ele pode até mesmo usar um bigode cômico —, a Besta é um tirano sedentário de sangue e um demagogo habilidoso.

A Marca da Besta. Trevor Ravenscroft

BORGES. O GNÓSTICO BORGES, que escreveu certa vez que, se a Cruz não tivesse vencido os gnósticos dos primeiros séculos, muitas crenças e costumes hoje seriam comuns. Como, por exemplo, a adoração da serpente. Borges sempre soube dos ofitas. Sempre soube da existência das pessoas que se distanciavam do cristianismo e pregavam uma forma de salvação diferente da que conhecemos e praticamos. Sabia e era devoto estudante das gnoses e dos heresiarcas primitivos — e para estes dedicou muitos dos seus contos. Ler Borges com outros olhos, acurados com o que vivi e somados com os fatos históricos determinantes da época, é elucidativo e ao mesmo tempo assombroso.

Borges disse das escrituras gnósticas em 1932 no ensaio "Uma Vindicação do Falso Basilides" (do livro nominado como *Discussão*). Basilides, famoso gnóstico antigo, teve seus pensamentos refutados por Irineu de Lyon, justamente o que falou coisas maravilhosas dos ofitas. Escreveu ainda os "Fragmentos de um Evangelho Apócrifo", "Uma Oração" (do livro *Elogio da sombra*, 1969) e "Outro Fragmento Apócrifo" (*Os conjurados*, 1985), dedicando-se sempre a lembrar que a gnose é presente em nossos dias, não obstante tenha perdido a batalha para a Cruz. Escreveu ainda "O Imortal" e "Os Teólogos" (*O Aleph*, 1949). O primeiro diz de alguém que alcança a fonte da imortalidade e que vê, com seus próprios olhos, a luta dos cristãos e dos gnósticos nos primeiros séculos. O segundo é ainda mais direto. Diz da luta de dois teólogos obcecados em refutar as heresias, adornando com parábolas bíblicas trechos que contrapusessem o dito pelos gnósticos. Ainda há que se citar a importante declaração que serve de razão para a luta dos dois heresiarcas, *"Nas montanhas, a Roda e a Serpente tinham deslocado a Cruz"*, que relembra que os ofitas por pouco não venceram, se não fosse a atuação de homens como os personagens de "Os Teólogos". Com meu antigo exemplar de *Ficciones*, abro ao acaso e dou de cara com a seguinte inscrição: *"Funes, El Memorioso"*.

"Funes, o Memorioso" é considerado um dos contos mais simples de *Ficções*. De fato, visivelmente ao contrário de tantos outros ensaios, não há nenhuma dificuldade na leitura e compreensão do conto. O autor diz que conheceu Funes, um sujeito com uma memória prodigiosa. Alerta que, da mesma forma que reconhecemos e guardamos figuras elementares, como um losango, Funes consegue guardar a forma de uma crina de cavalo ou a forma das nuvens de uma certa manhã em determinado local e compará-la com não sei qual forma, todas complexas.

No entanto, há detalhes não ditos no conto de Funes. O primeiro e, para mim, mais impressionante, é o nome do personagem. Borges, o centrado, culto e comedidamente brincalhão Borges não escolheria um nome — um elemento simbólico tão importante — ao acaso. O protagonista não se chama Irineu Funes porque seu autor o achou bonito ou porque foi o primeiro nome que veio à sua cabeça. Funes vem do latim *Funu* e significa morte. A lembrança a Irineu é mais direta. É — só pode ser — a lembrança do Irineu de Lyon, o Santo Irineu que combateu heresias e gnoses.

Certa vez pesquisei o fato de Irineu ser reconhecido pelos ofitas, apesar de ser um religioso que dedicou sua vida a combater falsas gnoses. No entanto, mesmo passando pela história como um santo católico preocupado em refutar heresias e fortalecer a fé católica (assim como o protagonista de "Os Teólogos"), Irineu de Lyon, em seu *Adversus haereses* disse dos prodígios que realizavam os ofitas. Foi, não obstante pouco divulgado, um simpatizante dessa seita, quiçá um dos seus membros. E Borges, como bom estudante da gnose, sabia e mais de uma vez pôde citar Irineu em seus contos, assim como na "Vindicação do Falso Basílides".

Com relação ao Funes e sua prodigiosa memória, trata-se de um conto superficialmente de fácil compreensão. Trata-se de uma metáfora. A metáfora de um sujeito que tem a memória prodigiosa, a memória mais fantástica produzida em uma mente humana. Irineu não consegue esquecer porque sua mente não permite tal obscenidade. Relembra-se de tudo, e mais de uma vez Borges faz menção aos sonhos de Irineu, tão perturbados quanto sua incessante vigília. Alguns críticos, um pouco apressados, disseram que Borges realizou uma metáfora sobre a insônia.

Em certo trecho, assim escreve: "*Suspeito, contudo, que não era muito capaz de pensar. Pensar é esquecer diferenças, é generalizar, abstrair. No mundo abarrotado de Funes não havia senão detalhes, quase imediatos.*" Qual é a maior diferença a que Borges poderia referir-se? A maior diferença só pode ser a diferença das raças humanas. A diferença entre os judeus, que produziu a maior hecatombe do século? Ou a diferença entre os cristãos e os gnósticos dos primórdios? O conto de Funes foi feito em 1944, data em que Borges já podia saber muito bem o ocorrido, que podia muito bem saber o que a *diferença* pode ser capaz de produzir. E Irineu Funes não podia esquecer. Em outras palavras, Funes era a vigília, a vigília restante em um mundo que não pode conviver com as diferenças.

Irineu de Lyon conseguiu a proeza, a imensa façanha de ser santo católico e um dos principais expoentes do ofitismo, a seita que adora a serpente, duas coisas que, em absoluto, não se misturam, assim como a água e o óleo. Irineu de Lyon foi uma ponte importante de coexistência de dois grupos que têm todo o direito de odiar-se com todo ódio que seus corações possam manter.

O Irineu de Borges é uma vigília, uma vigília importante em um mundo que não consegue viver com as diferenças. Uma vigília necessária para que o mundo não entre em colapso. Uma vigília de um ser que não consegue pensar, mas de forma alguma consegue se esquecer. Vejam os detalhes que Borges nos dá. Irineu está em uma cama; um acidente deixou-o paraplégico. Assim com um demiurgo, um inexato Deus, Irineu não se mexe, quase não fala. Mas não se esquece de nada. Não se furta de subtrair as diferenças. Se sobre tal fato ainda pairam dúvidas, tais dúvidas são sanadas com a própria descrição do personagem: "[...] *pareceu-me tão monumental como o bronze, mais antigo que o Egito, anterior às profecias e às pirâmides. Pensei que cada uma das minhas palavras (que cada um dos meus gestos) perduraria em sua implacável memória; entorpeceu-me o temor de multiplicar trejeitos inúteis.*"

O Irineu de Borges é um sujeito imprescindível para que exista paz, harmonia e coexistência em um mundo formado por desigualdades. E o que então aconteceria com a morte do inexato deus Irineu Funes? Aconteceria o temido: a guerra, a segregação, as mortes sem sentido. Repiso no detalhe mais importante: Irineu Funes, um nome que é uma firma. Borges, o centrado, o culto, o profético demiurgo quis dizer: *A morte de Irineu* em latim. O que ocorre com a morte de Irineu? As desgraças, o apocalipse, é isso que Borges nos quer falar. Diz porque é o fim da vigília e o início do pensamento, que nada mais é do que captar as diferenças. Borges diz que o fim de Irineu Funes é o início do caos. Ainda alguém acredita que tudo isso possa ser coincidência? Irineu Funes morreu em 1889. Entre todas as datas possíveis, alguém acredita que Borges esco-

lheria um ano ao acaso? Acredita que a morte do personagem que tudo guardava no receptáculo de sua mente seria
uma morte em vão, com todos os sinais postos? Alguém
acredita ser coincidência que 1889 é justamente o ano em
que nasceu Adolf Hitler?

45.

*Belbo tinha conseguido encaixar até Hitler no plano.
"Tudo escrito, preto no branco. Está provado que os
fundadores do nazismo estavam ligados ao neo-
templarismo teutônico."
"Não nos parece."
"Não estou inventando nada, Casaulon, desta vez
não estou inventando!"
"Calma, quando é que inventamos fatos? Sempre
partimos de dados objetivos, ou pelos menos de notícias de domínio público."*

O pêndulo de Foucault, Umberto Eco

A NTES DE CONHECER HITLER, fiquei impressionado com o outro personagem que me foi apresentado naquela reunião da Thule: Alfred Rosenberg. Rosenberg foi o líder nazista durante a prisão de Hitler no episódio que ficou conhecido como Putsch da Cervejaria. Décadas depois, inventou-se que Hitler só escolheu Rosenberg porque este não tinha tanto carisma nem muito poder político.

Queria, obviamente, um líder provisório, um líder que não se importasse em perder o poder e o título assim que saísse da prisão. No entanto, o Rosenberg que conheci na Thule era expansivo, falador, crente e, pelo que me lembre, capaz de fazer os que estavam ao seu redor também crer em seus ideais.

"É escritor, Borges? Eu também escrevo coisas. Não me considero um escritor, mas gosto de passar para o papel meus pensamentos." Mas Rosenberg não era só PhD, arquiteto, engenheiro e conhecedor da história e do conflito das religiões; era o principal ideólogo do partido e da religião que estavam para ser montados; era, de fato, como passou para a história, um dos principais filósofos do nazismo.

"Se é escritor, deve cultivar o sadio hábito da leitura. Já leu Lagarde?"

Paul de Lagarde, o escritor alemão que influenciou Rosenberg. O pensador alemão que desdenhou as igrejas católica e protestante, mas que pregou uma igreja alemã, vertida ao verdadeiro ensino do Evangelho. Não são muitos os que sabem que Lagarde, o considerado pioneiro da filosofia nazista, em verdade foi um estudioso da Bíblia. Conhecedor do copta e do aramaico, traduziu desta língua o *Targum* e a *Hagiographa chaldaice*. É responsável ainda pela tradução arábica dos evangelhos, *"Die vier Evangelien, arabisch aus der Wiener Handschrift herausgegeben"* (1864), uma tradução do siríaco do Antigo Testamento *"Apocrypha, Libri V. T. apocryphi syriace"* (1865), uma tradução do Cóptico do Pentateuco, *"Der Pentateuch koptisch"* (1867) e parte do texto lucianico da Septuaginta, reconstruído a partir de manuscritos de quase metade do Antigo Testamento.

"Não conheço", respondi, sincero, então.

"Pois deveria. Devemos inspirar-nos em seus escritos e em seus pensamentos. É uma pessoa que merece e deve ser lida por toda a juventude alemã. É indubitavelmente um arauto de novos tempos."

Aquiesci com a cabeça. Não sabia ainda que o próprio Rosenberg nessa época já editava seu livro, que tanto faria sucesso entre os nazis, *O mito do século* XX, publicado em 1930 e que, influenciado por Lagarde, previu a substituição do cristianismo por aquilo que foi denominado como religião de sangue. Rosenberg foi responsável por criar falsas razões que justificassem espiritualmente o nazismo enquanto, atrás dos panos, diversas outras coisas ocorriam. Rosenberg disse da religião de sangue, disse dos problemas do cristianismo e do judaísmo, mas se calou quanto às verdades propaladas pelos ofitas — as verdades que ele sabia e em que acreditava: a Verdade que havia um Messias e um Anticristo presentes entre eles.

Aquiesci com a cabeça, e o sujeito ao meu lado, dono de voz metálica, olhos penetrantes e bigode curto e bem-feito, também aquiesceu. Durante nosso curto diálogo, esse estranho sujeito olhava para cada um que estava com a palavra, encarando-o com a ruga de preocupação formada na testa, como se o diálogo tivesse extrema importância. Hitler então tocou em meu ombro e falou:

"Você tem a chance de ter um grande professor, Borges. Absorva cada gota que puder deste pensador, deste grande filósofo alemão. Se conseguir absorver um pouco do que Rosenberg é e fez, já está de ótimo tamanho, já será um grandioso escritor." Rosenberg agradeceu o elogio com um gesto respeitoso. Hitler era então já o personagem central do nascente movimento.

Mas, se dentre os do meio Hitler tinha já grandeza, o nazismo aos olhos externos então era uma fraca sombra e não dava mostras do que viria a ser futuramente. O episódio do Putsch da Cervejaria, um feito comentado nos círculos da Thule, mostrou uma coisa: Hitler, aos olhos dos então governantes da Alemanha, não era nada, e o nacional-socialismo era algo abstrato demais para ser considerado perigoso; tal premissa é corroborada pelo fato de Hitler ter sido prisioneiro por tão pouco tempo, pouco menos de um ano. Quando o episódio da cervejaria se findou, Hitler foi preso por alta traição. Em sua prisão, escreveu o delirante *Mein Kampf*, que nada seria se não fosse a reescritura de Rosenberg e Eckart. Foi solto pelos magistrados porque estes não levaram a sério o *Putsch* e o nacional-socialismo. O *Putsch*, o golpe dado na famosa cervejaria Burgebräukeller, foi uma tentativa fracassada de tomar o poder em Munique, na Baviera, então com certa autonomia política, no ano de 1923. Reuniu Hitler, Rosenberg, Rudolf Hess e Dietrich Eckart.

Dietrich Eckart foi, junto com Rosenberg, uma das figuras centrais e mais sombrias que aparecem na história como importantes para o surgimento do nazismo. Membro importante dentro dos círculos da Thule, gozava de grande influência entre outros membros, assim com Adolf Hitler e Bernhard Rech. Desenvolveu, assim como Rosenberg, uma teoria baseada em um gênio humano superior, inspirado em Schopenhauer, e escreveu muitas coisas com tendências nacionalistas, assim como todos de sua época: dentre elas, destacam-se a peça *Heinrich* e a revista antissemita *Auf gut Deutsch*.

Não conheci Dietrich Eckart. No dia em que vi pela primeira vez Hitler, Eckart já havia morrido, vítima de um ataque cardíaco em decorrência de seu vício com a morfina. Como já dito, participou do bizarro ataque em Munique que levou Hitler e seus companheiros para a prisão. Eckart, segundo Rech contou, foi encarcerado em Landsberg junto com seus pares, sendo logo libertado pelas condições precárias de sua saúde. Sua morte, então, entre os membros da Thule, pesava como um fardo, mais mesmo que sua vida. Um dos primeiros membros desde sua (re)fundação, Eckart era uma das figuras centrais da Thule e um dos principais expoentes da energia vital que ficou conhecida com Vril.

"Um homem extraordinário, Borges. Um homem além do seu tempo. Um homem que conseguia enxergar coisas onde os demais não enxergavam, assim como você. Eckart foi o pioneiro da abertura do conhecimento místico, e queremos que você seja a continuação, que você seja a reencarnação do espírito de Eckart."

Difícil, eu pensava para mim mesmo. Mas nas confusas teologias dos nazistas e dos ofitas tudo era influência para tudo, em uma confusão originada pelo bem e pelo mal. As constantes lembranças aos antigos cristãos e a evocação que havia por raiar um messias e um Anticristo eram correntes na Thule. Eckart se considerava a reencarnação de João Baptista. Por que exatamente João Baptista? Porque, em seus confusos pensamentos, acreditava-se ainda como importante receptáculo do futuro filho de Deus que estava por vir. Eckart se considerava nada mais nada menos do que aquele que deveria batizar o filho de Deus, tal como seu pretenso ancestral. Acreditava piamente que tinha a incumbência de mostrar o mundo ao Messias, de descobrir o palco que lhe era prometido e mostrar o inglório caminho que tinha pela frente. Morreu achando que Hitler era a encarnação do Messias. Morreu sem conhecer o maior legado dos ofitas...

46.

Mas se por um lado o *Putsch* mostrou aos governantes alemães que o nacional-socialismo era inofensivo, por outro mostrou aos próprios nacional-socialistas o poder que existia no sujeito não alemão chamado Adolf Hitler. O nacional-socialismo, que ficou temporariamente nas mãos de Rosenberg durante a prisão de Hitler, era então pequeno, com poucos seguidores e de difusa e confusa ideologia. Mas o sujeito de bigode que falava inflamado sobre a Alemanha arrebatava todos os seus ouvintes. E parece que o dom da oratória, além de surpreender todos à sua volta, surpreendia o próprio Hitler, como se aquela característica fosse nascente, arrebatadora e irremediavelmente irreversível. De fato, o jovem Hitler, que perambulava em Viena, pintando e ganhando dinheiro com seus quadros, não tinha nem podia saber da força que suas palavras podiam conter, uma força muito maior que os quadros que sua mão causava. E então o destino daquele jovem seria outro, um destino de artista, um artista incompreendido, reprovado na Escola de Belas-Artes de Viena, assim como tantos outros, que se perderam, e nunca mais se acharam, portando na memória uma briga irreconciliável com o pai, pela arte, que imita a vida. É lógico, é desse tempo que o jovem conheceu o antissemitismo e, principalmente, conheceu Richard Wagner, o primeiro mentor, o grande músico, o criador de *Parsifal*. Mas o antissemitismo era um conceito mais ou menos geral e vago, e suas mostras eram dadas apenas em delírios não preocupantes como revistas antissemitas e outros escritos, como os famigerados *Protocolos dos sábios de Sião*. E Wagner era, acima de tudo, um bom artista, um sujeito que Aristóteles falaria da catarse e de sua capacidade de alterar um pouco da realidade com sua fantasia. Wagner mostrou mitos nacionais germânicos em sua obra, e isso ficou na cabeça ainda fraca do jovem artista não compreendido vienense. Mas o fato determinante ainda estava por vir: o fator Alemanha.

Adolf Hitler descobriu, mais precisamente em maio de 1913, uma herança de seu pai e assim se mudou para Munique. Já na Alemanha, teve de fugir do exército do Império Austro-húngaro, que o capturou com o objetivo de realizar testes físicos. Foi reprovado pela baixa estatura, o que deve ser algo entre 1,72 ou 1,73 metro. Por sua vez, aliou-se ao exército alemão e, como é de conhecimento geral, serviu na Primeira Guerra, feito que realizou com "notável bravura". Expôs-se ao fogo inimigo — o que o fez ser condecorado com a Cruz de Ferro, muito provavelmente a maior honraria para um não alemão da época.

Permitiu-se continuar no exército após a guerra e o fez combatendo insurreições comunistas nascidas naqueles turbulentos tempos. Em 1919, aderiu ao Partido dos Trabalhadores Alemães, com o número 555, em um partido que já começava no número 500, para denotar mais membros do que então aparentava. Em 1920, alterou o nome do partido para

Nationalsozialistische Deutsche Arbeiterpartei, o NSDAP, ou, como ficou popularmente conhecido, o Partido Nazi. Já em 1923, tentaram os nascentes nazistas o rocambolesco golpe da cervejaria, que apenas denotou o quanto o partido ainda era falho e considerado inofensivo pelos demais.

Mas dentro do pequeno partido, dia após dia, crescia esse sujeito que falava do futuro da Alemanha, de poder, de glória, e que sustentava que a culpa geral e irrestrita para os acontecimentos recentes alemães era dos judeus. Foi preso, e na prisão encontrou um ambiente favorável para escrever suas memórias, o livro que autodenominou como *Minha luta*. Mas o livro foi editado, refeito e cuidadosamente repaginado por pessoas que possuíam algo mais do que experiência ou magnetismo pessoal: o livro foi feito por pessoas cultas, que sabiam o poder da palavra impressa e que, muito provavelmente, o nascente *Mein Kampf* duraria mais que o próprio Terceiro Reich. Assim Eckart e Rosenberg deram seus pitacos porque conheciam muito bem o poder do Verbo, porque eram íntimos das palavras, assim como Hitler era íntimo da oratória. E eles escolheram palavras de força, de honra e de glória e se tornaram os escritores fantasmas de um dos livros mais falados de seu tempo. E Hitler, ainda com muita luta pela frente, saiu outro de sua prisão. Nela, negociou o futuro do seu partido e as provisórias lideranças, já prevendo voltar com mão de ferro assim que saísse do cárcere. Saiu por pena e por falta de olhos dos governantes, que não conseguiram entender o real significado de seu tempo. Hitler saiu e, dia após dia, cativou mais com seus magnéticos discursos.

Deixou claro que, após a malograda tentativa do golpe da cervejaria, não buscaria mais a revolução. Pelo contrário, descobriu nessa época suas características pessoais mais fortes: o magnetismo e o dom da fala. Com elas, eram inúteis a força e a revolução imediata, uma marcha para Roma, tal qual fez seu futuro amigo Mussolini. Hitler tinha o dom da negociação e de fazer qualquer um ao seu lado cair e ficar encantado com sua rede magnética, que a todos contagiava. Decidiu assim usar dos meios legais e constitucionais para chegar ao seu intento. Criou a sua própria unidade de proteção pessoal, a Schutzstaffel, a famigerada SS, com seus uniformes pretos e comandada por Heinrich Himmler. Também criou diversas instituições ligadas umbilicalmente ao nazismo, como ligas da juventude e das mulheres. Em 1930, a Grande Depressão que assolava os países europeus, mais especificamente a Alemanha, e os sentimentos ainda não digeridos que vieram com as imposições do Tratado de Versalhes foram responsáveis por um enorme crescimento do nazismo, que, ao contrário do que se poderia imaginar, não se deu na luta, mas sim nas urnas. O crescimento no número de cadeiras no Congresso aumentou ao ponto de, em 1932, os nazis terem conseguido 230 cadeiras, um expressivo e suficiente montante para barganhar o posto de chanceler para seu líder. Daí em diante a história é por demais conhecida. Hindenburg morre, Hitler funde as funções de presidente e chanceler e dá início ao período que tanto os ofitas sonharam: o apocalipse.

47.

Hitler e os seus acham que a teoria da Terra oca corresponde exatamente aos seus princípios, e por isso mesmo, segundo dizem alguns, erraram uns bons tiros com a V1 exatamente porque calcularam a trajetória partindo da hipótese de uma superfície côncava, e não convexa. Hitler já está agora convencido que o Rei do Mundo é ele, e de que o Estado-maior nazista são os Superiores Desconhecidos. E onde habita o Rei do Mundo? Dentro, embaixo, não fora.

O pêndulo de Foucault, Umberto Eco

CHEGO, TALVEZ, AO PONTO crucial da narrativa. No quarto do hotel, os pensamentos voam para uma época insana, um período que mudou todo o curso do mundo. Ainda não consigo pensar nessa época sem sentir um calafrio percorrendo o meu corpo. Meu destino, quero que saibam, quero que fique esclarecido, é, sempre foi, matar um sujeito chamado Jorge Luis Borges. Os sinais a que me refiro são por demais claros, e isso tenho certeza de que podem compreender agora; nossos nomes são iguais, mas não apenas isso. Nossos propósitos sempre foram os mesmos: as letras. Borges, do outro lado do continente, chegou mais perto de Raquel Spanier do que cheguei no episódio do Once. Assim foi que descobri que esse sujeito atrapalharia todos os passos da minha vida. E por causa dele três loucos acharam que eu tinha escrito um livro sobre Judas. Fui sequestrado, transportado para a Alemanha, e vi com meus próprios olhos a ascensão de Hitler. Mas a ascensão de Hitler é um fato notório, algo que qualquer criança aprende na escola, ouço, ainda, das brumas, das mesmas pessoas que me falaram — assim como um dia eu falei — que o episódio de Judas e da Cruz não necessitava de outra interpretação. No entanto, é o momento — o triste e revelador momento — de conjugar o vivido na Alemanha nazista com o que vivi naqueles dias. Minha vida pessoal, junto com os três ofitas, a vida de Hitler e, consequentemente, a vida da própria Alemanha, que tanto sofreu.

Como disse, o antissemitismo era um sentimento que não assolava apenas a cabeça perturbada de Hitler, mas, antes, um sentimento que varria toda a Europa, como um burburinho, como uma válvula de escape, como uma maneira de colocar a culpa em alguém pelos próprios erros cometidos. Era, então, algo muito surreal para ser levado a sério, e, no começo de sua trajetória, mesmo Hitler chegou a dizer que não recorreria a *pogroms*. No início, tudo era metafórico e superficial demais. O antissemitismo, dentro da multifacetada cara da Thule, era apenas uma das ideologias pregadas, entre tantas outras, entre tantos outros credos, misticismos, baboseiras.

Quando Hitler se tornou chanceler, a palavra de ordem na Thule (como deve imaginar uma minoria) não era o antissemitismo, nem as consequências nefastas que tal palavra odiosa poderia trazer. Mas o que se discutia com calor, como pseudociência, através de mapas, glossários, testemunhos e cartógrafos, era a Teoria da Terra Oca. A Terra é oca e habitável por dentro, diziam com toda a certeza que possuíam os membros da Thule, inclusive os mais famosos, Hitler, Alfred Rosenberg e Rudolf Hess. E desse ponto, não sei se exclusivamente de maneira metafórica ou se alguém chegou a acreditar nessa baboseira, diziam que os membros da Thule — e mais tarde os membros do nazismo — eram os descendentes e os sobreviventes da Atlântida, da famigerada e procurada Atlântida oculta no Himalaia, agora colocada ao lado das belezas que se podiam alcançar dentro da superfície, em uma outra Terra. Há relatos, alguns imbuídos de seriedade, outros formados por charlatões e pelas sempre existentes pessoas que querem se aproveitar da situação e ganhar algum dinheiro, que Hitler mandou expedições para o Tibete e para a Mongólia a fim de buscar os dutos que levassem ao mundo subterrâneo, à perdida Atlântida. Há relatos, estes de fonte mais confiável, que Hitler utilizava a geomancia e a astrologia para coordenar futuramente suas táticas de guerra. E, dentre o ocultismo utilizado, uma das premissas era a da Terra Oca, inclusive com variantes absurdas, como a que vivemos em uma superfície côncava e não convexa, dentro de uma outra Terra. E, creiam, por mais incrível que possa parecer, há relatos de que a SS planejou o ataque com mísseis utilizando-se de mapas côncavos e não convexos. A Teoria da Terra Oca não foi uma teoria exclusivamente dos nazistas. Dela já havia falado um tal Cyrus Read Teed, um sujeito levado em alta conta nos círculos da Thule, escritor de um livro denominado *A cosmogonia celular* ou a *Terra: uma esfera côncava*, em que expunha suas loucuras. A Thule e posteriormente os nazistas tomaram emprestado a teoria de Teed porque no momento era conveniente. A busca pelo super-homem, a identificação de uma raça ariana, de um ser superior, necessita que esse povo tenha algum lugar vindouro, alguma moradia ancestral. E a morada do super-homem dos nazistas obviamente não podia ser um local conhecido, porque seria facilmente alvo de contestações. Por isso a escolha de um local improvável, quiçá, incomprovável: por isso a Atlântida.

O problema das metáforas é quando estas são levadas a sério. E, de fato, muitos nazistas, muitos do alto escalão, muitos dos braços de Hitler, levaram a sério a Teoria da Terra Oca. Os três ofitas foram uns dos muitos que, nessa incipiente época, propuseram-se a estudar sobre os dutos que levavam ao centro da Terra e todas as consequências improváveis desse fenômeno. Rech e os outros dois, no entanto, tinham a consciência da metáfora que a Terra Oca representava. E não estavam preocupados com a Hiperbórea ou com a Atlântida, mas sim com um outro fato, um fato deles, um fato também meu, um fato também de Jorge Luis Borges. Acreditavam na vinda do Messias e na vinda do Anticristo e que somente dessa forma a Verdade restaria completa. Acreditavam que a Terra Oca era a grande metáfora do judeu, que estava na Alemanha e que era verdadeiramente o Messias. Acreditavam nas profundezas, no ínterim, no interior, no escuro, no pulsante escuro e quente — não do globo, não das lavas e de uma terra prometida, mas sim do corpo, um coração pulsante e um sangue prometido. O sangue do filho de Deus. E por incrível coincidência surge nessa época um sujeito que diz que mudará o curso da Alemanha e de todo o mundo: um sujeito chamado Adolf Hitler. Pelo magnetismo, pela força de suas palavras e de sua trajetória, não foi difícil para que os três ofitas descobrissem logo que Hitler era o Anticristo que eles tanto esperavam. Assim como a primitiva serpente, assim como Judas Iscariotes denunciado por Borges, Hitler era o sucessor de uma antiga extirpe, cujo vil e torpe destino, mas também de extrema importância, era caçar o sangue real e tentar igualar as forças do bem e do mal, para que assim a humanidade possa compreender o real significado da palavra *divino*. Não foi difícil entenderem que Hitler era um de seus personagens procurados. Não o Cristo redivivo, mas sim o seu oposto, aquele que iria caçá-lo e que tinha como destino dar-lhe uma maçã, um beijo e colocá-lo em uma Cruz, para que todos pudessem visualizar seu calvário.

Nessa época, os três ofitas esqueceram de seu altar, de seus livros e de suas antigas preces. Dedicaram-se exclusivamente à Thule e ao apocalipse que estava por raiar, o apocalipse que eles tanto tinham predicado, sonhado, buscado. Velhos de guerra, influentes entre os influentes, donos de muitos bens, os três ofitas eram vozes importantes na Thule. E lá falaram sobre a Terra Oca a todos que os pudessem escutar, e foram escutados e reverenciados como importantes companheiros, como importantes membros dessa Atlântida perdida. Mas, às escondidas, às pessoas mais reservadas e menos suscetíveis a tantas mitologias existentes da época, mudavam seu diálogo. Não falavam simplesmente da Terra Oca, concêntrica e habitável, não falavam do super-homem, de Nietzsche e de Reed. Não falavam o que todos falavam, imitando os mesmos livros, sem nenhuma prova confiável. Falavam sim de seus reais propósitos, os propósitos milenares do ofitismo. Diziam da metáfora que era a Terra Oca, da busca pelo judeu certo, da importância que o sangue Deste contém, da existência do Anticristo, do fato precioso e notório que isso constituía; sim, estavam eles diante não só do chanceler, não só do *Führer*, mas sim de uma pessoa predestinada, marcada por Deus e pelo Diabo para cumprir uma importante tarefa aqui na Terra: matar o filho de Deus. Para estes poucos, os três ofitas disseram a sua verdade. Para estes muito poucos, disseram e foram escutados. Foram escutados e foram levados a sério, porque as pessoas com quem conversavam eram próximas a Rosenberg e outros braços nazistas, que tudo escutaram, sérias, olhando os diagramas ofitas, as coincidências, os pormenores e, depois, não com um sorriso de canto de boca, mas com toda a seriedade possível, disseram ao seu guia: "*Führer*, estás enganando, não sois o Messias, não sois o filho de nossos incertos e mitológicos deuses, afogados em algum ponto do polo sul, vivendo nessa Atlântida que conhecemos apenas por sua lenda. Não sois o destinado a ser o filho de Deus, mas tem um papel com igual ou maior importância que o deste: sois o Anticristo, sois o sujeito que matará o rei dos judeus, e este fato será determinante para a história da humanidade. Serás incompreendido, serás execrado, e cuspirão em seu túmulo, se este for conhecido, mas nos céus terá sua importância ao lado de Judas e dos outros que previram que não existe bem sem que exista o mal. Enfim, não és o Cristo, mas sim o seu oposto, e deverás preparar-te para lutar como tal."

48.

Se resolveu responder em tom sarcástico ao ataque de Crisol, certamente não foi porque não levava a sério o ataque aos judeus, pois sabia muito bem o que isso podia prenunciar. Com efeito, duas semanas depois ele publicou em Crítica *sua tradução de um relato vivido de Heinrich Mann sobre a situação política na Alemanha, com a descrição de prisões arbitrárias de marxistas e judeus pela Gestapo, dos campos de concentração, dos desaparecimentos dos oponentes e da jogada de poder de Hitler contra Hindenberg. O artigo, que saiu com o título de "Escenas de la crueldad nazi", era ilustrado com a imagem de uma caveira com capacete de aço cercada por suásticas.*

Borges — uma vida, Edwin Williamson

IMAGINE-SE NA ALEMANHA, NOS meados ou nos fins da década de 1930. Imagine-se ao lado de um ditador que, com seu magnetismo pessoal e com uma ideologia apropriada para a situação, conseguiu alçar-se ao poder, inclusive, com apoio da população. Quais seriam os próximos passos desse ditador? É certo que os judeus eram vistos com maus olhos, mas uma investida contra a raça demandaria, de fato, uma imensa energia interna, uma energia vital e que provavelmente faltaria na política externa, que aparentemente se resumia a conquistar tudo o que visse pela frente.

Os judeus, ajudados pela história e pelo imaginário popular da época, foram considerados culpados, em um tribunal ao qual sequer compareceram. Daí vieram as revistas antissemitas, as manifestações e os *Protocolos dos sábios de Sião*. Mas os *Protocolos*, a inteira série de vinte e quatro declarações institucionais e programáticas dos sábios de Sião, são contraditórios, abundam de elementos da época e são facilmente comprovados como farsa. Hitler e os demais obviamente sabiam disso.

Então por que os judeus? Por que chamar a atenção de todo o mundo? Apenas por uma ideologia? Quero que me respondam se a ideia do super-homem e da raça ariana seria capaz de produzir seis milhões de mortes. Se sim, von Sebbontendorf, Rosenberg e os teóricos do nazismo superaram todos os outros escritores, superaram mesmo o insuperável Shakespeare, porque, com suas letras, e apenas com ideais caracteres garatujados em sequência lógica e legível, produziram a maior interferência na realidade possível.

Mas, de fato, não foi o que ocorreu. Rosenberg sabia, Hesse sabia. Sobretudo, Hitler sabia: um ideal é sempre um ideal. Levado a sério, dá-se mesmo a vida por ele, mas uma hora a coisa aperta, britânicos e americanos de um lado, russos de outro, todo o mundo olhando suas ações. Uma hora o cerco iria fechar, e que se dane o ideal, o que importa é a guerra, que se esqueçam esses judeus, já que não valem a pena mesmo.

No entanto, mesmo com todo o cerco fechando, mesmo com toda a pressão dos demais países, mesmo no calor da maior guerra produzida na Terra, Hitler em nenhum momento se esqueceu dos judeus mantidos em concentração. Ideologia, mesmo maior que a guerra? Mesmo maior que a demanda necessária para vencer a Rússia e que, de fato, foi o motivo principiador determinante para a queda do Reich? Os aliados discutiam a guerra e a melhor maneira de pegar os nazistas desprevenidos, e, enquanto isso, Hitler e seus amigos discutiam, em janeiro de 1942, na Conferência de Waansee, a solução final dos judeus. A Solução Final foi a tradução de um desespero dos nazistas de querer acelerar o processo que eles tinham começado: ceifar a vida de todos os judeus. Quero que compreendam que não há razoabilidade na situação. É 1942, a guerra pegando fogo, por que se voltar contra um inimigo interno, um inimigo que não trará problemas nem baixas ao exército alemão? Um inimigo que, sobretudo, demanda tempo, dinheiro e capricho, itens vitais para a guerra lá fora.

Os judeus controlavam a economia da época, segundo os famigerados *Protocolos*. Os sábios de Sião incentivavam a bancarrota dos países ocidentais para, eles mesmos, alçarem seu voo, o voo de Sião. Mas se Hitler acreditasse nisso, como por certo não acreditou, simplesmente saquearia e confiscaria os bens dos judeus abastados. O dinheiro não era o problema do Terceiro Reich. E, pelo contrário, Hitler gastou mais do que recebeu, construindo campos de extermiNação, recrutando soldados, médicos, voluntários, fazendo ferrovias, experiências, a milícia na incessante busca de judeus. E uma grande parte dos judeus encontrados era pobre, pessoas que não tinham nada além do necessário para a própria subsistência. Por que Hitler se ocupou deles? Por que não só buscar os donos de empresa, os bancários, os donos de muitas posses? Enfim, aqueles que eram verdadeiramente denunciados nos protocolos de Sião. Por que o trabalho de matar os pobres, as crianças, as mulheres, os miseráveis judeus que viviam na Alemanha? Tudo pela ideia da raça ariana? Tudo para dar à Alemanha um futuro sem judeus? E os judeus existentes no resto do mundo? Pensou ele algum dia que poderia matar todos, um por um, em todos os cantos da Terra? E, se tinha tanta certeza na vitória da Segunda Grande Guerra e se tinha certeza de que o Terceiro Reich seria o império dos mil anos, então por que não esperar o término da batalha para começar seu outro intento? Retroceder um passo para avançar dois, os judeus para adiante, por ora, somente os russos e os britânicos.

Imagino que o plano de matar judeus era, para Hitler, necessário no decurso mesmo da guerra. E tanto é que foi durante o conflito que as mortes aumentaram e o processo restou acelerado com a solução final e todos os preparativos para a grande mortandade que estava por acontecer. Mas por quê? Porque certamente Hitler acreditava que os judeus pudessem trazer algum retorno para a batalha que ele lutava. Os judeus não, um judeu especial. Um judeu importante, um judeu sagrado. Hitler sabia, Hitler acreditava nisso. Qual outro motivo poderia explicar o criterioso catálogo dos judeus nos campos de concentração? Qual outro motivo poderia explicar a maneira burocrática de extermínio utilizada pelo Terceiro Reich? Um criterioso catálogo em que se analisavam as características pessoais, físicas e a saúde. Os doentes e deficientes eram logo exterminados, porque o filho de Deus não voltaria a Terra na pele de um incapacitado, segundo pensavam os nazistas. Catalogar, depois, segundo as condições financeiras. Os que têm que doem para os nazistas, mas estes enfim não interessam, porque certamente Jesus não reencarnaria em um banqueiro ou um agiota judeu. Os que interessavam eram os pobres, os mansos de coração, segundo constavam nas Escrituras. Os ricos eram diferenciados e colocados sempre em departamentos diferentes. Depois, outro catálogo de acordo com as forças físicas e faculdades mentais de cada judeu. A figura do homem médio, de preferência: o filho de Deus não seria um estúpido qualquer, mas não seria um judeu formado em Oxford ou Sorbonne. Era alguém, principalmente, capaz de cativar todas as massas, assim como Hitler conseguia.

Depois da extensa catalogação, os judeus eram separados e levados para campos de concentração. Os campos de concentração também eram separados por graus: os que poderiam melhor revelar o Messias e os que apenas serviam de invólucro dos judeus que eram descartados. Os campos de concentração com maior probabilidade de encontrar o Messias são facilmente identificáveis: são exatamente aqueles em que os prisioneiros eram mantidos vivos por mais tempo e que passavam por mais testes e provas. Exames físicos, testes nos ossos, na musculatura, nas pupilas. Depois de mortos, muitos dentes e cabelos eram retirados. Retirados, segundo o relatório nazista, porque eram dentes de ouro, e, no caso dos cabelos, para fazer blusas e casacos. Mas, ao contrário do propalado, eram levados para testes de DNA com os cientistas e ocultistas do nazismo. Porque queriam o DNA do filho de Deus, porque queriam o corpo estendido ou pregado em uma cruz ou morto em um falso chuveiro, com gás, em um dos muitos campos de concentração. Porque, principalmente, acreditavam que o sangue real de Jesus, o Jesus redivivo, daria poderes excepcionais a Hitler e faria dele o senhor do mundo, o vitorioso no grande conflito que travava.

49.

A**CHO CURIOSO QUE** B**ORGES** seja tão estudado e, mesmo assim, que suas verdades sejam tão negligenciadas. Imagino-o em sua escura prisão, ditando suas profecias e seus argumentos para Kodama ou para algum amigo íntimo e rindo como um louco, como um insano deus brincando de marionete com suas criaturas. Borges não é apenas sofisticado, uma característica irrefutável e que nunca, frise-se, nunca deixei de concordar. É mais: é sofisticadamente irônico. Mas mesmo o pior dos críticos consegue adivinhar da erudição e da ironia borgianas. Eu quero dizer mais: Borges não é apenas isso. Borges é terrível e irremediavelmente sádico. Não apenas consegue com erudição olhar e interpretar o passado; não apenas consegue visualizar de maneira correta o tempo presente; consegue também predizer o futuro, não um futuro metafísico, mas um futuro que enxerga através do próprio espelho — que tanto emula — dos erros passados e, engendrando-o, escreve de maneira terrivelmente sádica. Borges é meu maior inimigo, tenho de admitir, mas, hoje posso sentenciá-lo longe de qualquer sentimento pessoal, por favor, acreditem em mim. Não o maldigo baseado em minhas experiências pessoais. Quero matá-lo, como forma de justiça a todo o mal que ele fez para a humanidade, mas longe de vingança dos fatos que me causou. Creiam-me: Borges é um calhorda, escrevendo e rindo como um louco, porque ele escreve uma piada muito grande e ninguém, ninguém, ninguém consegue achar graça pelo simples fato de que ninguém entendeu sua piada.

Borges, o erudito, o sofisticado, o incrivelmente calhorda Borges, escreveu em Ficções um conto de nome muito sugestivo: "Tema do Traidor e do Herói". Porra! Será que só eu acho tudo isso tão óbvio? Além do nome, preciso dizer mais algo do que realmente queria escrever? Borges. O erudito e safado Borges disse em "Nova Refutação do Tempo" sobre o princípio dos indiscerníveis, de Leibniz (um princípio que exorta que todo ser humano é separado por diferenças marcantes e faz de cada um de nós sujeitos únicos). Era, de fato, um leitor ávido das soluções metafísicas deste filósofo. Em "Tema do Traidor", abriu seu ensaio diretamente com a seguinte frase: *"Sob o notório influxo de Chersterton (narrador e exornador de elegantes mistérios) e do conselheiro áulico Leibniz (que inventou a harmonia preestabelecida) [...]"*

Abro um parêntese para um pouco falar do conceito da harmonia preestabelecida de Leibniz. Segundo a doutrina leibniziana, o mundo é formado por uma série infindável de séries e de feixes, um aparente caos, uma gigantesca teia cruzando-se incessantemente, um elemento formado, segundo o próprio diz, de um conjunto de forças vivas. Mas essas forças, diferentemente do que acreditava Descartes e o racional sistema cartesiano, não poderiam existir se não houvesse um elemento topológico, capaz de organizar esse quase infinito conjunto de forças vivas. Aí se constitui a harmonia preestabelecida, uma espécie de roda que faz tudo se encaixar e girar conjuntamente de maneira que tais forças não se colidam. Dessa forma, o elemento de Ordem, para Leibniz — e consequentemente para Borges — traduz-se em um elemento preexistente, antecipadamente regulado, de forma a estar em harmonia com as outras forças, um sistema análogo ao estoicismo, em que o universo acaba por se transformar em um grande corpo, em que cada parte contém sua função e, de uma forma ou outra, acaba por se harmonizar com outras partes. A inevitável pergunta que foi feita a Leibniz — e a Borges — é a seguinte: se tudo foi preestabelecido, de forma a regular a harmonia das forças existentes, como explicar a existência do mal na Terra? Borges sabia disso, e Leibniz, o criador, mais ainda. Borges, no prólogo de *Ficções*, diz que mais interessante que formar o laborioso e extensivo projeto de criar livros é o de criar notas sobre obras já existentes — ou imaginárias. Borges avisa isso em seu prólogo e o repete ao curso das ficções, inclusive no "Tema do Traidor e do Herói". Borges sabia das perguntas que foram feitas a Leibniz, sabia da dificuldade de encaixar a doutrina da Harmonia Preestabelecida com todos os desenganos e desencontros existentes no dia a dia. E Leibniz assim respondeu sua maior e mais inquietante pergunta: há o mal metafísico, físico e moral, sendo um decorrente do outro. O mal metafísico existe porque a imperfeição é intrínseca e inata no Homem, pois, se esta não existisse, não haveria diferenças entre o Criador e a Criatura. O mal moral, que se dá em origem do mal metafísico, dá-se porque não há para o homem possibilidade de conhecer as faculdades do bem sem que se incite no erro. Prediz sua parábola com o seguinte argumento: ao produzir o mundo da forma que o conhecemos, Deus preencheu o mundo da forma que deveria ser preenchido, com o máximo de virtude, bondade e caridade, mas com a existência do mal, mínimo que seja, mas necessário para a existência do bem. Na roda giratória de Leibniz, o mal é um dos polos da bateria formada da vida e sem qual a bateria não funciona e nada mais pode andar. Assim se conclui o mal físico, que se origina a partir do mal moral. Deus expressamente autoriza a produção do mal, em nome de um bem superior. *"Experimenta-se suficientemente a saúde sem nunca se ter estado doente? Não é preciso que um pouco de Mal torne o Bem sensível, isto é, Maior?"* Por isso a necessidade do infortúnio, das injustiças e das hecatombes: para que a glória deste incerto e impiedoso Deus seja mais bem vista.

Borges cita a doutrina da harmonia preestabelecida de Leibniz, que nada mais é do que a enésima variante da doutrina da coexistência do bem e do mal e da adoração a serpente proposta pelos ofitas. Borges sabe disso. O resto de seu conto é singelo, elucidativo e extremamente didático. Insisto na palavra *didático*, e Borges provavelmente ficaria feliz com a utilização deste termo porque o conto tem diversos trechos frisados em que o que se narra nada mais é que um arquétipo. A começar do próprio nome: Tema. Tema, que pode se dar a qualquer herói, a qualquer traidor, um modelo, um molde, uma forma, no sentido platônico da palavra. Borges insiste no modelo e utiliza diversas vezes temas genéricos; principia-se dando a entender que sua história poderia ocorrer em qualquer lugar: *"a ação transcorre num país oprimido e tenaz: Polônia, Irlanda, República de Veneza, algum Estado sul-americano ou balcânico..."* e ainda *"Digamos: para comodidade narrativa"* e ainda *"pensa que antes de ser*

Fergus Kilpatrick, Ferguns Kilpatrick foi Júlio Cesar" e ainda *"induzem Ryan a supor uma oculta forma de tempo, um desenho de linhas que se repetem"* e ainda *"que a história tivesse copiado a história já era suficientemente assombroso; que a história copie a literatura é inconcebível".* Borges claramente diz: minha história é pueril e nada mais do que um modelo, que poderia ocorrer em qualquer parte do mundo e em qualquer momento favorável da história. O momento favorável é antecipado pelo próprio autor: uma revolução, uma alteração de valores, sejam políticos, culturais ou espirituais. O protagonista do conto, Fergus Kilpatrick, que antes foi Júlio César e que também foi mais pessoas, era um conspirador, alguém capaz de alterar a ordem vigente — por conveniência do autor — na Irlanda. Mas, um dia antes da revolução, mostrou-se um infame traidor. As provas eram irrefutavelmente comprobatórias de sua vileza, e nada Kilpatrick podia arguir em seu favor; o que, então, fizeram seus pares? Transformaram a vilania de Kilpatrick em ato heroico: transformaram seu ato de traição em motivo para assassinato, não um assassinato à forca ou às escondidas, mas um assassinato público, em meio a um teatro, sob prefigurações da peça shakesperiana de Júlio César. Borges é erudito demais para incorrer em erros, tautologias baratas ou ao mero acaso. Repito: não foi por acaso que Borges cita a doutrina da Harmonia preestabelecida, narrando um traidor forçado a virar herói, dizendo que a história copia a literatura. Porque ele mesmo fez tudo às avessas: escreveu — fez literatura — copiando a história, e não o inverso, como narra. Também, propositalmente, inverte as situações, embora a ordem dos fatores não altere o produto. Diz do tema do traidor e do herói, um tema genérico, universal e atemporal, mas converte um traidor em um herói e não o contrário. Ora, para quem citou a doutrina da necessidade do mal leibniziana, o correto era demonstrar o contrário. Que o mal é necessário, que o traidor é necessário, porque só com a existência de traidores é que existirão os heróis. Mas Borges não crê na obviedade e mesmo na capacidade cognitiva dos seus leitores, que tanto gostam de falar que o entendem, mas que pouco o estudam. Borges brinca, mas, em sua extrema cultura, não brinca com o que considera sério: pelo contrário, avisa que passa um recado da maneira contrária, fazendo literatura e copiando um capítulo importante da história. Avisa e frisa que tudo não passa de molde e de arquétipo e que os personagens — e apenas os personagens de seu conto — são casuais. Todo o resto não. Avisa, outrossim, da importância do herói e do traidor, narrando brilhantemente que todos os que estavam no teatro aquela noite supuseram que Kilpatrick era um herói e não o que realmente foi: um traidor. Borges brinca com a ignorância dos espectadores do teatro — e consequentemente dos espectadores da própria história e da própria vida —, que supõem piamente que o maior vilão de todos foi realmente um vilão e não o instrumento necessário para que o homem acreditasse no poder metafísico e na existência de Deus.

Não acredito que, ao ponto que chegaram as coisas, alguém ainda acredite no acaso e que Borges realmente é inocente e não quis dizer o que expus acima. Aos ainda incrédulos, demonstro a maestria da ironia e do sadismo desse safado que foi Borges: no começo do seu conto, Borges afirma que tal história podia ter acontecido e podia ser narrada em qualquer época da história. No entanto, segundo o próprio, elege um ano em que a história ocorreu — *"digamos 1824"*. E, também por conveniência, dita uma data em que a história é narrada. Alguém acredita que a importância da história seria ditada pela conveniência? Alguém ainda acredita que o confesso cabalista e gnóstico Borges não se importava com os números? Ao afirmar a conveniência de uma data, não fala meramente de um ano; pelo contrário, fala de uma data específica: tal data é 3 de janeiro de 1944.

Sinto que os católicos mais fervorosos já sintam um calafrio com essa data: uma data importante para muitos fiéis ao redor do mundo e, principalmente, uma data importante dentro dos sempre fechados muros do Vaticano. 3 de janeiro de 1944 é nada mais, nada menos que a data em que a irmã Lúcia revelou para o Vaticano o Terceiro Segredo de Fátima.

Segundo a versão autorizada e contada pelo Vaticano, irmã Lúcia, nessa data, teve uma aparição de Virgem Maria, dizendo que enfim a humanidade estava pronta para o terceiro segredo. Os dois primeiros segredos eram constituídos de elementos genéricos, tais como morte e fome. Foram traduzidos nas duas guerras mundiais. O terceiro segredo, ao contrário, sempre foi motivo de grandes controvérsias. Conta-se que Lúcia revelou nessa data o segredo ao Vaticano, mas que pediu às autoridades religiosas que aguardassem por mais vinte anos a sua divulgação. No entanto, a história é de difícil comprovação. Ora, uma irmã que acabou de ter uma revelação de Maria e que acaba de dizer que o mundo está pronto e que, por isso, revela seu maior mistério para o Vaticano não é o comportamento de uma pessoa que ainda quer ver o segredo selado por mais vinte anos. Alguns historiadores dizem que, ao contrário do que foi dito, em verdade foram os papas que desautorizaram a revelação do Segredo, por motivos nunca explicados. Cada papado tinha consciência do mistério e decidia se este seria revelado ou não.

E nunca o foi de maneira completa. O mundo estava pronto, segundo Lúcia, porque, naquele momento, era necessária a revelação. O segundo segredo foi interpretado como a Segunda Guerra, mas foi exposto somente depois que esta se findou. O papado sabe disso! Quando há a sucessão papal, um dos segredos confiados ao novo papa é justamente o enigma de Fátima. O enigma que foi corretamente decifrado pelo primeiro papa argentino, Jorge Luis Borges.

Alguém ainda não acredita que o Terceiro Segredo seja o fim, seja o apocalipse, com todas as particularidades, com um messias retornando, com a vinda do Anticristo, com o eterno maniqueísmo regulador da vida, com a existência do mal, o necessário mal para que exista o bem, como Lúcia previu, como Leibniz previu, como Borges previu, como Judas previu, mas que todos os santos papas se calaram, medrosos?

50.

A Besta não parece ser o que é. Ele é jovem e vigoroso e a sua voz traz em si um poder mágico que, como os tons sedutores do flautista de Hamelin, pode levar grandes líderes à terrível condição de perder a responsabilidade pelos próprios atos, ao mesmo tempo que é capaz de excitar as massas e levantá-las para transformar uma cultura moribunda num monte de detritos e de cinzas. Sob um exterior banal e enganador — Ele pode até mesmo usar um bigode cômico —, a Besta é um tirano sedentário de sangue e um demagogo habilidoso.

A Marca da Besta, Trevor Ravenscroft

INEXATOS OS TEMPOS EM que era mantido preso na casa dos três ofitas, enquanto estes saíam em busca de um apocalipse escrito por um argentino, que, por sinal, tinha o mesmo nome que o meu. Mantido preso, sem quase poder sair, a não ser para acompanhá-los nas prolixas e enfadonhas reuniões da seita. E a seita aos poucos foi se transformando em partido, e os ideais nórdicos e as premissas sempre tão inalcançáveis ganhavam cada dia mais colorações reais, tons verdadeiros, mostras de que algo muito diferente e próximo estava ocorrendo. Três ou quatro palavras foram substituídas, alguns documentos apócrifos acrescentados, um líder louco se criou no seio da Alemanha, e, pronto, a Thule havia se transformado no partido nazi, indistintamente. Os três ofitas se filiaram ao partido, mas participavam do grupo com as mesmas restrições com que participavam da Thule e dos outros grupos antissemitas. Sabiam ou imaginavam que os grupos eram todos meios para o fim que pretendiam e imaginavam usar as pessoas para que a Verdade enfim fosse revelada. Eu já sabia falar alemão o suficiente para entender o tamanho das besteiras que eram ditas na Thule, no partido, contra os judeus, em favor da Terra Oca, da Atlântida, dos muitos mitos germânicos. E sabia das palavras ditas nas coxias, nas entrelinhas, ou ditos por não ditos, o Anticristo, o Cristo por vir, a busca pelo judeu prometido, etc., etc.

Assim se deu o início do fim do meu cativeiro. Já tinha livre acesso ao grupo Thule e aos nazistas e, muitas vezes, fui às reuniões apenas para sair um pouco de casa, apenas para ver que havia um pouco de vida fora dos limites dos altares de serpente e de reproduções de livros de heresiarcas antigos e esquecidos. Mas o tanto de bobeiras ditas me aconselhou que a solidão, às vezes, é um mal necessário. E o crescente nazismo, acrescido de Hitler, dos outros braços nazistas, das teorias, tudo foi lentamente fazendo com que os ofitas se esquecessem um pouco de mim. Por ora, eu tinha sido suficiente. Mostrei o que consideravam a bomba e lhes ensinei como queimar o pavio. Creiam, para três pessoas, frutos de outros milhares que morreram em nome da descoberta do Segredo e em comunhão com sua adorada Serpente, eles acreditavam estar perto demais, já escutando as trombetas vindouras do apocalipse. E tudo agora para eles restava muito claro, muito singelo. O Anticristo era conhecido, existente, e estava extremamente próximo a todos nós. O Cristo também, porque assim previam as profecias, ou assim bem eu menti. O Cristo só podia ser um judeu, óbvio, vivendo no caos da Alemanha após a Grande Guerra Mundial. Achar o Cristo, então, era coisa simples, uma brincadeira de criança para quem sempre queimou os neurônios em cima de livros, buscando significados ocultos para um apocalipse que nunca vinha: era simplesmente matar todos os judeus. Um por um, vez por vez, cabeça por cabeça; Sião morria, mas nascia algo muito maior, segundo eles; nascia o poder, nascia o irrefutável, incontentável e insuperável poder que deveria ser revertido ao *Führer* e, consequentemente, a todo o nazismo e, consequentemente, a toda a grande Alemanha. Assim estava escrito. Assim eu ajudei a escrever. E, enquanto eles acreditavam nisso, lentamente se esqueciam de mim, lentamente se esqueciam de Raquel Spanier. O romance que a unia com Bernhard Rech foi inteiramente apagado com a aparição de Hitler, e, não sem um sorriso irônico nos lábios, mais de uma vez pensei que o idiota do Rech trocara a bela Raquel pelo bigodudo e chato Adolf... e não exagero. Rech, como tantos outros, parecia hipnotizado quando o *Führer* tomava o microfone e proferia os seus longos e arrebatadores discursos. E, depois, mais de uma vez tomei-o falando com seus amigos, dizendo que Hitler era realmente a encarnação do que acreditavam, que era ele o esperado, que, quando o escutava, todos os pelos de seu corpo se eriçavam.

Raquel foi a primeira a ser descartada. Sem romance de fachada, sem maiores preocupações que pudessem estragar o plano. Já ficávamos sozinhos na casa, sem maiores preocupações, enquanto os três iam à Thule ou ao partido nazista. Confusos tempos, em que minha felicidade pessoal se misturava com tanta dor sentida no mundo. Dachau, Treblinka, Auschwitz construídos, e, em um segundo, confesso, esqueci da minha participação nessa triste história para me ocupar com Raquel. E, antes que me julguem erroneamente, apresento minhas sinceras defesas. Primeiro, tanto meu estado psicológico quanto o de Raquel já nessa altura estavam muito alterados. Histórias, loucos, um sequestro, o transporte para outro país, tudo tão incerto, tudo tão perigoso, e quando, enfim, eles se ocuparam com outras coisas, quedar-se a um abraço e chorar e sentir o corpo e a alma da mulher amada ao seu lado não é um mero capricho, mas antes uma forma de se atestar a própria existência, o próprio correr de sangue nas veias. E também ainda não tinha noção do que podia representar o plano com os judeus. Imaginava eu, então, que os judeus fossem apenas um pretexto para alcançar o poder e que, quando este fosse conseguido, outras loucuras tomariam conta do *Führer*, abandonando os ofitas, a Thule e tudo mais. E com profunda tristeza vi, dia a dia, os judeus mortos, escorraçados, perdidos os seus direitos políticos, tudo em busca do apocalipse.

E, como se pode imaginar, não encontravam o Messias, não encontravam entre os judeus Aquele que tinha a marca de nascença e que seria considerado o Rei dos Judeus. E, óbvio, se não encontrassem logo o Procurado, a ira dos nazistas se voltaria contra aquele que fez a profecia, e que eles acreditavam que era eu. Determinado dia Rech e os outros dois chegaram em casa mais cedo. Surpreenderam-nos sentados no sofá, eu e Raquel olhando um para o outro, esquecidos ou tentando esquecer a gritaria e a insanidade do mundo exterior. Rech me deu um sopapo na cara e me disse que eu ainda estava escondendo alguma coisa propositalmente, que o plano não estava completo.

"É tudo o que sei, Rech. É tudo o que posso saber", respondi em alemão, com a mão no rosto.

"Mentira. Sabe mais coisas. Temos certeza de que o plano não está completo."

"E por que acha isso?", ousei dizer.

"Porque todas as experiências com os judeus têm sido frustradas. Porque não conseguimos nem pista Daquele que procuramos. Porque ainda falta algo para chegarmos até Ele. Certamente um pequeno detalhe, mas um importante detalhe, um vital detalhe que possa nos mostrar quanto estamos certos e quanto estamos errados em nossa análise dos corpos judeus."

Permaneci em silêncio, e Rech teve um acesso de fúria que não imaginei que fosse capaz. Gritava que eu sabia. Que eu sabia, mas propositalmente estava escondendo um detalhe, um precioso detalhe que os levaria até a reencarnação de Jesus. Repetiu várias vezes que estava tão perto, mas ao mesmo tempo tão longe, e, por fim, sentenciou que eu morreria se não contasse o que faltava. Deu-me uma semana para decidir sobre isso. E mais uma vez vi minha vida depender de uma mentira de Borges e de uma posterior história que deveria criar para me justificar.

51.

OS DIAS DA SEMANA se passavam e cada momento ido mostrava que eu não teria possibilidade de inventar mais nada, que tudo do texto do meu homônimo já tinha sido exaurido. Reli sua versão de Judas dezenas de vezes, até que todas as sentenças já estivessem gravadas em minha memória. E não existia no meu entendimento nada que já não tinha dito aos alemães. Por alguns momentos imaginava que os ofitas estavam certos, tamanhas eram as coincidências, tão espantoso era o momento histórico vivido por nós. Mas, quando esses pensamentos me vinham, eu dizia para mim mesmo que tudo era bobagem, que não podia existir uma coisa tão monstruosa e que meu homônimo nunca pensou nisso. Mas dentro de mim não conseguia me acreditar — porque Borges sabia coisas que eu não sabia, sabia enxergar além da sua fraca visão, sabia ver por enigmáticos e labirínticos espelhos uma realidade que um ser humano normal era incapaz de ver. Tive de reconhecer, era essa a sua qualidade. Não um grande escritor, mas alguém que sabe enxergar coisas que os demais não conseguem. E com o receio da morte vindoura, o prazo fatal se esgotando, mesmo meu orgulho parecia se esvaecer a cada segundo passado. E se ele sabe? E se, no fim das contas, há alguma verdade nisso tudo? Borges, cabalístico, de tantas metáforas e ensaios, não podia ter intuído algo que ninguém mais percebeu? Por acaso, qual a sua visão de mundo, nestes cinza e estranhos dias em que vivemos? Desesperado, mandei-lhe uma carta, uma carta para o outro lado do atlântico. Uma primeira carta seca e um pouco rancorosa omitindo informações, omitindo Raquel, uma carta imperativa e inquisitiva. Um dia depois mandei uma carta mais cortês, sem olvidar nem alterar nenhum fato, nem a vergonha, nada, nada. Se fosse morrer, que ao menos morresse em paz com meu inimigo; que, de certa forma, ele possa saber que venceu. Um desabafo afinal, já que era impossível que, em uma semana, minha carta viajasse o atlântico e retornasse com alguma solução para o meu problema.

Raquel me consolava, sem aguentar o choro, porque conhecia de fato os alemães e sabia que eu seria morto e que, ela, desnecessária e testemunha de um cárcere e de um assassinato, seria facilmente eliminada também. Chorava silenciosamente enquanto me dizia que pensasse com calma, que eu tinha a resposta, que era só inventar algo mais.

"Algo mais?", falei em um acesso de fúria. "Eles não querem algo mais. Eles querem simplesmente que eu aponte o Jesus ressuscitado. Não querem mais sinais, interpretações, palavras que os alegre, nada. Querem um gesto, querem o apocalipse. Querem que, em uma semana, eu produza o apocalipse. Tudo está perdido, Raquel. Serei morto. Seremos mortos." E enquanto isso ela passava a mão em meus cabelos, pedindo-me calma, dizendo que poderia haver alguma coisa que pudesse falar para alentá-los.

Mas haveria, naquele momento, algo que os alentasse? Estavam certos do Anticristo, mancomunados com os nazistas, já experimentando e matando judeus a torto e a direito, buscando alguma inscrição, algum emblema, alguma placa que denunciasse Seu caráter santo e poderoso. Pense nas comparações com Borges, eu refletia. A resposta está com Borges, a resposta desde o início está com ele, repetia, repetia, para acreditar que existia alguma resposta, mesmo que fosse a resposta do meu maior inimigo, porque mesmo isso era um consolo para minha mente silente já escutando os badalos da morte. A resposta está com Borges. Ele sabe. Ele não criou sua versão de Judas à toa. Ele soube reconhecer a verdade; saberia também como reconhecer Jesus. Pensei em sua versão de Judas, pensei na versão minha da versão de Borges de Judas. A sociedade secreta, Longinus, Judas, Pedro, no Gólgota, açoitando e matando Jesus em nome de um bem maior. Pensei no Cristo crucificado, pensando na traição, talvez morto sem saber dos planos dos conspiradores, talvez sem saber que nesse infausto ato estava não uma vilania, mas sim a maior prova de amor que pudesse ser dada. Pensei no que Jesus poderia pensar naquele momento; se foi determinante sua condição divina e soube perdoar seus assassinos no calor do assassinato, mesmo sem saber da verdade acobertada? Ou se imperou seu coração humano e, por um momento, por um átimo de segundo que seja, sentiu remorso, porque àqueles que chamou de apóstolos o apunhalavam por trás. Apunhalavam, repeti, uma, duas, três, vezes. Apunhalado, como Julio César. Como Fergus Kilpatrik. Apunhalado, punhal, arma. Punhal, a marca maior dos traidores. Punhal, o símbolo e alegoria máxima de utilização pelas costas, quando o inimigo não o vê, e daí todo o posterior sentido da traição, da covardia, da vilania. Punhal dos traidores, punhal, espada, lança, objeto perfurocortante, rasgando o corpo, a alma, retirando a vida, instalando a traição, no sentido mais pleno que esse sinal gráfico possa conter.

E, em um momento, senti um lampejo. Tenho a resposta! "Tenho a resposta", disse e tornei a dizer e gritei, com vontade de que toda a Alemanha soubesse dos meus pensamentos. Raquel deu um sorriso, o mesmo lindo sorriso que vi quando era uma jovem do Once. Ela sabia que mais uma vez eu tinha a saída.

"Não sei se é uma solução final. Mas tenho certeza de que é um alívio, de que é, no mínimo, um respiradouro. Ganharemos mais alguns segundos de vantagem certamente." Ela chorou mais uma vez. Nossas vidas dependiam de que eles acreditassem nisso.

E, quando os alemães chegaram do partido, falei que havia pensado um pouco e que chegara a uma conclusão.

"Que conclusão?", disse Rech.

"Uma solução simples, mas eficaz", respondi. "Como vocês mesmo disseram, a solução do enigma está quase completo. O Anticristo já nos foi revelado, sabe-se que o momento é propício para um judeu, na Alemanha, ser a reencarnação do Cristo. Mas não se sabe como encontrá-lo. Como solucionar esse problema então?"

Os três permaneceram em silêncio. Eu continuei:

"A solução é a reprodução exata de todos os pormenores de como foi o assassinato de Jesus Cristo. Não se pode cogitar que exista algum acaso fortuito no evento mais importante de toda a história. Isso nos quer dizer que, tudo o que foi feito foi feito porque era de suma importância no correr dos fatos, no desenrolar da história. Temos o Cristo, temos o Anticristo em nossas mãos, que elemento mais pode nos faltar para a reprodução fiel do evento que se deu no Golgota?"

"Dizes da Cruz?", falou um dos alemães. "Quase. A Cruz não foi um acaso, é óbvio, foi um dos elementos mais importantes da morte de Jesus, mas ela já cumpriu seu papel simbólico, como figura máxima do cristianismo. Falo de outro objeto esquecido por nós, mas que foi importante na morte do Filho de Deus."

Eles continuaram calados.

"Ora, pensem um pouco", falei sorrindo. "Não é tão difícil assim. Temos o assassino de Jesus, temos um Jesus misturado em uma multidão de judeus, o que nos falta? Qual é o único objeto faltante? A resposta é singela. Temos os sujeitos, temos o predicado, as consequências, só nos falta o objeto. E o objeto sempre esteve diante de nossos olhos, como um sinal, como um aviso, para que atentássemos, para que olhássemos com cuidado e assim fosse revelada sua real importância." E mostrei um pôster da própria Thule que permanecia em uma parede da casa junto a outros diagramas ofitas. A adaga, o símbolo máximo da Thule, resplandeceu diante de nossos olhos. "Não descobriram ainda, meus caros? A adaga da Thule é a mesma que matou Júlio César e a mesma que matou Jesus Cristo. De nada adianta termos as pessoas certas se não temos os instrumentos necessários para manuseá-los. E, acreditem, para matar novamente a reencarnação de Jesus, faz-se imperioso ter o objeto que matou Jesus já uma vez. A lança do centurião Longinus. A famosa Lança do Destino."

52.

John Dee se havia enganado, a geografia precisa ser refeita. Vivemos no interior de uma terra oca, envoltos pela superfície terrestre. E Hitler sabia disso.

O pêndulo de Foucault, Umberto Eco

A LANÇA DO DESTINO. A famosa Lança do Destino, a lança que, segundo alguns, somente confirmou a morte de Jesus e, para outros, foi a última e letal das chagas que açoitaram o corpo divino de Cristo. A lança que matou Jesus permaneceu com o centurião Longinus e depois, segundo a lenda, com muitos outros objetos sagrados nas Cruzadas, como o santo sudário e, o mais famoso deles, o Graal. Quer a lenda ainda que a lança sagrada tenha passado por mãos erradas durante a Idade Média até mais recentemente vir às mãos da dinastia dos Habsburgo em Viena.

A lança de uma hora para outra começou a se tornar um dos elementos importantes da confusa crença da Thule e, consequentemente, de todos os mais importantes nazistas. Pouco a pouco, a lança foi substituindo a Terra Oca como objeto de desejo e de estudo. Pouco a pouco, todos os desejos e motivos eram confiados e depositados na lança, como se ela e não mais a Atlântida ou Hiperbórea, pudesse ser a panaceia de todos os males e causa justa de todo o poder para o *Führer* e para todos os alemães.

Mas a Teoria da Terra Oca era uma metáfora. Uma grande metáfora de que o interior era importante, que no interior estava a resposta esperada pelos ofitas e pelos nazistas. A Lança do Destino não. A lança existia, como de fato existe. E a lança obviamente é um artefato mais simples de se obter que um duto para um mundo subterrâneo.

Em uma reunião da Thule, um dos ofitas me disse que Eckart havia dito que Hitler ficara extremamente impressionado com a história da lança. Que tudo não era mera coincidência, que o *Führer* já tivera contato com o famoso objeto em sua adolescência. E que, quando o viu, sentiu profunda reverência. Que tal encontro se deu quando visitou o museu dos Habsburgo e que, ao ver o objeto que matou Jesus, se sentiu enfeitiçado, com os pés e a cabeça imóveis de tanto poder que emanava do pequeno e precioso objeto à sua frente. Mas então o jovem Hitler ainda aspirava a ser um artista e nem em seu mais louco sonho poderia imaginar que seria eleito o guia de um país e que as pessoas o olhariam como a própria reencarnação do Anticristo. Não podia imaginar que o objeto precioso confiado aos Habsburgo um dia o encontraria de novo na forma de profecia, uma profecia que aparentemente não tinha nada de perigosa, mas que podia esconder milhares de coisas por trás.

Quando descobri que Hitler já tivera contato com a lança e de sua relação de adoração com o precioso objeto, senti algo estranho girando novamente dentro de mim. É incrível como tudo consegue se encaixar, pensei, com remorso de não ter falado do Graal, da Cruz ou de qualquer outra coisa. Por que fui falar exatamente do artefato que mais seduziu Adolf Hitler em sua juventude? Será tudo uma grande coincidência? Mas, se for, tem de ser uma gigantesca coincidência. Desde o princípio. Desde o Once. Não, mais, desde que meus pais e os pais do Outro decidiram nos chamar de Jorge Luis Borges. Não há, mesmo que se queira, mesmo que se esforce, espaço para tanta coincidência nesse mundo. O mundo é muito justo para que tantas coisas desse tipo, tão desencontradamente diferentes, possam se unir de maneira tão prodigiosa.

E tudo isso eu pensava amargamente porque, pela primeira vez, começava a acreditar na força das minhas palavras e, mais ainda, na sabedoria do Outro: minha vontade expressiva e a cognição intelectiva do Outro. Um que faz, compreende e demonstra, e outro que externa. Faces de uma mesma moeda, coautores de um mesmo e grandioso crime. Infelizmente, pela primeira vez, eu começava a acreditar nisso. E, pela primeira vez, senti medo pelo futuro dos judeus e pelo futuro da humanidade.

53.

A lança de Longinus, porém, não é um mero artefato histórico, mas um catalisador de grande força espiritual; é tão importante para o destino da humanidade hoje quanto o foi quando o centurião romano Gaio Cássio perfurou o lado de Cristo com ela há dois mil anos.

A Marca da Besta, Trevor Ravenscroft

MAS DENTRO DE MIM ainda não conseguia me acreditar por completo. Um mensageiro, um profeta, um guia, um apóstolo, que diabos eu sou? E por que justamente eu que nunca quis me preocupar em fazer nada por Jesus ou pelo cristianismo? Não conseguia acreditar que eu pudesse ter algum tipo de predestinação.

E o outro Borges? O que faz dele um sujeito especial, capaz de conhecer coisas que ninguém mais pode saber? O que se passa dentro de sua cabeça? Chega um ponto, o inevitável momento em que se pensa que tudo é verdade, que não é possível uma sequência tão grande de coincidências, todas em um mesmo sentido.

E, acima de tudo, há Hitler. E o *Führer* também me faz crer que há algo diferente, muito além das coincidências, muito além de uma simples invenção de Borges. O líder do partido nazista cativava as pessoas de uma forma que eu nunca havia visto antes. Não sei se com seu olhar, com o timbre da sua voz, com a escolha das palavras adotadas, com o teor sempre inflamado e patriótico do seu discurso, Adolf Hitler sabia cultivar a extrema atenção das pessoas e, acima de tudo, sabia cada vez mais de sua real potência. Os ataques aos judeus já eram constantes, tais como a perda dos direitos civis e o confisco de bens e de posses. Mas muitos judeus sem nada, sem um centavo sequer, também eram marcados e, posteriormente, levados aos campos de concentração. Os campos de concentração começaram silenciosos, sem muito alarde, mas não foi possível manter o sigilo por muito tempo sobre tal assunto. E logo toda a Europa e toda a Ásia e toda a América escutavam incrédulos que os judeus estavam sendo levados para campos de extermínio. E, nos campos, nem Hitler nem os médicos nazistas escondiam as mortes, muito menos todos os criteriosos exames de identificação e classificação de corpos. Exames nos cabelos, na pele, na durabilidade e resistência dos ossos. Inanição, doenças de todos os tipos engendradas, organizadas, injetadas, a peste, a fome, o sono, a insônia duradoura, duradoura como a própria sina de Sião, a extrema observância, os erros, as chacinas, o sangue sagrado e pecador derramado, como sempre previram as Escrituras.

E o que eu deveria fazer nesse momento? Já os campos estavam todos prontos, de pé, recebendo pelas ferrovias e estradas milhares de milhares de judeus, esperando um que fosse especial, um que realmente valesse a pena matar. O que eu poderia fazer? A mentira estava pronta, armada, e eu não sabia que minhas palavras teriam essa consequência. Não sabia que os escritos de Borges pudessem ser tão poderosos. Já Hitler e os outros estavam atrás dos judeus, atrás de artefatos da Santa Ceia, atrás de buscar o apocalipse. O sangue real, o sangue uma vez derramado para perdoar todos os pecados humanos, o cordeiro imolado, como prevê a Santa Missa, as Santas Escrituras, agora deveria ser revolvido ao chão em nome da Alemanha e da iminente guerra, das tantas bravatas de Adolf Hitler. O sangue real, o sangue do Santo Graal, o sangue revertido no chão do Gólgota por Longinus e por sua famosa lança. Borges sabia dessas coisas também? Conseguia prever além de tudo mais que previu?

Com tempo agora, em um respiradouro, enquanto todos os judeus ao meu lado sucumbiam, pensei novamente em escrever para meu inimigo. Não uma carta desesperada, não um pedido, não uma imploração de alguém que está prestes a ser morto. Mas sim uma carta amigável, cortês, um gesto que pudesse mostrar tudo o que tem me ocorrido nesses últimos anos; um desabafo e, ao mesmo tempo, um sincero pedido de explicações. Assim fiz a carta, que narrou Raquel, Rech, todos os incidentes, todos os momentos, Hitler, a Lança, a história do Reich, dos ofitas e de sua versão de Judas. Enderecei-a para a antiga residência dos Borges, que o tempo não apagara de minha memória. Despedi-me rogando que fosse bondoso e que, a essa altura do jogo, não tivesse mais remorso de mim. Por semanas aguardei ansioso uma resposta que nunca veio. Imaginei as consequências da recusa do meu inimigo. Secretamente, desejei que Borges tenha ficado ciumento e invejoso do destino que me foi dado. Afinal, foi ele o descobridor, o grande revelador da verdade dos ofitas, mas foi a mim que a verdadeira história se abriu, mostrando-me ao vivo todos os detalhes, todas as importantes decisões, todos os meandros de um tempo que, certamente, para o bem ou para o mal, mudariam o curso do mundo. Fui sequestrado, flagelado e torturado, em meses e meses de cárcere, mas a história cobra seu preço, e, com sorte foi um preço barato, muitos outros testemunharam-na por óbolos muito maiores: um braço perdido em uma guerra, uma doença no meio da selva, uma vida que se esvai em um campo de concentração... que não me julguem assassino ou hipócrita; sei o peso das minhas palavras. Sei que, estas, somadas com o imenso intelecto do meu inimigo, foram responsáveis por todo o mal que atualmente vivemos. Mas eu presencio, mas eu vivo, mas eu vejo. Vejo com meus próprios olhos mais que vejo com minha mente...

Talvez Borges não tenha respondido por educação, porque não queria me comprometer ainda mais. Talvez me considere um inimigo, um imortal inimigo, um inimigo a quem devota secretamente vários de seus contos, quando diz de um *alter ego*, quando anuncia um outro Borges, um rival, um sujeito que compete eternamente, nos labirintos e nas sombras. Talvez simplesmente a carta não tenha chegado em suas mãos. Ou ele achou a hipótese absurda o suficiente para não se dignar uma resposta.

Com toda a humildade que me foi possível, em minha carta, consignei todos os medos e todas as possibilidades que vislumbrava. Perguntei sincero ao meu inimigo se tinha algum tipo de poder mediúnico. E se eu deveria fugir imediatamente ou se deveria continuar ajudando os nazistas com as loucuras do Holocausto. Esperando a resposta da carta, permaneci em Munique observando todos os fatos, todos os pormenores. Aos poucos, aos poucos, sendo esquecido pelos alemães, que se julgavam a um pequeno passo do seu intento. Nesses tempos eu permanecia com Raquel, fazendo juras de amor, olhando em seus olhos e prometendo um futuro melhor. Ou me dignava a andar por Munique a pé, olhando a cidade, os cidadãos, os poucos judeus que ainda se aventuravam nas ruas e marcados com uma estrela de Davi no braço. Em uma dessas caminhadas, escutei um jornaleiro vendendo uma manchete do *Führer*, dizendo que a anexação da Áustria tinha sido bem-sucedida e que, como *souvenir*, o *Führer* trouxera um artefato valioso do museu dos Habsburgo: a Lança do Destino agora estava em suas mãos.

54.

Ainda poucas pessoas percebem que a primeira fase do apocalipse começou nos primeiros anos deste século, no momento em que o jovem Adolf Hitler se viu diante da Lança do Destino no Hofburg. Nesse momento, um lampejo permitiu-lhe levantar o véu para perceber como dominar os poderes da Lança a fim de reger o mundo. Trinta anos mais tarde, Adolf Hitler, já Führer *do Reich alemão, conquistou a Áustria e tornou-se o sucessor dos imperadores Habsburgo. Nessa ocasião, quando ele entrou na casa do tesouro, não havia guardas, funcionariozinhos nem recepcionistas para dirigir-lhe um olhar suspeitoso e preocupado, ao contrário da primeira vez em que ele viu a Lança como um qualquer. Então, ele pôde tirar a antiga arma da velha almofada de veludo vermelho por trás do vidro protetor. Podemos supor que ele, então, tomou o Talismã do Poder em suas mãos, sentindo o metal negro da ponta afilada que, dois mil anos antes, perfurara o lado de Cristo na crucificação.*

A Marca da Besta, Trevor Ravenscroft

NÃO FOI UM MERO acaso Hitler ter se voltado primeiramente para a Áustria, anexando-a como subterfúgio para ter em suas mãos a Lança do Destino. Isso eu soube no momento em que o jornaleiro anunciou seu retorno vitorioso. Comprei o jornal, que elogiava Hitler, a campanha, que dizia também que muitos austríacos aplaudiram o *Führer*, aprovando seu ato e, inclusive, fazendo o sinal dos nazistas, que foi copiado dos romanos. Mas, na matéria, a lança era apenas tratada como um mero objeto, como um *souvenir*, uma lembrança que Hitler decidiu trazer para casa, depois de conquistar um país. Correndo, voltei para casa, querendo saber dos ofitas algum detalhe não revelado, alguma minúcia não publicada, algo que estivesse somente no seio dos nazistas.

Em casa os três estavam reunidos próximos ao seu altar, os três com o semblante fechado, como se algo ruim estivesse acontecendo, como se tivesse dado errado o plano de ter o objeto mais poderoso do mundo em suas mãos.

"Vocês viram o que acabou de acontecer?", perguntei.

Esperava a reação efusiva da última aquisição de um plano muito grande e que, segundo eles, seria gigantesco. Mas responderam secos que sim, como se a lança a partir desse momento não tivesse mais importância alguma.

"Você acha realmente que a lança era o objeto faltante? Você acha que, com ela, poderemos conseguir nosso objetivo?"

Fiz que sim com a cabeça. Eles se entreolharam e nada disseram. Após alguns minutos, Rech pediu que fosse com ele ao partido. "Por favor, Borges. É um dos últimos esforços que pediremos. Que veja com seus próprios olhos a lança. O resto, a história falará por si própria. Por favor, vá conosco e depois o liberaremos. Não há mais o que possa fazer para nós. Foi muito prestativo, muito solícito em tudo o que pedimos. Agradecemos muito a sua ajuda. E saberemos recompensar. Sua recompensa será a liberdade. E, creia, é um bem precioso para um profano que descobriu o segredo dos ofitas. Prometo que será a última coisa que pediremos."

Assim fui ao partido, com a promessa de ser a última das vezes que pisaria naquele local. Mas dentro de mim já havia um sentimento de querer ficar, de querer descobrir a verdade, um sentimento que me dizia que fugir seria uma covardia ante o tamanho dos fatos que eram colocados em minha frente. No partido, conduziram-me a uma sala discreta, pouco utilizada nas reuniões dos chefes nazistas. Na parede, já haviam pregadas muitas fotos do *Führer*, e, adornando toda a pequena sala, os primeiros exemplares do *Mein Kampf*, algumas condecorações nazistas e alguns panfletos, que lembravam a época do *Putsch*. Um pequeno museu nazista, pensei, olhando todos os objetos, e, no meio deles, no centro da sala, uma pequena mesa continha uma ponta de lança, sem nada a protegendo, sem nenhum vidro, nenhum alarme, nada que a afugentasse de possíveis ladrões. O objeto mais precioso dos nazistas, quase jogado, sem nenhuma proteção, como se fosse apenas uma peça exposta, uma peça sem nenhuma importância.

"É, por acaso, esta a Lança do Destino, Borges?"

As circunstâncias me levaram a crer que, talvez, tudo fosse um jogo, que talvez aquela fosse apenas o simulacro da famosa lança.

"Não sei. Nunca a tinha visto com meus próprios olhos. Não posso afirmar com certeza."

"E o que diz seu coração?"

Respondi, sincero:

"Não diz nada. Está silencioso neste momento."

"Isso é bom, isso só pode ser bom", disse Rech. "Porque não queremos que fale mais nada. Queremos que, a partir de agora, como nós, que você seja apenas mais um espectador da história. A partir deste momento, a lança falará por si própria. A lança achará o judeu procurado, a lança determinará sua agonizante morte e reproduzirá mais uma vez o espetáculo mais importante já existente no planeta. A partir deste momento, Borges, está livre. Está livre para fazer o que quiser, para voltar para a Argentina, para permanecer conosco, para ajudar a Alemanha e os nazistas. Enfim, a liberdade novamente é sua."

Esperei que dissesse que eu era livre para ser feliz com Raquel, por um segundo esperei uma bênção do meu sequestrador para que fosse feliz junto com sua ex-namorada. Mas Rech se calou.

"Bom, não sei. Realmente estou confuso, não sei o que fazer. Preciso dar uma volta, preciso voltar para casa." Fiz um pouco de silêncio e não aguentei. Disse: "Preciso falar com Raquel."

"Sim, sim", respondeu. "Faça o que quiser", repetiu algumas vezes. "Mas antes — não quero que imagine como obrigação, mas apenas um cordial convite —, Hitler fará um discurso com a lança nas mãos. Como você foi importante nessa busca, gostaria muito que apreciasse o discurso. Será muito importante para nós. E para você também."

Confusamente, assenti. Raquel já esperou por muito tempo. Pode esperar um pouco mais.

55.

No SALÃO NOBRE DO partido nazista todas as lideranças se aglomeraram para ver Hitler. O salão não era tão grande, e muitos não puderam entrar no recinto. Tentaram barrar-me sob o argumento de que eu não era alemão e não pertencia à alta patente nazista, mas Rech interveio. Depois de vinte minutos, Hitler adentrou ao local e, por longos minutos, todos repetiram o gesto de saudação ao líder. Uma saudação apoteótica, inflamada pela atual campanha vitoriosa na Áustria. Hitler repetiu o gesto com a mão eriçada, também realizando a saudação nazi. Quando todos davam mostras de silenciar, Hitler tirou de uma maleta a Lança. Assim a saudação deu lugar a um longo grito de êxtase enquanto o *Führer* a empunhava no alto.

O Anticristo com o objeto que uma vez perfurou o corpo sagrado de Jesus Cristo. A lança que tem por nome o *Destino* e cujo destino é exatamente matar mais uma vez o filho de Deus. A lança de Longinus, o objeto físico existente, além das fantasias e das lendas, mais poderoso e famoso do universo. Nas mãos de Adolf Hitler.

Rech e os outros dois estavam hipnotizados com a imagem e com os gritos de todos os nazistas no local; todos pareciam em um êxtase semelhante, não obstante poucos presentes soubessem a verdadeira história que fizera o *Führer* invadir a Áustria e tomar para si a lança. Muitos achavam mesmo que era um mero *souvenir*, a cereja do bolo da Áustria, um objeto qualquer capaz de provar que o terceiro e eterno Reich era maior que a dinastia dos Habsburgo.

Hitler então fazia gestos nervosos com a lança, e, a cada gesto, os nazistas presentes gritavam mais. Gestos de ataque da lança no ar, um inimigo imaginário, um inimigo que todos muito bem, independentemente de ofitas ou não, sabiam ser Sião e seus filhos. Então o líder começou a falar; as palavras magnéticas, imponentes, impiedosas do chefe do Terceiro Reich pareciam triplicar de peso com o objeto que tinha em suas mãos. Ou apenas eu imaginei isso? Não creio. Todos ao meu lado estavam hipnotizados, sem respirar, olhando o *Führer* e a lança. E ele dizia palavras boas, palavras que aludiam a um futuro bom, a um futuro em que a Alemanha inteira seria feliz. Inteira? Mas e os judeus? Certamente Hitler não considerava os judeus parte da Alemanha. E qualquer desavisado que entrasse naquele local por descuido e não soubesse quem era o orador e quais eram suas intenções, certamente se espantaria com as palavras, porque eram todas palavras boas, palavras quase pregando a paz, uma paz absoluta em todo o mundo. E quem ali estivesse desavisado pensaria que o orador era um humanista, um pacifista poderoso. E, no fundo, no fundo, as palavras demonstravam as reais intenções não só de Hitler, mas de todos os seus braços. Palavras de poder, uma paz que lhe era conveniente, a morte absoluta de tudo o que fosse considerado inimigo. E do poder ele dizia, do futuro bom da Alemanha, do futuro que ele quase conseguia prever, e, enquanto dizia, balançava ao alto sua nova e letal arma. E eu e todos os ofitas, bem como os mais próximos braços do líder, sabíamos que o poder provinha da Lança e das promessas que esta ofertava.

Quanto sangue derramado? Quanto mais? Mesmo que verdade, mesmo que oferte todo esse poder, quantos judeus inocentes deverão morrer para encontrar um que justifique a matança, um que funda o sangue sagrado e a relíquia, um que una o objeto precioso mais o homem prometido. E, depois de encontrar, quanto sangue mais será derramado por Hitler por esse poder todo que encontrar? Porque o poder prometido é um poder de guerra, um poder para ser usado contra as nações, e não um poder que proporcione paz. Cadeias vertiginosas me levavam à lança, que levavam sempre à minha final responsabilidade, por ter inventado toda a história, por ser parte de toda essa criação absurda e medonha. E um medo maior ainda me inundou porque era eu o culpado. Era, sim, o culpado, mas somente eu? A lança emanava um sentimento ruim somado com as palavras que vinham de seu portador, e um mal-estar súbito me tomou conta. Olhei para o lado e Rech continuava absorto em pensamentos de glória e de apocalipse. Sem falar nada, decidi sair. Mas então ele saiu do transe e me segurou pelo braço.

"Por favor, Borges, quero que veja o discurso até o fim."

"Não disse que eu ganhara a minha liberdade? Por que então quer me prender neste discurso?"

"Não veja como uma prisão, mas sim como um convite, meu caro. Não terá outra oportunidade como esta em sua vida. Quero que aprecie o que seus olhos estão testemunhando."

Calei-me. De nada adiantava discutir, isso eu bem sabia. O *Führer* continuava a falar, incessantemente. Segurei a respiração, com medo de vomitar no meio do salão.

56.

ODISCURSO DE HITLER com a lança demorou quase duas horas. As palavras eram as mesmas, com variantes que pretendiam chegar ao mesmo final. Palavras que eu e os três ofitas entendíamos como sendo uma previsão dos acontecimentos que estavam por raiar, agora com a lança em solo alemão. Após o término, Rech disse que eu estava livre para fazer o que bem entendesse.

"Permanecerei com vocês por enquanto. Quero ver com meus próprios olhos o que está por acontecer", respondi, pensando em voltar para casa, pensando no que falaria ao encontrar Raquel.

Mas, ao chegar em casa, Raquel não estava.

Por duas horas permaneci sentado no sofá, imaginando que minha amada tivesse saído para fazer compras. E a cada segundo que a porta continuava fechada meu coração parecia bater mais forte, mais ansioso eu parecia ficar para dizer a ela que poderíamos sair e, enfim, ser felizes. Mas também os alemães pareciam ansiosos, e mais de uma vez os peguei olhando para mim.

"Onde está Raquel?", perguntei para Rech.

"Ela não voltará. Você nunca mais verá Raquel, Borges."

"Como assim? O que quer dizer?"

"Raquel seguirá o mesmo rumo dos seus pares. Deverá trilhar o mesmo caminho que todos os judeus estão tomando."

Em um segundo tudo fez sentido. O porquê de me manterem afastado, o semblante preocupado dos três ultimamente, as constantes lembranças da promessa de minha liberdade.

"Não acredito. Não acredito que fizeram isso. Você não teria capacidade, Rech... Você não seria cruel a esse ponto."

"Acalme-se, Borges. Não há mais nada o que fazer. Raquel, neste momento, já está em um campo de concentração."

"Não acredito. Está mentindo para mim".

"Sei que gostava dela. Mas sabe dos planos. Você, mais que ninguém, conhece a grandeza dos planos. Sabe que algumas coisas têm de ser sacrificadas em nome do bem maior. E sabe que este bem maior pede que até Raquel seja incluída. Você terá de superar isso. Perdeu Raquel para sempre, mas nós ganharemos nossa causa."

Uma raiva incontida se apoderava de mim.

"Não consigo acreditar, Rech. Não consigo acreditar que seja capaz de fazer isso com a sua própria namorada. Não consigo acreditar que possa chegar a esse ponto."

"Você sabe muito bem que há muito nos separamos. E eu sei muito bem que namoravam às escondidas. E não me importei com isso. Não senti raiva ou ciúme, porque não podia fazer nada. Raquel foi importante, mas, em um determinado momento, você e principalmente suas palavras se tornaram mais importantes. Por isso tive de aguentar calado o romance dos dois. Porque em verdade a glória de Deus é mais importante que qualquer deslumbre terreno. Achei que fosse compreender melhor. Achei que saberia que, mais cedo ou mais tarde, ela também iria juntar-se aos seus pares.

"Não posso ser negligente, Borges. Nestes tempos de caça ao judeu prometido, não posso permitir que algum fique acobertado em minha própria casa. Não posso permitir que tantos companheiros lutem em busca de um ideal e eu seja a causa de um atraso, um entrave para a glória do *Führer*, da Alemanha e de toda a cristandade. Nada obsta que seja uma judia, e não um judeu, o filho de Deus. Nada diz que o filho tem de ser um varão e não uma mulher. Por isso todos têm de ser presos. Todos com a marca de Sião serão presos, inclusive as mulheres. Este é o mandamento de nosso líder."

Cego de raiva, parti para cima do ofita. Mas os outros dois me seguraram. Rech bateu duas vezes em meu rosto e eu caí. Por um tempo inexato, os três me chutaram enquanto diziam saudações ao *Führer* e à serpente.

Raquel em um campo de concentração. Raquel, morta com gases e açoitada com lanças e objetos perfurocortantes. Raquel, morta por uma causa que eu ajudei a criar, pensava, indiferente aos chutes, indiferente ao sangue que cuspia, ao sangue que brotava no apartamento dos alemães, sangue argentino em solo alemão, sangue que deveria ser do outro Borges. Em determinado momento, um dos três pediu para que parassem ou eu seria morto.

"Não podemos matá-lo. Não podemos matar quem nos mostrou todo o plano. Seria uma injustiça e uma grande covardia. E, além do mais, Borges poderá ainda ser útil na fase final de nossos planos."

"Não serei útil. Não serei mais nada de vocês", resmunguei, estendido no chão. "Me matem. Me matem agora, eu não quero ser mais nada que possa ligar a essa atrocidade toda."

Por um tempo, o silêncio prevaleceu. E Rech falou:

"Está sendo hipócrita, Borges. Quando dissemos matar milhões de judeus, você não se importou. Agora, porque levam a sua especial judia, acha tudo uma grande atrocidade." E completou, dizendo aos outros dois: "Vamos. Temos muito o que fazer. Não podemos perder mais tempo aqui."

E me deixaram no chão do seu apartamento, em meio ao sangue e às lágrimas que corriam do meu corpo.

57.

No livro *Aleph*, Borges escreveu um conto chamado "Deutsches Requiem". O protagonista do conto é um nazista que acabou de ser condenado no tribunal e está às vésperas de sua execução. Uma versão da história nazista contada por um próprio nazista é o enredo proposto por ele.

No começo, o protagonista se apresenta e se explica: afirma que se declarou culpado e que, durante o veredicto, manteve suas posições, calando-se contra todos os atos que lhe eram imputados. Em seguida, diz não estar arrependido, uma vez que sob seu coração não pairava culpa. Obviamente, trata-se de uma afirmação falsa, uma vez que o próprio protagonista mais tarde confessa, com a queda alemã, toda a culpa que lhe pesa.

Inicia sua saga afirmando a exuberante jaculatória: *"Os que souberem ouvir-me compreenderão a história da Alemanha e a futura história do mundo. Eu sei que casos como o meu, excepcionais e assombrosos agora, serão muito em breve triviais. Amanhã morrerei mas sou um símbolo das gerações do futuro."*

Afirma que contará por sua história a história não só do seu país, mas de todo o mundo. E que nem todos os seus leitores conseguirão compreender o real significado de suas palavras. Justifica-se dizendo que se perdeu no universo da música, da metafísica e da literatura, citando Brahms, Schopenhauer e Shakespeare, afirmando que até um monstro — como foi julgado pelo tribunal e pelos seus contemporâneos — pode ficar trêmulo, inexato, maravilhado diante do universo proporcionado pelos citados artistas. Cita que conheceu Spengler e Nietzsche e depois entrou para o partido. Relembra os anos duros de ensino e que não é um homem afeito à violência, o que lhe causou ainda mais dificuldades em seus anos de aprendizado.

Borges faz com que seu protagonista perca uma perna — amputada por um ferimento de guerra — para emular o trecho do *Parerga und Paralipomena* que prediz que todos os fatos de um homem foram prefixados por ele próprio, antes de seu nascimento. *"Toda negligência é deliberada, todo casual encontro, uma hora marcada, toda humilhação, uma penitência, todo fracasso, uma misteriosa vitória, toda morte, um suicídio."* Sabe que é o responsável por tantas mortes, sabe da sua importância nos acontecimentos ligados ao nazismo, sabe, principalmente, sobre mim, um ser que ele prefixou tudo o que ocorreria.

Cita Jesus Cristo, Napoleão e Raskolnikov (mas não menciona propositalmente o nome de Adolf Hitler). E afirma que foi feito chefe de um campo de concentração nazista. Assim justifica o trecho: *"O exercício desse cargo não me foi grato; mas não pequei nunca por negligência. O covarde se prova entre as espadas; o misericordioso, o piedoso, procura o exame dos cárceres e da dor alheia. O nazismo, intrinseca-*

mente, é um fato moral, um despojar-se do velho homem, que está viciado, para vestir o novo. Na batalha, essa mutação é comum, entre o clamor dos capitães e o vozerio; não é assim em um infame calabouço, onde nos tenta com antigas ternuras a insidiosa piedade. Não em vão escrevo esta palavra; a piedade pelo homem superior é o último pecado de Zaratustra. Quase o cometi (confesso) quando nos mandaram de Breslau o insigne poeta David Jerusalém."

O nome não poderia ser mais carregado de simbologia. David, alcunha que carrega a estrela, símbolo máximo da religião, Jerusalém, o espaço físico prometido, o espaço pelo qual desde sempre os judeus brigam. David Jerusalém, um nome inventado, um nome que representa conjuntamente a física e metafísica de Sião. Um nome que Borges faz de símbolo de tudo o que possa ser relacionado com judeu, como IHVH representa o nome secreto de Deus. Com David Jerusalém, Borges pode expiar suas culpas sem medo de ser mal-interpretado, sem medo de desfilar sua imensa argúcia e alegoria, para que todos o leiam e ninguém o compreenda. O mais engraçado é que Borges faz de David Jerusalém um espelho dele próprio, ao afirmar que se tratava de um escritor que produzia com suas mãos labirintos formados por tigres. Aí reside o cerne de sua culpa, de sua expiação. Colocar-se ao mesmo patamar de Jerusalém, colocar-se tão vítima quanto o povo que sofreu e morreu por ele. Duvidam? Assim Borges escreve: *"Ignoro se Jerusalém compreendeu que, se eu o destruí, foi para destruir minha piedade. Diante de meus olhos, ele não era um homem, nem sequer um judeu; transformara-se no símbolo de uma detestada área de minha alma. Eu agonizei com ele, eu morri com ele, eu de algum modo me perdi com ele; por essa razão, fui implacável."*

Repito: Jerusalém não era um judeu. Não era uma pessoa. Era uma região detestada da alma. Uma região que provinha do outro lado do oceano. Uma região que possuía o mesmo nome que ele. Por fim, narra a queda do Terceiro Reich e se diz alegre, estranhamente feliz. Ensaia várias justificativas para tanto. Borges mostra as três mais notórias, que aqui reproduzo:

"Ensaiei diversas explicações; não me bastou nenhuma. Pensei: *'A derrota me satisfaz porque secretamente sei que sou culpado e só o castigo pode redimir-me.'* Pensei: *'A derrota me satisfaz porque é um fim e estou muito cansado.'* Pensei: *'A derrota me satisfaz porque ocorreu, porque está inumeravelmente unida a todos os fatos que são, que foram, que serão, porque censurar ou deplorar um único fato real é blasfemar contra o universo.'* Essas razões ensaiei, até dar com a verdadeira."

Assim Borges diz. A derrota satisfaz porque secretamente sei que sou o culpado, e o castigo pode redimir-me porque estou cansado, porque não posso me voltar contra a Verdade, pois isso seria blasfemar contra o universo. Necessário dizer que o "Deutsches Requiem" foi publicado em 1949, após o término da guerra, e certamente escrito por um homem que sabia verdadeiramente do que ocorreu, ciente de sua culpa, ciente de sua responsabilidade pelo holocausto vivido. De que outra forma interpretar essas sentenças? O réquiem alemão é a expiação de Borges, é o conto em que demonstra toda a culpa pelo ocorrido.

É, ao menos para mim, uma confissão, um quase escrito que assim me diz: Borges, eu errei, eu também. Perdoa-me pelos judeus, perdoa-me por Raquel, porque eu não consegui me perdoar. Perdoa-me porque não há mais nada a fazer a não ser aceitar a verdade e se deixar abater sob o imenso fardo de cansaço que nos circunda. Depois de décadas com esses mesmos pensamentos, sinto uma lágrima rolando em minha face. Borges definitivamente tem de pagar por isso.

58.

NDEI PELAS RUAS DE Munique sem lavar o sangue que
insistia em sair de minha boca e de meu nariz. Na rua,
todos me olhavam, tentando descobrir as marcas do meu
sangue. Um idoso senhor alemão perguntou-me: "Foste assaltado por algum judeu, companheiro?" Quis responder
que não, que era por causa de uma judia, mas ele não com-
preenderia. A palavra *companheiro* ficou martelando em
minha cabeça, por indignação e incredulidade. Ousam ainda
comparar-me a vocês, pensei, orgulhoso e repleto de raiva.
Não sou um assassino, não sou um assassino. Repeti diversas
vezes, porque, no fundo, eu sabia, se eu não existisse, se eu
não tivesse copiado a história do Judas, Raquel muito provavelmente estaria vivendo feliz na Argentina neste momento.
Um companheiro, é isso que sou. Um maldito companheiro,
uma pedra angular dessa monstruosidade chamada nazismo. Não há o que esconder, não há o que fazer. Sou tão culpado quanto todos os outros nazis.

A palavra companheiro reverberou em minha cabeça o
dia inteiro como um martelo, como um câncer, como um
pesadelo que não quer nos deixar, mesmo na vigília. Limpei

o sangue e as lágrimas do meu rosto, despi-me do orgulho e voltei à casa dos alemães. Os três já haviam voltado do partido e discutiam na mesa. Quando entrei, Sven se levantou, fazendo menção de me atacar. Rech fez um sinal com o braço, pediu para que se acalmasse e escutasse o que eu tinha a dizer.

"Vem em paz, Borges? Está mais calmo? Já se conformou com o seu destino? Já percebeu que o seu destino e o de Raquel não foram feitos unidos, que cada qual pega uma bifurcação distinta?"

"Não me conformei", respondi. "No entanto, venho em paz. Venho para conversar em paz."

"Pois diga o que quer, então."

"Quero que repensem sobre Raquel. Sabem muito bem que ela não é a pessoa esperada, sabem que ela é comum. Conviveram anos e sabem disso. Estão cometendo um grande erro. Uma grande injustiça!"

"Engana-se completamente, Borges. Não podemos pecar por negligência. Autorizar que um judeu escape pode ser o fundamento para que outros judeus também se safem. E, dentre esses judeus, pode estar o que queremos. Não há exceção. Todos os conhecidos devem ir para os campos porque um deles é o que queremos. Ninguém pode afirmar com certeza que não é a pessoa que esperamos porque ninguém sabe quem é o Enviado, e, provavelmente, nem o próprio sabe completamente de sua missão. Cabe a nós denunciá-lo, assim como também foi deflagrada a natureza de Jesus Cristo. Não podemos ser descuidados neste tempo, Borges. O nazismo pede de nós coragem e perseverança. É isso que somos, é isso o que fazemos. Arautos de novos tempos, que estão por raiar. Não creia que fazemos nosso serviço com orgulho ou sem nenhum tipo de dor. Pelo contrário, foi-nos muito duro entregar uma pessoa querida como Raquel. Mas Deus sabe a medida e a justiça de todas as coisas, de cada ato praticado. Tenho certeza de que, em Sua inominável balança, foi-nos concedido Seu imenso perdão, porque nosso ato estava repleto do mais profundo amor que possa existir."

Débil, frágil, meus argumentos todos se esvaíam pelo ralo com as palavras inconsequentes e imponderáveis de Rech.

"Por favor, Rech, por mim. Devolva Raquel. Sou eu que estou pedindo...", já implorava, quase chorando, imaginando que minha figura ainda pudesse ser importante para eles.

"Nada podemos fazer, Borges. Nada podemos fazer. Além do mais, Raquel já está em um campo de concentração. Não se sabe se ainda está com vida..."

Retirei-me rapidamente da casa dos alemães para não chorar na frente deles. E perambulei por Munique, tentando encontrar alguma resposta para minha pergunta. Um companheiro. Sou um companheiro, um companheiro do nazismo, repeti, e nesse dia decidi ir ao campo de concentração mais próximo.

Dachau, a cinco quilômetros de Munique, abrigava o famoso campo de concentração, célebre por ser o primeiro e modelo dos demais. Em frente da fortificação, perguntei a um soldado sobre informações de judeus ali instalados.

"Quem é o senhor?", disse o soldado.

"Um nazista. Um companheiro. Um amigo", respondi.

"Não tem autorização para entrar. Não tem também autorização para saber sobre quem está aqui."

Menti credenciais, falei ser próximo do *Führer*, questionei com insolência se já tinha ouvido falar de Bernhard Rech. O soldado foi irredutível e, sem uma credencial própria, eu não entraria. Ameacei discutir e o soldado disse que eu seria preso se continuasse a me rebelar. Por fim, mais dois soldados se aproximaram e me mandaram embora.

Pensei em voltar para casa dos alemães, mas não tive coragem para tanto. Perambulei por Munique, arrependido. Arrependido de todas as minhas escolhas. Arrependido por não ter sido morto aos chutes por Rech e seus amigos. Desolado, sozinho, arrependido por não ter me deixado ser preso pelo soldadinho nazista e ser encarcerado próximo a Raquel...

59.

Em 1944, Borges lança *Ficções*. Essa data é imprescindível porque é a data que meu inimigo reconheceu publicamente seu erro. É o livro que contém "Funes, o Memorioso", "O Milagre Secreto", "O Tema do Traidor e do Herói".

É, principalmente, o livro que contém as "Três Versões de Judas".

A história que copiei foi publicada em um volume imemorável da revista *Sur* e tratava de uma versão de Judas, talvez inspirada na dureza de Leon Bloy e nas palavras tresloucadas de De Quincey, que afirmou que não uma, mas todas as coisas que se atribuíam a Judas Iscariotes eram falsas. Tratava-se, como já dito, de um conto muito simples. Lembra que De Quincey especulou que *"Judas entregou Jesus Cristo para forçá-lo a declarar sua divindade e a deflagrar uma vasta rebelião contra o jugo de Roma"*. Disso, Borges sugere *"uma vindicação de índole metafísica"*. Cogita que não se pode atribuir um fato casual — a delação de Judas — na maior história das Escrituras, quiçá um erro. Disso, afirma que Judas agiu propositalmente para melhor reverenciar a glória do Senhor. Disso eu sabia, como sabiam os ofitas. Essa era a simples versão de Borges, a versão que eu copiei e que transmiti sem querer a Hitler. Borges, no entanto, queria dizer mais. Queria dizer que existiam *três versões de Judas*. Este era o nome de seu conto. Borges desesperadamente queria dizer-me que havia mais que sua primitiva versão de Judas. E queria dizer de maneira desesperada, caso contrário não lançaria um livro perigoso assim em pleno domínio de Hitler. Borges desesperadamente queria se voltar para o outro lado do oceano e me alertar de algo, a começar pelo nome: três versões de Judas.

Com êxtase e apreensão, li seu conto: a conclusão a que cheguei não carece de muito esforço interpretativo, porque o texto do meu inimigo é por demais literal. Vejamos: a primeira versão é a mesma que ele já havia exposto e que eu havia copiado. Um Judas que se faz necessário para a redenção. A segunda versão se dá quando todos os teólogos refutam a tese de Runenberg, o doutrinador do famigerado *Kristus och Judas*. Refutado, tal autor reescreveu seu livro afirmando um "hiperbólico e até ilimitado ascetismo". E, ainda: "*O asceta, para maior glória de Deus, envilece e mortifica a carne; Judas fez o mesmo com o espírito. Renunciou à honra, ao bem, à paz, ao reino dos céus, como outros, menos heroicamente, ao prazer. Premeditou com lucidez terrível suas culpas. No adultério, costumam participar a ternura e abnegação; no homicídio, a coragem; nas profanações e na blasfêmia, certo fulgor satânico. Judas escolheu aquelas culpas não visitadas por nenhuma virtude. O abuso de confiança, João (12, 6) e a delação. Agiu com imensa humildade, acreditou-se indigno de ser bom.*"

Mas mesmo a segunda versão de Judas já havia sido exposta no escrito primitivo publicado na *Sur*. A versão da *Sur* era nada mais nada menos que a reunião dos dois primeiros livros de Runenberg. Resta, pois, a terceira versão de Judas.

Aqui, vejo Borges olhando-me com seus olhos cegos e dizendo para que eu preste atenção nos detalhes, para que eu consiga extrair o que ele realmente quer falar. Não há necessariamente duas versões de Judas, porque, em verdade, as duas versões acima expostas se complementam e nada mais são do que a primitiva história borgiana. O próprio Borges sabe disso e assim expõe em seu conto: *"Muitos descobriram, post factum, que nos justificáveis começos de Runenberg está o seu extravagante fim e que Den hemlige Trälsaren* [a segunda versão] *é uma simples perversão ou exasperação de Kristus och Judas* [a primeira versão]*."*

Mas se as duas variantes em verdade são uma, por que ele quis nomear seu conto como "Três Versões"? Para tal resposta só vejo uma explicação: há a primeira versão, que é a bíblica e nutrida do consenso geral, de um Judas traidor e mau-caráter. Há a segunda, que é a exposta por De Quincey e que foi publicada na *Sur* e que eu inescrupulosamente copiei. E há uma final versão, uma versão que Borges negrita e sublinha para que eu preste atenção, para que eu me volte para seu conteúdo. E assim ele explica, iniciando-se pela epígrafe: *"No mundo estava e o mundo foi feito por Ele, e o mundo não o conheceu' (João 1, 10)"*, para em seguida argumentar: *"O argumento geral não é complexo, embora a conclusão seja monstruosa."* Borges em seguida, por meio de seu protagonista, menospreza o caráter de Jesus Cristo, afirmando que, se o mesmo se fez homem, resta impossível a hipótese que Este não pecou. *"Afirmar que foi homem e que foi incapaz de pecado encerra contradição; os atributos de impeccabilitas e de humanitas não são compatíveis. Kemnitz admite que o Redentor pudesse sentir fadiga, frio, turbação, fome e sede; também cabe admitir que pudesse pecar e perder-se."*

E conclui monstruosamente sua tese afirmando que Deus se fez carne em forma de Judas para salvar os homens. *"Deus se fez totalmente homem, porém homem até a infâmia, homem até a reprovação e o abismo. Para nos salvar, pôde escolher qualquer dos destinos que tramam a perplexa rede da história; pôde ser Alexandre ou Pitágoras ou Rurik ou Jesus; escolheu um ínfimo destino: foi Judas."*

Perplexo, li que o protagonista feneceu sem que o mundo soubesse de sua absurda e miraculosa tese. Perplexo fiquei com a linha de raciocínio de meu inimigo. Vejam: a primitiva versão de Borges, embora contrária aos princípios bíblicos, era extremamente singela: um Judas necessário, um Judas que foi predeterminado pelo Plano para auxiliar o Evento da Cruz. Ou um Judas que escolheu esse caminho, esse infausto caminho de ascetismo e negação. Em todos os casos, dada sua devida importância, Judas continuava a ser figura secundária de um Plano para glorificar o Senhor. Era isso que Borges havia escrito. Era nisso que eu e os ofitas acreditávamos. A terceira versão, no entanto, possuía uma conclusão monstruosa. Transformava o Judas em Deus, descido à terra, feito carne, feito homem, pecador, traidor, sem honra e sem memória.

E o que Borges queria me dizer com isso? O que ele quis dizer ao publicar *Ficções* e me mostrar a terceira versão conhecida de Judas Iscariotes? Em Munique, muitos locais tinham pôsteres de Hitler com o olhar perdido no horizonte, o cenho duro, a imagem de força alemã com alguma saudação nazista ao fundo. A conclusão, como narrei, não requer muitas interpretações porque Borges *dessa vez* foi extremamente claro e lúcido; ele quis assim me dizer: *"Borges. Hitler não quer cooperar com o Plano de Deus. Hitler não quer a Lança para utilizar seu poder combatendo as forças do mal. Hitler não quer ser a reencarnação do mal para, de alguma forma, refletir o bem, como as imagens de um tigre irrefutavelmente refletem as incorruptíveis estrelas do céu. Hitler, meu caro, quer mais. Quer ser o próprio Deus, feito carne, feito homem, feito desonra. Imagina ele que Deus poderia ter descido à terra como Borges ou Einstein ou como Gandhi. Escolheu um ínfimo destino: foi Hitler."*

60.

Mas as ressonâncias irônicas desse pequeno texto (Três versões de Judas) persistem muito depois de lermos suas palavras finais. Não é difícil ver, na narração que Borges faz da história, que também o próprio Runenberg assume o papel de traidor, talvez ele tão grande quanto o de Judas, e que dessa forma também ele poderia ter sido Deus. Essa é apenas uma das interpretações altamente sacrílegas que Borges insinua. Em comparação com esta, a extravagante história do Código Da Vinci, de Dan Brown, segundo a qual Judas teria sido cúmplice de Jesus Cristo, não passa de uma brincadeira inconsequente.

Borges em 90 minutos, Paul Strathern

CHOREI. NÃO SÓ POR Raquel, não só por mim, mas também por Borges. Também, de uma certa forma, pelo mundo, pela lança e pelo seu portador. Chorando, sozinho, observador da história e leitor de uma verdade que era só minha, mas que eu tinha certeza, era de todo o mundo. E que podia fazer agora sem os três ofitas, sem Raquel, sem livro algum para me amparar? O que eu podia fazer? Para recuperar Raquel, para consertar meu erro, para salvar tudo o que fiz de errado? Li mais algumas vezes as versões de Judas. Borges me dizia, Borges me gritava, Borges, você, na situação que se encontra, é o único que pode fazer alguma coisa, é o único que pode reverter o grande mal que está para se instalar em todo o mundo. E eu podia fazer *uma* coisa. Eu vi a Lança do Destino com meus próprios olhos. Eu a tinha perfeitamente gravada em minha mente. Eu sabia onde se encontrava e, com um pouco de sorte, teria pleno acesso a ela. Era isso que Borges me dizia.

Horas depois, com o coração apertado, fui ao partido. Cuidei para que Rech nem Sven nem Jurgen me vissem. Passei rápido pela guarda principal e me distanciei do centro de reuniões. Desemboquei em um corredor amplo, que levava ao pequeno museu nazista onde estava meu precioso objeto. Na entrada do museu, dois guardas conversavam. Um olhou para mim e me reconheceu, fez um pequeno gesto, um quase aceno, uma quase saudação nazista. Conhecia-me certamente de outras reuniões, junto aos três ofitas. Pensei por um momento, orgulhoso: deve saber quem sou, deve imaginar que sou alguém importante, já me viu perto da lança. Deve imaginar que possuo algum posto metafísico, que tenho influência não só sobre a lança, mas também sobre Hitler e sobre todos os nazistas. Talvez sua discrição ao me deixar entrar seja a prova do medo e da reverência que sente por mim, medo mesmo de olhar em meus olhos. Ou não sabe o que é a lança, não sabe quem sou, não sabe o que representa nessa história. Creio que, mesmo que não me reconhecessem, não teriam impedido minha entrada. Conversavam, falavam de amenidades, a sala de relíquias nazistas era algo que parecia esquecido, postergado, sem importância, mesmo contendo a importante lança. Talvez uma tática. Talvez Hitler argutamente tenha pensado em esconder seu mais precioso objeto relegando-o, demonstrando nenhum apreço e nenhuma importância, entulhando-o junto com fotografias de coronéis antigos e outros símbolos baratos do nazismo. Talvez, raciocinei, somente assim seja uma maneira segura de esconder o mais precioso objeto terreno, sem chamar atenção, sem cofres, sem bancos, sem guardas, sem nada. Sem despertar a curiosidade sobre uma velha adaga, desviando os olhos do mundo sobre qual realmente é a simbologia do objeto. Mas Hitler decerto não previu que eu pudesse intervir...

Com o coração pulsante, entrei e, por alguns momentos, fiquei imóvel, olhando para o objeto pontiagudo dentro de um pequeno e frágil vidro. A lança, com seu ferro enegrecido pela ação do tempo, sustentada pela borda de metal em forma de asas de pomba e repousando em um antigo veludo vermelho, também trazido de Viena. Dentro de uma abertura no centro da lâmina vê-se um prego cuja cabeça está amassada, preso por uma bainha costurada com fios, que são de cobre, prata e ouro. Tão pequeno, tão poderoso, quanto sangue não foi e não será derramado por você, foi a única coisa que consegui pensar. Ao lado, em um vidro próximo, uma suástica nazista entalhada restava adornada de anjos e demônios, que seguravam nas extremidades da cruz. Uma obra de algum artista ignoto alemão, assim como também o foi Adolf Hitler. Olhei para a lança e para a suástica de anjos e demônios. A dualidade. A eterna dualidade. A lança, para o bem e para o mal, pros céus e para o inferno. E só eu tenho o poder de mudar essa situação. Um outro o tem, mas este alguém está longe daqui, está do outro lado do oceano, este outro já não mais consegue enxergar...

Fingi dar algumas voltas pelo pequeno relicário nazi, olhei algumas fotos rente à porta. Os dois guardas conversavam animados; diziam de esportes, felizes, sorridentes, não sabiam o que guardavam. Não sabiam quem eu era. Não sabiam a importância desse momento. Respirei fundo e voltei, resoluto, ao vidro; coloquei suavemente minhas mãos em cada lado e o puxei lentamente, esperando o tocar de uma sirene. Silêncio absoluto, se não fosse uma ou outra risada que escutava do fundo dos dois guardas que falavam de esportes. Nada. A Lança do Destino não é guardada por um mísero alarme, pensei, primeiro com perplexidade e depois com raiva e desprezo. A lança não merece o portador que tem, a não ser que o portador e o objeto se fundam, que um seja o outro, que o destino da lança se cumpra nele. Que a lança cumpra seu destino, seu pontiagudo destino de perfurar, de cravar, de mais uma vez relembrar a fragilidade do corpo humano. Que a lança cumpra seu destino, que se enfie completamente em um naco de carne, e do naco brotará sangue e impurezas e todos ou a maioria dos presentes chorarão, porque se esvai uma vida humana, mas uma minoria ficará feliz, porque a minoria tem outros planos, porque a minoria, por um motivo ou outro, queria a morte, queria que a lança cumprisse seu destino.

O destino da lança é ser cravada em um peito. De César, de Jesus, dos assassinos e dos virtuosos.

O meu destino, agora eu sei, é enfiar a lança em Adolf Hitler.

61.

*Para Borges como para os gnósticos, a Criação e a
Queda do cosmos e da humanidade são o mesmo
e único acontecimento. A realidade primordial foi
o Pleroma, chamado de Caos pelos normativos judeus, religiosos cristãos e muçulmanos, mas reverenciado como a Antemãe e o Antepai pelos gnósticos.
[...]
"A ordem inferior é um espelho da ordem superior;
os aspectos da terra correspondem aos do céu; as
manchas da pele são um mapa das incorruptíveis
constelações; Judas de alguma forma reflete Jesus"
ele escreveu em "Três Versões de Judas" onde o
condenado teólogo dinamarquês Runenberg elabora
sua teoria de que Judas, e não Jesus, era o Deus En-
carnado, acrescentando assim ao conceito do Filho,
que parecia exausto, ... as complexidades do mal e
do infortúnio.
Como os valentianos haviam ensinado a doutrina
da degradação divina, Borges está sendo bastante gnóstico, embora mais drástico que quaisquer*

*gnósticos desde os ofitas, que celebravam a serpente
na história da Queda. A perfeição de Borges nesse
modo se dá em seu conto "Os Teólogos", em que dois
cultos doutores da igreja inicial, Aureliano de Aqui-
leria e João de Pannonia (ambos invenções dele), são
rivais na refutação de heresias esotéricas.*

O cânone ocidental, Harold Bloom

ESCONDI A LANÇA NO sobretudo preto que vestia. Pela
primeira vez, senti próximo ao meu corpo o verdadeiro
objeto que matou Jesus Cristo, a preciosa Lança do Destino,
agora próxima ao meu peito, agora se coçando ao sentir e escutar meu coração descompassado, alto, denunciador que
era humano, frágil, pecador, uma vítima perfeita para o que
enfim ela era e o que ela tinha como destino fazer. Coragem,
Borges, mais do que nunca você precisa de coragem, disse
para mim mesmo, a lança perto de meu peito. Respirei fundo
e segui. Os dois guardas ainda discutiam amenidades e nem
perceberam que eu saí do local.

Atravessei a porta e vi o grande corredor que ligava o
pequeno museu aos outros salões. Um chefe nazista passou
por mim e fez uma reverência. Saudei-o igualmente. Decerto, também já havia me visto junto com os três ofitas, decerto também imagina que eu represente algo na grande
escala dos chefes nazistas. Passei por mais dois, que me sau-
daram da mesma forma. Sabem que algo diferente ocorre,
sabem que sou o portador de um precioso objeto, pensei. Sabem que agora o curso do mundo está em minhas mãos. A
lança está começando a produzir seus efeitos, já irradia em
mim seu imenso poder. Ou apenas me viram em alguma das

muitas reuniões que frequentei? Ou talvez teriam cumprimentado qualquer um com a pomposa saudação ao *Führer*, a saudação copiada dos romanos? Todos cópias, todos se valendo de um outro, pensei, estendendo a mão direita, proferindo as palavras *Heil Hitler* a um outro que me fazia o mesmo gesto, tomando cuidado para a lança não escapar do sobretudo, a lança de um romano como César, um romano, que se tornou santo porque matou Jesus Cristo. Todos cópias, todos simulacros, Borges em muitos contos já disse que não há que somos que outros não tenham sido, não há discussão que possamos travar que não tenha sido travada por Platão e Aristóteles. Ou fui eu quem disse isso? Borges intui que neste momento carrego a lança comigo? Borges sabe, através de seus olhos fechados, através de sua pena, com seus contos, por suas metafísicas, que, exatamente neste momento, neste presente, neste local, um argentino chamado Jorge Luis Borges carrega a Lança do Destino e está prestes a matar Adolf Hitler? Creio que sabe. Não sei como, não sei de que forma, mas sabe. Sabe como o Once, sabe como Judas, sabe como sabia de Raquel e dos ofitas. Sabe como escreveu com Bioy Casares um conto detetivesco em que o protagonista adivinha as coisas sem sair de sua prisão. Don Isidro Parodi nada mais é que uma corruptela pérfida de Borges, uma imitação literária, um simulacro fantasioso de um personagem fantástico que existe de verdade. Acredito que, neste momento, neste presente — ou em outros presentes — escreve ele este partido, este corredor, com tigres, com labirintos, com reis, com ouros, com naipes, com adagas, todas duplicadas, o bem e o mal, a virtude e o pecado, Jesus e Hitler. Vario. Mas sei que nos escritos de Borges estão a salvação do mundo, quiçá a minha própria. É só lê-lo com atenção. Lá está tudo. Tudo o que um homem precisa saber em sua vida.

O corredor parece se multiplicar, o tempo esvaindo, e eu sinto que a cada segundo uma bomba do apocalipse explodirá com trombetas, com anjos caídos, com Hitlers e Judas rindo como loucos porque Borges não foi capaz de evitar o fim do outro lado do continente. Sinto uma enorme vontade de correr e acabar com tudo de uma vez. Mas não posso correr, não posso demonstrar qualquer tipo de suspeita, não posso me trair no derradeiro e mais importante momento. Hitler está reunido com um comitê, com generais da SS e da Gestapo, discutindo o avanço das tropas, não foi difícil descobrir, o avanço das tropas e a reunião dos dirigentes nazistas é orgulho e motivo de conversas de todos do partido. A reunião acontece em uma sala particular do *Führer*, anexa ao salão de pronunciamento em que o mesmo empunhou para quem quisesse ver — e entender — a lança. Atravessei todo o corredor e entrei no salão de conferências. Só mais uma porta me separa de Hitler, pensei. Mais uma porta e alguns guardas. Os oficiais em frente da porta fechada, ao contrário dos do museu, não discutiam esportes ou falavam de mulheres. Estavam todos sérios e calados, compenetrados em guardar a reunião. Coragem, Borges. Só por ora. Só por alguns segundos.

Coloquei-me em frente da porta e fiz a saudação nazi, retribuída de pronto pelos três oficiais guardiães da reunião. Pedi com um gesto para entrar.

"Quem é o senhor, quais são as suas credenciais?"

"Hitler me aguarda para a reunião", respondi, seco.

Um guarda olhou para o outro, desconfiado, e disse: "Hitler não aguarda mais ninguém. Todos os que deveriam comparecer à reunião estão presentes já. Quem é o senhor?"

"Cuido de assuntos particulares de Hitler. Fui chamado às pressas. Por isso meu nome não consta na ata. Por isso me atrasei."

O soldado levantou uma sobrancelha. Estava certamente curioso. "Que tipo de assunto, posso saber, senhor?"

"Na verdade, não poderia. Mas sei que, se não confiar em vocês, não me deixarão entrar. Cuido de assuntos astrológicos e místicos do *Führer*. Entre outras coisas, vejo seu horóscopo, as conjunções astrais e como estes fatos o ajudarão na batalha. Em suma, saibam que minhas decisões são primordiais na estratégia bélica de nosso comandante."

Novamente se entreolharam. Era uma história ridícula. Mas, entre os membros do partido, ninguém desconhecia as tendências místicas do chefe maior nazista. Ridículo, mas eficiente. Enchi-me de razão e dei o ultimato: "Ou me deixam entrar ou vão ter de se explicar com ele depois." Um dos guardas disse para o outro que era melhor que eu entrasse, que vez ou outra astrólogos visitavam as reuniões, que não queria nenhuma complicação posterior. O outro fez um gesto positivo com a cabeça. E cada um pegou um lado da porta com a mão e a abriu. Era chegado o momento. Era o momento de a lança matar seu atual dono.

62.

HITLER GRITAVA E APONTAVA um mapa, para, em seguida, olhar para os lados, para cada um dos oficiais que escutavam o discurso, e todos os outros presentes faziam um silêncio sepulcral. A porta atrás de mim se fechou, e o *Führer* continuou a traçar seu plano de guerra, alheio a mim, alheio à lança, ignorando o resto do mundo além do seu mapa. Não tem os poderes mediúnicos que eu imaginava, pensei, aliviado, não foi capaz de prever a minha chegada. Dei propositalmente um passo ruidoso, e dois oficiais da mesa de pronto olharam para mim. Hitler parou de falar e levantou a cabeça, não assustado como os outros, não inquieto, mas de uma maneira calma, quase complacente, como se aquele encontro já estivesse arquitetado. Não fiz a saudação nazista, e isso, aos olhos de todos, fez com que eu parecesse uma pessoa inamistosa. Hitler não falou nada, nem qualquer um dos oficiais ao seu lado. Olhou para mim, o cenho franzido, o olhar inquieto e penetrante que eu já havia conhecido, será que ele ainda se lembrava quem eu era? Por um segundo, sob aquele intenso olhar, pensei em desistir, dar meia-volta, sair correndo, que se danem os judeus, que se dane o mundo, não sou eu quem vai dar um jeito nisso. Sob o olhar indescritível de Hitler, uma covardia imensa me abateu, não sei se pelas lendas que pairavam sobre aquele homem ou se realmente porque ele era capaz de me derrotar apenas com os olhos. Mas entre os judeus havia Raquel, eu só estava ali por ela, ou ela só estava nas atuais condições por minha causa.

Por Raquel, Borges. Coragem, nem que for por uns míseros segundos, repeti mais de uma vez. Abri o sobretudo e, de dentro, retirei a Lança do Destino da mesma forma que o *compadrito* de "O Sul" saca ao ar um facão, convidando *Juan Dahlmann* a brigar, convidando-o para seguir seu destino. A lança ao ar, o destino feito e a sala inteira quieta fez um murmúrio extenso porque eu estava portando o sagrado objeto de Longinus, o objeto que Hitler acabara de trazer do museu dos Habsburgo. E o murmúrio se fez silêncio novamente, um estarrecedor silêncio que parecia queimar e perfurar meu corpo inteiro. Não a vítima, mas sim o assassino sentia imensa vontade de falar, imensa vontade de justificar-se. "Exijo uma judia presa de nome Raquel Spanier." Cambaleei, mas repeti minha ordenação: "Exijo."

Hitler deu um grito ensandecido. Não falou nenhuma palavra articulada. Primeiro pensei que repetisse um chacra, depois uma língua misteriosa. Dois oficiais voaram em minhas pernas e me derrubaram, imobilizando-me. Hitler continuava a falar estranhamente. Agora já me parecia apenas um cão rosnando, apenas espasmos de raiva, apenas o escape de uma raiva guardada por muitos anos. Os oficiais, por longos minutos, me espancaram e me injuriaram, chamando-me de judeu, de comunista, de cigano, de prostituto. Como na casa dos ofitas, mais uma vez eu estava no chão, chutado e amaldiçoado por alemães nazistas, que, por mais que me chutassem, por mais que retirassem meu sangue, não conseguiriam compreender a enorme dor que sentia. Coragem, Borges. Também neste momento é necessário ter coragem. A porta se fechou e se abriu algumas vezes, os oficiais da entrada já formavam fila também para me chutar, também para me injuriar, eles tinham de mostrar serviço agora, eram os culpados por terem deixado um estranho entrar. A lança estava caída ao lado, no chão, esquecida. Esqueceram-se da lança, não conseguem se lembrar, não conseguem perceber que a lança é o centro de tudo, que ela é a protagonista desta história, pensei enquanto era chutado. Esquecem-se dela para me bater, esquecem do enorme poder que ela contém para descontar a raiva em um judeu, em um cigano, em um mero inimigo. Tentei olhar para cima, e uma sola de sapato veio de encontro a minha cabeça. Não sabia mais quem eram meus inimigos, não conseguia saber quem desferia covardemente chutes em mim. Fechei os olhos e imaginei que os três ofitas me batiam, como da outra vez. Pensei que todos os nazistas do mundo neste momento convergiam sua raiva para mim. Mas ainda era pouco, a dor que eu sentia ainda era maior. Pensei em Borges, o erudito, sofisticado e calhorda Borges me chutando, rindo como um maluco, dizendo que havia vencido, que havia criado um labirinto perfeito, formado por linhas temporais e espaciais, um labirinto grego, um labirinto roto, um labirinto de tigres, um labirinto estelar, cabalístico, em que a ordem inferior nada mais ocorria do que refletir a ordem superior. Pensei em Borges me batendo e me injuriando de forma que suas palavras me feriam muito mais que seus frágeis chutes. Pensei no meu avô me batendo, o avô que amaldiçoou a minha mãe, que me negou a honra, o dinheiro e o sobrenome e também foi o responsável pela maldição de eu ser alcunhado Borges. Pensei no meu pai, batendo com os pés enquanto tapava o rosto com uma das mãos, e o errante pai agora se confundia com um judeu enquanto me batia, e me falava que eu nunca o conheceria, nunca sequer veria seu rosto, que seu rosto era tão desconhecido quanto o incerto nome sagrado de Deus. Hitler estava também com a multidão me linchando? Imaginei que não, que já tivesse saído, que neste momento já gritava como um cão raivoso em outro local; que era, assim como eu, um covarde, nada mais que um puto covarde.

Coragem. Este momento também pede coragem, *Este* pede que não tenha medo. Não agora. Não aqui. Coragem. "Me matem. Me matem logo. Atirem em minha cabeça", vociferei. Por uns segundos os chutes cessaram e em seguida escutei muitos risos. Quis xingá-los, dizer que eram malditos nazistas e que não eram capazes nem de me matar, nem de darem um tiro certeiro em minha cabeça. Mas não fui capaz, não sei se por dor ou se por medo. Ainda me chutaram mais vezes, eles rindo e blasfemando-me. Por fim, tudo ficou escuro. Desfaleci.

63.

ACORDEI COM O GOSTO de sangue na boca, com a cabeça doendo e com os dois olhos quase inteiramente fechados. Por um indeterminado tempo, variei sem saber onde eu estava. Quando, enfim, consegui me levantar, lentamente, tateando, vendo as penumbras e as sombras, percebi as negras grades que me prendiam. Estou em uma prisão, pensei. Meus dias todos viverei nesta prisão, uma prisão tão sufocante quanto a que eu vivia fora. Consolo ou ciência da própria culpa? De um lado, uma voz me tirou de meu solilóquio. "Bem-vindo, patrão", alguém disse. Dei um pulo para trás e acho que tentei me defender, com medo de que fosse um nazista querendo novamente ver meu sangue.

"Quem é você?"

"Sou um judeu. O que mais eu poderia ser? Aqui é uma prisão de judeus."

"Prisão de judeus?"

"Sim. Uma prisão temporária enquanto não se organiza a logística dos campos de concentração. Vejo que seus olhos estão machucados, vejo que castigaram muito o seu corpo.

Está em uma cela, divide uma cela comigo. Ao nosso lado há muitas outras celas, cada uma portando dois ou três companheiros. Todos aguardamos o nosso destino."

"Ahn? Como assim, uma prisão temporária?"

"Os campos de concentração seguem uma rotina, que envolve os muitos transportados, a classificação e, por fim, a execução. Enquanto os nazistas se viram nesses trabalhos administrativos, colocam o excedente de judeus em prisões como esta. Logo, logo chegará a nossa vez também. Qual é o seu nome?"

"Borges. Jorge Luis Borges."

"Não tem nome judeu. É um, por acaso?"

Escutava as palavras sem poder enxergar o homem ao meu lado e porque não tinha coragem de olhar em seus olhos, por saber que, no futuro, a imagem dele não mais me deixaria; que seria como um fantasma a me açoitar todas as noites, sussurrando que era eu o responsável por ele estar em uma antecâmara da morte, uma prisão que antecederia os famigerados campos de concentração.

"Não me respondeu. É um judeu. É como um de nós?"

As palavras vinham do escuro, e doíam minha cabeça e meu corpo. Senti imensa vontade de vomitar, senti que novamente desfaleceria.

"Preciso me deitar. Estou muito fraco. Preciso de um médico urgente", disse, estirando meu corpo ao chão.

"Não queira. Os médicos nazistas estão mais preocupados com seus experimentos que com nossa saúde. Os remédios que nos dão não são um alívio, mas uma forma de manter-nos vivos por mais tempo e assim prolongar nossa dor. Não apenas querem que morramos, meu caro Jorge, querem que soframos ao máximo antes de morrer."

Não sei se desmaiei ou se dormi, não sei por quanto tempo permaneci desacordado. Levantei-me, assustado, acordando de um sonho ruim. A voz rouquenha e baixa do meu companheiro de cela me lembrou que era tudo muito real.

"Bem-vindo novamente, Jorge. Sente-se melhor?"

"Quanto tempo fiquei desacordado?"

"Algumas horas. Se somar todo o tempo desde que chegou aqui, já passa um dia e meio."

E não havia nada o que fazer. Nada a não ser esperar, nada a não ser dividir a cela com um fantasma, com uma pessoa que eu não conseguia olhar, mas que, não podia esquecer, eu ajudei a matar. Não perguntei seu nome, não quis ver suas feições. Perguntou-me mais duas ou três coisas, e respondi, lacônico, breve, quase rude. Que me perdoe, sei que quer complacência beirando a hora de sua morte, mas este ato não justificará ou desculpará o enorme erro que cometi. Assim procurei um canto, e meu companheiro judeu pressentiu que aquele era um petitório de paz e trégua. Não ousou perguntar mais nada.

Por algumas horas tentei conectar tudo o que me ligava àquela prisão. A Lança do Destino, Hitler, o destino de todos os judeus, tudo em minhas mãos em um momento; se eu tivesse mais força, se eu agisse com mais argúcia, se eu não tivesse dito as palavras erradas para os alemães, nem eu nem meu companheiro de cela estaríamos aqui neste momento.

"Disse que é uma prisão temporária. Disse que permaneceremos aqui enquanto os nazistas resolvem os problemas administrativos dos campos de concentração."

O meu companheiro de cela veio ao meu lado. Eu continuava a olhar para o chão, com medo de encará-lo.

"Sim. Falei tudo isso. Por que a pergunta?"

"Como sabe? Como sabe, se está aprisionado aqui? Como sabe que eles têm esses problemas? Como sabe que futuramente seremos levados para execução em campos de extermínio?"

"Caro Jorge. Eles não têm problemas em nos informar. Sabemos que seremos mortos pela boca dos próprios nazistas. Eles nos informam os detalhes, como seremos transportados, como seremos classificados, a maneira com que seremos executados."

"E por que dizem isso?"

"Por crueldade. Normalmente os soldados que nos olham não passam de jovens de dezenove ou vinte anos. São a base da pirâmide nazista. Jovens e inexperientes demais para irem à guerra ou para missões importantes, são relegados a tarefas singelas, ou que ninguém quer exercer, como por exemplo vigiar uma prisão esquecida de judeus. E então descontam sua raiva dizendo atrocidades, dizendo que já mataram nossos pais, nossos filhos, que seremos os próximos, que morreremos como cachorros em campos miseráveis de concentração. Dizem tudo com detalhes, com cores, com maldades."

Não escutei as palavras dos jovens nazistas, mas as palavras do companheiro de cela me faziam passar mal, e mais uma vez senti a cabeça girar e um sentimento súbito que novamente desfaleceria.

"Passa mal, senhor Jorge? Não passe. Não disse para que sinta medo. Não sinta medo. No final, tudo melhorará. Não há nada que possa piorar a situação que vivemos. Se você se olhasse no espelho, se pudesse enxergar as condições em que se encontra, dar-me-ia razão. Não há como a nossa situação piorar."

Tinha um espelho em mente, e este refletia uma imagem na América, de um escritor que falava de labirintos e tigres e destino e acaso.

"Muito obrigado pelas palavras. Não tenho medo, mas ódio. E a última coisa que quero neste momento é estar diante de um objeto que reflita minha imagem."

Quando falei estas palavras, a porta da cela se abriu. Meu companheiro se calou, e eu quis perguntar quem era, mas por prudência não o fiz.

"Em que situação você se encontra, Borges. Não acredito, a que ponto você conseguiu se rebaixar."

"Rech?", falei, surpreso, reconhecendo-o apenas pela voz.

"Não acredito, Borges. Não acredito que chegou a essa humilhação. Poderia ter sido um grande oficial nazista. Você, mais que ninguém, sabe de sua importância, sabe que poderia ser o grande braço direito de Hitler, sabe o peso que poderia representar na história. Mas não. Resolveu tomar o rumo errado das coisas. Sabe que seu destino é ser morto, como sua amada Raquel, como seus amigos judeus. Por caridade e por tudo o que fez por nós, serei benevolente e o retirarei desta prisão. Mas apenas porque auxiliou mais que ninguém a causa nazista."

Dois homens me puxaram pelo braço e me retiraram da sala.

Senti que o judeu trancafiado comigo não entendia nada do que ocorria. Enquanto era retirado, carregado pelos dois soldados, escutei sua voz rouquenha atrás de mim, agora cheia de ódio.

"Então é um deles? Não passa de um mentiroso, de um covarde, que não teve coragem de falar o que de fato é. Então auxiliou na causa nazista? Vocês se merecem, vocês todos..."

64.

POR TUDO O QUE narrei, Borges deve morrer. Por tudo o que fez, tem de ser assassinado por mim, tem de conhecer a morte por minhas mãos, porque eu vi, porque eu sou a única testemunha sobrevivente destes acontecimentos. Eu sou a única pessoa viva que ainda pode realizar a justiça. Ainda a palavra *justiça* me incomoda porque envolve tribunais, chances de absolvição, longos prolegômenos que podem dificultar a execução. Durante essas décadas, pensei em muitas coisas quando chegasse o momento correto: pensei em dizer que também me chamava Borges e logo assassiná-lo. Pensei em matá-lo de pronto, para que não tivesse nenhuma chance de escapar. Pensei em prendê-lo, em multiplicar seu castigo, um cárcere, quiçá um cárcere adornado de espelhos, por acaso não poderia ter realizado o misterioso labirinto que Borges tanto formulou? Também pensei em explicar-lhe, em mostrar tudo o que fez de errado, tudo o que é responsável, o tanto de pessoas que choraram e morreram por sua causa. A dúvida de décadas é a insistente dúvida que ainda me persegue e que, nas vésperas da morte de Borges, ainda me açoita neste ínfimo quarto de hotel. E nas últimas décadas a pergunta que mais me repeti foi: "Borges sabe?" Borges sabe o que fez ou são todas coincidências? Por vezes, penso na segunda opção, penso ser impossível existir um sujeito com tantos poderes e faculdades mentais como as que idealizo para meu rival. Não pode existir alguém tão poderoso assim. Mas meus pensamentos traduzem mais inábeis consolos de um perdedor do que frias justificativas. E, quando leio os seus contos, sinto quase a plena certeza que sim, ele sabe que é poderoso, que eu sou menor, apoucado, derrotado...

Não consigo deixar de acreditar que, por exemplo, Borges não tenha escrito "Os Teólogos" para mim; para me mostrar que sabe, para me insultar e provocar, para dizer mais uma vez que consegue ser superior, que eu não sou nada, que eu sou um mero simulacro. O conto trata de dois personagens: dois heresiarcas. Borges centra o conto no personagem Aureliano, que é enciumado e amargo porque não consegue superar as palavras de João de Panomia. Tal fato, por si só, é uma mera coincidência. Refuto-a, pelo gigantesco número de contos em que Borges utiliza a expressão *O Outro* ou que, muitas vezes, por meio de metáforas ou muitas vezes de forma literal, cita a existência de dois Borges. E em "Os Teólogos", as coincidências não param aí. Os dois escritores escrevem sobre a fé e sobre os problemas decorrentes da fé. São, pois, heresiarcas dos primeiros séculos, os séculos dourados dos ofitas. E a referência sobre os ofitas é clara em alguns trechos do escrito: relembro uma, pois: "*Nas montanhas, a Roda e a Serpente tinham deslocado a Cruz.*" Não obstante não necessite de explicações, refaço-as, porque peco por tautologia, mas não por negligência, pelo menos não nesta altura da vida. A Roda é o símbolo maior dos estoicos e de todos os que acreditam na doutrina circular. A Serpente, o símbolo maior ofita. A expressão da roda e da serpente deslocando a cruz não tem sentido e é indispensável no texto. No entanto existe, quase como uma mensagem codificada, quase como uma mensagem subliminar. Vejam: mais uma vez, porque a história é cíclica, aqueles que adoram a conjunção do bem e do mal estão deslocando a cruz — agora, Hitler, — como outrora os ofitas e Judas —, estão suplantando as verdades do cristianismo. E por que Borges escreve que na montanha a serpente desloca a cruz? Pensei em um local físico, um sagrado local, um templo no alto de uma enorme encosta, destinada a labirintos, a círculos, a espelhos, a rodas, a serpentes. Pensei em um local geográfico, na Alemanha, na Europa, um local determinado que pudesse ser mágico, um local que Hitler buscaria para, com a Lança do Destino, fazer o sacrifício final com o judeu prometido. Pensei que este local já houvesse sido visitado por Borges, uma espécie de cidade dos imortais, um local conhecido por Judas, por Borges, por Homero...

Não. Não se trata de um local físico. Pensei assim no Monte Sinai dos dez mandamentos. Pela literalidade, impossível não pensar na montanha do Sermão. O Sermão da Montanha, o local em que Jesus pregou aos seus discípulos e que foi interpretado por Santo Agostinho como a forma de conduta perfeita ao Homem, porque ali estavam consignadas todas as formas do bem e todas as formas do mal — a dualidade. O mesmo Santo Agostinho que Borges coloca no princípio do conto "Os Teólogos", quando afirma que os hunos, que acreditavam no deus que era uma cimitarra, profanaram e queimaram as bibliotecas, temerários, mas que, no centro da fogueira, sobrou um volume intacto da

Civitas Dei. Algum temerário ainda acredita que tudo seja coincidência?

Digo mais: quando Borges cita os dois emblemas — a Cruz e a Serpente —, tem o cuidado de colocar uma importante nota de rodapé. Ei-la: "*Nas cruzes rúnicas os dois emblemas inimigos convivem entrelaçados.*" Duas importantes observações, uma de ordem metafísica, outra de ordem prática: primeiro, a menção à palavra *inimigo*, que pressupõe o mútuo ódio e incompreensão, não obstante estejam abraçados: eu, sendo o executor de tantas atrocidades, Borges sendo o criador, o mentor, por acaso não estamos abraçados ao longo desta história?

Outra observação, de ordem prática: a menção "as cruzes rúnicas", ao afirmar que nestas os dois símbolos estão entrelaçados. Não é segredo algum que o nazismo bebeu da fonte rúnica, em sua confusa simbologia e emblemática. Não é segredo que a Schutzstaffel, a famigerada "Tropa de Proteção", abreviada como SS, tinha como símbolo ᛋᛋ, que nada mais é do que uma letra do alfabeto rúnico.

O tema do duplo é um tema repetitivo em Borges. "Os Teólogos" é o exemplo do conto em que dois personagens, que contêm a mesma natureza, brigam por se mostrar um melhor que o outro escrevendo sobre confusões da fé, no meio de símbolos pagãos como a cruz rúnica que mais para a frente foram fontes nazistas. Não há coincidência em tudo isso. Deus não permitiria que tantas coincidências se instaurassem no mesmo encadeamento de fatos — refiro-me à minha vida, refiro-me à vida dele.

Eu sei. Ele sabe e, se tudo der certo, sabe por menos tempo que eu.

65.

Os promotores aliados aparentemente não tinham imaginação moral suficiente para perceber a fase apocalíptica da civilização que surgia na Alemanha entre as duas guerras mundiais — uma civilização baseada numa Weltanchauung mágica que substituiu a Cruz pela Suástica. Os juízes parecem ter firmado acordo unânime para tratar os réus como adeptos naturais de um sistema humanista e cartesiano do mundo ocidental. Esse foi o reflexo exterior de uma decisão política secreta e deliberada que foi tomada nas mais altas esferas: a de explicar os mais atrozes crimes da história como resultado de uma aberração mental. Julgou-se conveniente explicar em frios termos psicanalíticos os motivos que aquelas pessoas tiveram para encarcerar milhões de seres humanos em câmaras de gás, em vez de revelar que essas práticas eram parte essencial de um serviço prestado às forças do mal.

A Marca da Besta, Trevor Ravenscroft

MUDEI-ME PARA BERLIM E vi as tropas americanas e soviéticas que invadiram a cidade em 1945 e vi a capitulação nazista e o suicídio de Hitler. Acompanhei curioso, o destino que foi dado ao país que me acolheu; vi sua divisão, vi a construção do Muro, vi o avanço do comunismo próximo a mim. Vi e participei de todas as homenagens e todos os memorais em lembrança dos judeus vítimas do holocausto, chorando por Raquel e por cada um dos que tiveram o mesmo destino que a pessoa que mais amei nesta vida. Vi, acompanhei de perto, todos os meandros do famoso julgamento em Nuremberg. Vi conhecidos, pessoas que me eram próximas, serem condenadas à forca ou à prisão perpétua. Acompanhei com atenção todos os acusados e, triste, percebi que entre o rol não constavam os três ofitas, Bernhard, Sven e Jürgen. Conseguiram escapar ou se mataram antes que as tropas inimigas os pegassem? Imaginei que a segunda opção era a mais plausível e mais de uma vez sonhei com o enredo do suicídio coletivo dos três, em frente do altar da Serpente, rogando perdão a Deus e ao Diabo e maldizendo-se por não serem os arautos do apocalipse.

Hermann Göring, comandante da Luftwaffe, morte por enforcamento. Martin Bormann, vice-líder do partido, morte por enforcamento. Rudolf Hess, braço direito de Hitler, morte por enforcamento. Joachim von Ribbentrop, ministro das Relações Exteriores, morte por enforcamento. Alfred Rosenberg, demônio pessoal de Hitler, ideólogo do racismo, morte por enforcamento. Juliu Streicher, chefe do periódico antissemita *Der Sturmer*, morte por enforcamento. Todos seguiram o destino de Judas. O que mereceria eu, sem o qual nenhum desses existiria? O que merece Borges, sem o qual eu não existiria?

Acompanhei os meandros e os erros na criação do Estado de Israel como desculpa indesculpável por tantos erros cometidos contra os judeus na história; acompanhei os erros futuros entre israelenses e palestinos. Acompanhei — agora me sentindo um rabino velho, agora tomando as dores e a memória de Raquel Spanier, agora professando uma confusa fé na Torá e na Cabala — as guerras posteriores em que Israel se meteu; e a cada uma delas acompanhei com o coração apertado e dolorido, porque eu vivi no seio e no coração da mais sangrenta, covarde e injustificável guerra existente na face da Terra. Acompanhei o Yom Kippur e a Guerra dos Seis Dias, e, não sem curiosidade, vi que Borges, do outro lado do oceano, dedicou algumas poesias a Israel, em virtude das citadas guerras (décadas depois, ele confessaria que sua literatura nunca teve viés político, ressalvando o furor que lhe pairou na ocasião da Guerra dos Seis Dias).

Vi — li — todos os livros e todas as linhas escritas pelo inimigo. *Ficções*, 1944, *O Aleph*, 1949, *Outras inquisições*, 1952, O *livro de areia*, 1975. Li, invejoso e humilde, todas as suas linhas, nutrindo-me de meu ódio, colocando-o em local reservado e seguro, para alcançá-lo com as mãos em momento correto, para utilizá-lo da melhor forma quando o tempo cumprisse. Em meados da década de 1960, tornei-me alemão e decidi que viveria até os fins do meu tempo nesse país. Decidi comprar a casa dos três ofitas e viver como o imortal de Borges, só de maneira especulativa, dedicando meus dias e noites para pensar no último apartamento que serviu de morada para Raquel neste mundo. Mas abortei a ideia. Viver o resto dos meus dias em um apartamento em que vivi privações e tristezas me pareceu uma vilania e um ascetismo muito grande, muito maior mesmo que o que dizem que Judas realizou. Decidi assim viver pela Alemanha, e conheci muitas cidades desse belo país e posso dizer com orgulho que fui responsável — infimamente, no entanto, não menos orgulhoso — pela reconstrução do país. Com minhas mãos, com minha boca, com meus gestos, de uma maneira ou outra, posso dizer que fui um dos pequenos tijolos que ajudaram a reconstruir essa grande nação. Depois de muito tempo, tive coragem de visitar os memoriais erguidos nos campos de concentração em homenagem aos judeus. Em todos, procurava pela lista de judeus e percorria com o coração apertado e doído os nomes que começavam com a letra R. Da mesma forma que não achei os ofitas no julgamento em Nuremberg, não encontrei Raquel em nenhum lugar. O primeiro pensamento foi de tristeza, uma profunda melancolia, um sentimento de que nem mesmo a memória de seu nome me era concedida, de que eu não poderia ter nenhum vestígio físico da existência de Raquel, como também não tinha dos três ofitas; como se eu estivesse louco, como se tudo não passasse de um sonho, um imenso pesadelo, um pesadelo que durava décadas e não dava nenhuma menção de cessar. Mas depois refiz meu pensamento, e um sentimento de esperança transbordou meu peito. Se ela não está em nenhuma lista de campo de concentração, pode ser que não tenha sido executada. Pode ser que tenha escapado. Pode ser mesmo que esteja com vida, talvez com outro nome, quiçá me procurando pelo mundo afora. Da melancolia à esperança. Pelo menos isso me resta. Busco Raquel hoje como o personagem de Kafka busca seu Castelo. Sei que a entrada não me é permitida, mas não posso parar de procurar. Vida kafkiana. Vida de incertezas, Raquel viva?, Hitler sabia?, Borges fez realmente o que penso que fez? Vida de buscas, vida de castelos de areia desmoronando em minha frente, sem que minha entrada seja permitida.

Penumbra. Se uma palavra define minhas décadas na Alemanha, é esta. Vi, vivi e participei porque, se não fizesse algo, as dúvidas e meus pensamentos me comeriam vivo e acabariam certamente por me enlouquecer. Absolutamente, não podia parar, porque cada segundo parado me trazia mais perto a morte. Não posso pensar, não posso sequer me lembrar. Trabalhei, como um louco, como um insano, dias e noites, sem dormir, sem comer; auxiliei os pobres, os refugiados, trabalhei em organizações não governamentais para auxílio dos refugiados e prisioneiros de guerra, porque essa era a única maneira de trazer paz à minha mente e ao meu coração. Fiz tudo e vi tudo, mas nada vi com clareza, não procurei buscar as reais razões, por medo que os fantasmas voltassem à minha mente. Não podia permanecer cego, mas não podia enxergar, porque havia muito peso sobre meus olhos, e isso eu não podia nem por um segundo me esquecer: penumbra. E a única coisa em que realmente pensei durante todo esse tempo foi em Raquel. E em Borges. Ela está viva? E ele sabe?

Ele sabe? Respondo à pergunta dizendo que sim, adornando a resposta com trechos de seus contos. Mas quero ouvir de sua boca; preciso, antes de matá-lo, ouvir de sua boca que sabia, que é, sim, o filho de uma puta que criou toda essa merda de nazismo. A resposta para minha indagação é singela, podem imaginar. É só voltar para a Argentina. É só voltar para Buenos Aires, para o Tortoni, para todas as coisas que deixei perdidas por lá. Mas isso não posso. Isso é a única coisa que não posso fazer. Voltar para a Argentina significa voltar para o país que viu Raquel. Tenho a sensação de que, se entrar no Tortoni, local em que vi Raquel entrar linda com um vestido esvoaçante, ou mesmo caminhar e me perder pelo Once, não aguentarei e desabarei em lágrimas até morrer. Posso tudo, faço tudo, mas sei que na Argentina não posso nada. Lá, já sou um homem morto. E, enquanto isso, Borges está lá, porque lá é seu refúgio e salvaguarda. Lá é o local em que canta incessantemente o fervor de sua terra natal. E, por isso, enquanto lá estiver, nada poderei fazer a não ser esperar. Como tenho esperado há tanto tempo.

66.

Mês passado abri o jornal e a manchete fez meu coração disparar: *Jorge Luis Borges está na Europa*. Força do hábito, o primeiro pensamento foi associar o escrito com meu próprio nome. Mas obviamente não era eu. Era o outro. A manchete dizia que viajava para Genebra por motivos de saúde, sem acrescentar muitos detalhes. Genebra, repeti. Não mais em seu castelo, não mais em sua fortaleza, não mais em Buenos Aires. Não mais na cidade proibida, esta é a chance de acabar com o inimigo. Talvez a única chance que terei em vida, talvez a única no pouco de vida que me resta. Um calafrio percorreu por todo o meu corpo e, em um segundo, um sentimento adormecido há décadas voltou forte e vivo.

Com o jornal debaixo do braço, voltei para casa. A solidão e os poucos móveis baratos pareciam outros, não apenas confidentes da vida asceta e do fracasso que me tornei como escritor; pareciam-me, agora, confidentes também do Segredo, o Segredo que eu sei e que Borges sabe. Retirei a cama de lugar, não sem algum custo, o que fez relembrar que sou um senhor octogenário, fraco e com a saúde e a memória debilitadas. Após retirar a cama, sentei-me em cima dela, ofegante e pensativo. Mais uma vez, precisaria recuperar o que foi perdido havia tanto tempo, mais uma vez minhas mãos o tocariam. Alguns minutos deixei-me levar pelo cansaço do meu corpo somado com a falta de iniciativa e com um medo crescente de um futuro próximo. Medo? Um senhor com mais de 80 anos, que viveu e viu morrer tantos na Segunda Guerra, uma pessoa que viu e viveu tantas privações, que teve contato direto com Hitler e com tantos nazistas, tem o direito de ter medo, agora? Creio que não, creio que este sentimento me é agora impossível, incompatível com minha existência. Ergui-me da cama e me ajoelhei no local em que havia tanto tempo não me ajoelhava. Procurei o ladrilho solto e retirei-o, deixando aberto o esconderijo que eu mesmo criei logo após o término da Segunda Grande Guerra. De dentro, retirei o objeto que sempre viveu comigo, sempre abaixo de mim, que sempre foi o causador dos pesadelos noturnos e diurnos, o objeto físico que, como o *Zahir*, como o *Aleph* ou como *O livro de areia* de Borges, quase me levou à loucura pela fixação que sinto, pelo sentimento de que nunca conseguirei deixar de pensar nele por um mísero segundo. A Lança do Destino, a famigerada, a procurada. A verdadeira. Posso agora narrar, sabia que não conseguiria me aproximar de Hitler com tantos guarda-costas. Sabia que matá-lo com a lança era uma tarefa quase impossível. Por isso, troquei-a; sabia de cor seus detalhes, sabia de cor sua tonalidade, seu peso, sua forma e, por isso, não me foi difícil forjar um objeto parecido. Troquei-a e a escondi porque minha prudência foi maior que minha coragem. Se não o mato, ao menos retiro de Hitler o objeto mortal que é a Lança. Se não consigo concretizar a profecia borgiana de matar o Anticristo com o objeto que matou Jesus, ao menos separo o sujeito do objeto, ao menos serei uma barreira intransponível entre os dois. Se não dou fim ao sofrimento judeu, pelo menos consigo deter a força infinita que Hitler teria com a lança.

Os resultados obtidos são conhecidos: Hitler nunca — creio eu — descobriu que a lança que portava era falsa e que o louco que tentou matá-lo portava uma lança não verdadeira enquanto a original já repousava em local seguro. E lentamente o magnetismo e o carisma pessoal de Hitler foram se apequenando, apequenando; as tropas perdiam as batalhas, traições no seio nazista afloravam, oficiais começavam a duvidar das técnicas ortodoxas utilizadas pelo *Führer*. Até o momento em que Berlim foi invadida, Adolf Hitler se suicidou em seu *Bunker* e a guerra na Alemanha se findou. Em um dos muitos jornais da época relatando a queda, o suicídio, as posteriores desculpas, vi uma que me chamou atenção: a Lança do Destino voltaria para Habsburgo, de onde nunca deveria ter saído. Um canto de riso aflorou em minha face, coisa difícil naqueles tempos árduos. Não sabiam eles que trouxeram o precioso objeto e agora compravam apenas um simulacro, apenas uma falsa relíquia. Exporiam a lança, vendendo que havia sido de Longinus e, agora, que havia sido usurpada por Hitler, mas não sabiam — não podiam saber a olho nu — que aquela não era a famosa lança. Cogitei seriamente devolver o objeto ao seu dono original; agora já não era mais necessário que eu fosse seu portador. Não mais era necessário livrá-lo do extremo mal que significa Hitler e os nazistas. Mais uma vez ela podia descansar em paz, porque mais uma vez o mal foi extirpado da terra. E também porque nunca consegui dormir e viver tranquilo com a lança em um esconderijo embaixo do meu assoalho. Todas as noites sonhei com irradiações malévolas oriundas do objeto e com nazistas invadindo minha casa e tentando assaltá-la.

Mas um fato me impediu de realizar isso: havia ainda Borges, havia ainda o Outro, e ele tinha de ver a lança, era tão — ou mais — culpado quanto eu, e seu destino só tinha de ser morrer estocado por minhas mãos. Ele merece isso. Ele merece somente isso. Por Borges, não devolvi a lança aos austríacos; por Borges, deixei-a repousando embaixo da minha cama, irradiando os séculos de injustiça e arbitrariedade que emanou. Por Borges, aguentei muitas outras privações, que eram as privações emanadas da própria lança. Com o preciso artefato debaixo dos meus pés, eu sabia, nunca poderia ser feliz nesta vida. Com Borges vivo, eu nunca saberia o significado da palavra felicidade. De outro baú, retirei as poucas economias que guardava para momentos de urgência, como este. Acreditei possuir o montante para comprar uma passagem para Genebra e mais alguns dias de hospedagem lá. Era do que eu precisava. Além desta lança.

Agora o futuro já se mostra para mim. Agora o futuro é um só e, neste, eu mato meu inimigo. Borges dedicou sua vida a refutar o tempo, em longos e inúteis trabalhos, em que predisse o tempo, a negação do tempo, a existência de vários tempos, distintos. Em "O Jardim das Veredas que se Bifurcam", um dos personagens diz que o tempo se bifurca inumeravelmente em vários futuros. E que, em um deles, eu sou seu inimigo. Em todos os tempos, nós só podemos ser inimigos, Borges, porque assim está escrito em nossa essência, em nossa existência. Em todos os tempos, eu o caçarei, porque assim está escrito em meu destino. Borges, que refutou tanto o tempo em seus escritos, não conseguirá refutar este tempo, este tempo presente, em que viajo para Genebra, assalto sua casa e que desfiro uma rápida e mortal punhalada em seu peito, da mesma forma que Longinus fez com Cristo. Este tempo, ao contrário de todos os outros, não será escrito por Borges. Será escrito pelo Outro. Será escrito por mim.

67.

TREMO. NÃO DE MEDO. Não de incerteza. Mas sim porque é chegada a hora. Porque todas as décadas narradas estão perdidas para a eternidade. O que existe é o momento presente. O que existe é o agora. O que existe é Genebra, o que existe é a Lança do Destino que carrego em uma valise, o que existe é o exemplar de *Ficções* que carrego comigo, o que existe sou eu. E o Outro. Do que tremo então, se não medo, se não a fobia de ser no fim da vida o assassino de Borges? Conhecido pelo mundo inteiro como aquele quem matou o Maestro, o grande escritor argentino, tão sem defesa, sem visão e sem saúde, tão coitado? Repito para mim mesmo que não é o medo. Não é o medo de Borges, porque ele não pode fazer nada. Aparentemente, não me reconheceu. Aparentemente, não sabe das minhas intenções. Meu medo dele era intelectual, uma fobia de sua razão, um medo de que sua boca começasse a proferir palavras que me desnorteassem, palavras que pudessem me levar à loucura. Mas Borges nada falou, e disso concluí — aparentemente — que ele, na penumbra em que se encontra, não reconheceu seu maior inimigo. Se não é o medo de Borges, outrossim não é o medo do presente, do próprio ato, do corpo estendido ao chão, da polícia chegando, dos interrogatórios, das possíveis arbitrariedades que meu corpo extenuado receberá — e que provavelmente me teriam um resultado mortal, uma vez que estou frágil, quase tão frágil como meu próprio inimigo. Também não é o medo do futuro, do livro de história, de ser conhecido nesses livros que identificam assassinos e suas patologias e os tratam como aberrações; não terei medo de meu nome estar ao lado de assassinos como Jack the Ripper porque quis meu destino que eu fosse um assassino. Alguém compreenderá o gesto que fiz? Alguém na face da terra saberá a simbologia de matar Borges com a Lança? Imagino que sim, ou espero que sim. Sinto-me solitário, sinto-me o último habitante de uma ilha, uma ilha desolada sem vida inteligente. Sinto-me convivendo em uma ilha com uma besta, com uma fera que preciso matar, um inimigo mortal que me perscruta diariamente nas últimas décadas. Sinto — ou espero — que quando o matar consiga reconhecer outra forma de vida, porque estou só, porque necessito conversar com alguém tudo o que vi, tudo o que vivi, tudo o que senti.

Não é o medo, mas a excitação, repito em voz alta. A imensa excitação que converge em meu corpo, a excitação e a memória, límpida, exata e criteriosa de uma vida, em um único ato. Minha vida inteira se converterá em um ato. Como um dia meu inimigo citou, uma vida é justificada pela existência de um ato. Minha justificativa será ver-me no espelho de sua morte, na glória de seu sangue, na agonia de sua dor — que nada mais é que a antecipação e o resumo de uma dor que carrego comigo há muito, há muito. Dor guardada, dor acumulada, dor transportada para a lâmina desta lança. Dor transmissível, você verá só. Como também disse meu inimigo, maior é a vida inteira que um único ato. Uma morte gloriosa é menos que uma vida de privações, escreveu isso no seu conto nazista "Deutsches Requiem". Sei disso, e sua morte — sua gloriosa morte brandida em um punhal assassino — não será tão grande quanto a vida que levei — a vida de privações, de incoerências e desencontros que tive.

Já a valise está em minhas mãos, que continuam trêmulas. Abro-a mais uma vez para verificar seu conteúdo. Lá está a Lança, exata, criteriosa, dona de nossos destinos, como quer seu popular nome. Lá está a Lança, e é como se ela me falasse: "Coragem, Borges. O tempo pede coragem. Se tiver coragem, tudo passará logo, tudo se acabará de uma vez e, enfim, poderá descansar em paz."

Ao som desta música, fechei a valise e abri a porta com resolução. Borges e o fim me esperavam.

Ganhei as poucas ruas que me separavam do meu inimigo. Durante o caminho, repeti pela enésima vez o assassinato. Por prudência, decidi cortar qualquer preliminar, qualquer tentativa de explicação, porque as outras vezes eu falhara justamente nas explicações. Borges se fará de desentendido, ele é esperto demais, muito mais que você, e não conseguirá fazer com que se renda, não verbalmente, não intelectualmente. Não diga nada, não pretenda nada, não pretenda ser um justiceiro, que vinga o resto da humanidade. Não pretenda ser o remédio para todos os erros da humanidade. Vingue você, somente. Vingue Raquel, somente. E para você e para Raquel não são necessárias muitas explicações. Uma vingança pessoal é sempre uma vingança pessoal, tautologia de que agora necessito. Mate-o de uma vez, seco, cortante, sem que oportunize qualquer forma de apelo, de socorro ou de defesa. Mate-o, impiedosamente.

Mas em um momento todo o pensamento se foi, porque a realidade mais uma vez me chamava de forma dura, de forma irreversível. Em frente do prédio de Borges, duas ambulâncias estavam estacionadas. Uma das ambulâncias estava com as portas abertas, e no trajeto entre a ambulância e o prédio muitos médicos corriam, apressados. Era exatamente o cenário que imaginei, após eu fincar a lança em seu peito. Mas não poderia imaginar que veria este cenário antes de chegar, que a pintura havia tantas décadas instalada em minha mente pudesse criar vida e antecipar a própria realidade. Corri também. Essa morte me pertence. Não só a morte, mas os meios, as conversas, o último suspiro. Ninguém, ninguém tem o direito de usurpar essa morte, porque essa morte é minha, da mesma maneira que minha vida foi inteiramente usurpada por Borges. Entrei pelo portão e me confundi com os médicos, que tentavam no local prestar os primeiros socorros. Entrei pela casa, e Maria Kodama, aos prantos, com os olhos cerrados, não pôde perceber minha presença ali. Em seguida, vi os médicos transportando rapidamente uma maca para fora da casa. Em cima da maca repousava, pálido e tranquilo, o inimigo. "Borges!", gritei, gritei com o máximo de minhas poucas forças, uma, duas, três vezes. Um dos médicos então me alertou com a mão complacente em meu ombro e os lábios apertados — próprios dos que se acostumaram a portar más notícias — que ele não podia escutar, que já estava desacordado. Quis responder que ele era Jorge Luis Borges, que em algum de seus infinitos universos, que em algum dos seus próprios mundos criados, ele podia sim me escutar. Mas calei-me, embora com a consciência de que meu inimigo merecia essa reverência. A casa girava, e eu, dentro dela, me via em um turbilhão, enquanto a valise me pesava uma tonelada. Preciso novamente sair daqui, preciso achar um lugar para respirar, preciso encontrar um lugar para pensar. Antes de sair, em cima da mesinha da sala, vi um envelope fechado, com as seguintes palavras: Para Jorge Luis Borges. Escondi-a furtivamente dentro da valise, junto com a lança, e saí quase correndo do agora monstruoso prédio.

Duas horas depois, o hospital anunciou a morte do escritor argentino. E em pouquíssimo tempo a notícia correu Genebra, ganhou a TV e foi parar no novo mundo. Morre o maior escritor do século XX, morre o injustiçado do Nobel, morre o criador de labirintos e tigres e espelhos. No entanto, a única notícia que reverberou em meu corpo foi: morre um pedaço de mim.

Borges foi velado na igreja gótica de Saint Pierre, a mesma igreja em que séculos atrás Calvino professou sua cismática fé. Acompanhei o velório — dirigido e presenciado por um padre, um pastor protestante e um gnóstico —, acompanhei as rosas-brancas que combinavam com o vestido branco de Kodama, a senhora esposa de Borges, acompanhei o morto enquanto eram lidos trechos de livros e dos poemas "O Palácio" e *Os conjurados*, que, por sinal, foi seu último trabalho terreno. Acompanhei o sábio pastor que no último momento terreno de Borges escolheu estranhamente a leitura do Evangelho de São João, o evangelista que viu o apocalipse. Acompanhei todos os detalhes desse doloroso dia, e mais de uma vez as lágrimas rolaram de minha face. Eu chorei a morte de Borges porque — mais uma vez nas palavras eternas de meu inimigo — esse era o único fato existente e era o único fato que continuaria a se suceder pelo resto de minha pequena vida. Não há como tentar passar para o dia seguinte ou antecipar a dor que sinto. Tudo o que há é esse féretro. Tudo o que sempre existirá é a morte de Jorge Luis Borges, e o fato de que não foi executada por mim.

Epílogo.

PERTO DA IGREJA DE Saint Pierre há o Cemitério de Plant Planais, conhecido comumente como o Cemitério dos Reis ou o Panteão de Genebra. Lá repousa Calvino. A poucos metros, mais especificamente na Zona D, na Tumba 735, repousa o Maestro Jorge Luis Borges. Sua lápide é fria, simples, quase impessoal. Um grande bloco de pedra, o desenho de *vikings*, a menção ao seu nome e aos anos de nascimento e morte — Jorge Luis Borges, 1899-1986. Com o coração seco, olho para o seu nome, e vejo o meu. Como um espelho, como um de seus muitos espelhos. Meu coração está seco, meus olhos estão secos, minha mente toda permanece vazia desde que recebi a confirmação de sua morte. Não sei o que fazer, não sei como proceder, vagando pelas ruas de Genebra, sem dormir, sem comer, sem sentir sede, cansaço ou sono. Tudo o que há é a morte do inimigo, tudo o que existe no mundo é a morte de Jorge Luis Borges.

Retiro do bolso o envelope fechado que furtei de sua casa. "Para Jorge Luis Borges" está escrito, em uma irregular e descuidada caligrafia. É muita pretensão minha achar que Borges no fim da vida escreveria uma carta para mim, é muita pretensão que ele teria saúde e sanidade, nas condições em que se encontrava, para encontrar tempo com um sujeito reles e sem importância como eu. Mais fácil é imaginar que é uma carta de um dos seus milhões de leitores e admiradores o felicitando por sua vida, por sua obra e que Kodama esqueceu lacrada em cima da mesa, uma vez que a saúde do marido a preocupava mais.

Mas o que há, além da morte de Borges, fisicamente é sua carta. Devo apegar-me a isso, devo apegar-me nem que seja a última coisa a que possa me apegar em vida. Olhei novamente para as flores da tumba e abri o envelope. Neste, assim estava escrito:

Caro Jorge Luis Borges. Primeiramente é uma honra e orgulho dirigir-me a uma pessoa com o mesmo nome que eu, um conterrâneo, uma pessoa de meu tempo. Obviamente não somos tão parecidos, e nossas diferenças são a razão maior para que eu me dirija ao senhor por meio desta pequena e — desculpe a caligrafia — descuidada carta.

Disse-me, em sua visita, das três versões de Judas. O conto me era tão insignificante que, em um primeiro momento, imaginei que apenas o tivesse lido. Que fosse um conto ruim de outro, um conto que lera há muito tempo e, por ser insignificante, que não tenha perdurado em minha memória, ao contrário de De Quincey, Chesterton, Bloy, Casares e as aventuras das Mil e Uma Noites, que, nem por um segundo desta escura selva em que me encontro perdido, deixaram de ser minhas companheiras. O fato é que "Três Versões de Judas" é sim um conto meu. Não o digo com orgulho e sim com resignação. Resignado, vexado, talvez hoje eu não teria coragem de assinar um conto destes. Mas veja: é tudo uma brinca-

deira. Tudo não passa de uma enorme brincadeira. Não há nada de virtuoso ou revelador nas minhas palavras. O único fato verdadeiro é que o protagonista ficou louco acreditando em uma teoria maluca, inventada por ele mesmo. Não há objeto que não possa levar à loucura, meu caro Borges. O podem ser uma moeda, uma mulher, uma teoria. Uma teoria, uma fixa teoria, nada mais é que a proposição ideal de um fato, mas não deixa de ser tautologicamente uma teoria, ou seja, uma mera suposição. E teorias existem, a torto e a direito, do que se possa imaginar. Posso dizer que o lápis com que escrevi estas palavras foi riscado e apontado por Dante e que quem o possuir terá poderes descomunais. Posso dizer que o papel com que escrevo é feito do pó do Santo Sudário e que, portanto, escrevo no mesmo invólucro que um dia guardou o Santo Corpo. Posso afirmar mesmo que o Santo Graal está entre nós, que Jesus casou com Maria Madalena e que teve uma linhagem sanguínea real, oculta na Terra, ou alardear sobre os segredos insertos no Vaticano. E, creia, muitos são os temerários que compram estes tipos de livro, porque queremos que as teorias existam, porque queremos que a realidade seja mais complexa e rica do que realmente é. Queremos, enfim, achar razões antecedentes, causas subterfúgias, motivos pretéritos ocultos que justifiquem o enorme número de erros do presente. Não conseguimos acreditar que o presente é pobre e feito de uma infindável quantidade de permutas do acaso. Queremos — somos condicionados desde nosso nascimento — acreditar no destino, aspiramos a crer que há algo traçado para todos nós, um plano superior, cósmico, que envolve os planetas e as estrelas e que, no fim, tudo fará sentido, tudo se encaixará. Frágil justificativa, assim que desculpamos nossos próprios erros, caro Borges: olhando e mudando o pas-

sado, criando conexões inexistentes, tentando achar mistérios onde existem singelezas. Mas não há nada! Não há nada.

Achar razões antecedentes é fácil. Tudo é conexão para tudo. Tudo se encaixa com tudo. Pode-se criar uma teoria — cambeta que seja — para tudo, definitivamente tudo. Mas o que existe é o presente, o frágil presente, regido unicamente pelas leis do acaso. Como o fato de eu encontrar-me com um Jorge Luis Borges no fim de minha vida. Eu não consigo achar uma outra solução que não a do acaso para ligar este encontro. Você conhece outra solução, querido Borges?

Desde que saiu de minha casa, um conto veio em minha cabeça. Já não podia distinguir se o havia lido ou se tinha usurpado de outra pessoa e colocado eu mesmo no papel. Já não sabia se era imaginação ou verdade. Disse-o, contei seus detalhes para minha esposa Kodama. Ela de pronto disse que sim, que eu o tinha escrito. Seu nome é "Os Teólogos". Que eu me lembre, dois personagens, dois escritores passam sua vida justificando a fé e os erros de todos os que se voltaram contra o dogma católico. Um acaba por denunciar o outro, e a consequência disso é a morte do denunciado: morte na fogueira, o livro queimado, Dante sabia, eis o castigo daqueles que se voltam contra Deus. Depois de alguns anos — por outras circunstâncias, por outras razões, por outros meios — o denunciante acaba por morrer queimado de uma causa fortuita, um incêndio que consumou sua casa enquanto dormia. O fim da história ocorre no céu e, segundo eu me lembro, era narrado por metáforas. Para Deus, denunciante e denunciado se tratavam da mesma pessoa. Não por confusão divina, mas porque, de fato, para Deus, eles eram uma única pessoa. Quis — pretendi — fazer uma espécie de crônica de um suicídio, um metafísico suicídio, em que o leitor só descobriria nas últimas linhas.

E por que este conto me veio à cabeça neste momento? Não sei responder. Você sabe, caro Borges? Imagino que eu tenha ficado emocionado com o fato de ter encontrado uma pessoa com o mesmo nome. Ou porque, não sei, quem sabe de algum canto da mente eu tenha imaginado que, assim como o escrito, para Deus, eu e você somos a mesma pessoa, um complexo formado por erros, tautologias, risos e histórias. De fato, creio que sou um pouco você. Creio que você é um pouco eu. Talvez essas sejam as últimas palavras que eu possa dirigir a você. Portanto, só uma coisa tenho a dizer. Não tenha medo. Não há o que ter medo, Borges.

Li três vezes o quase testamento de meu inimigo, procurando algum fato secreto, alguma verdade que ele tenha deixado oculta no texto. Não há verdade oculta. O que há é muito claro. O que há é muito límpido, e, quando o percebi, novamente meu coração começou a bater descompassado, como da primeira vez que vi Borges, como da primeira vez que cogitei matá-lo. Não há nada mais no tempo presente, repeti para mim mesmo. Só há a morte de Borges, só a lança, só há este testamento, que é quase um petitório de um morto, e só há esta tumba, com o nome de Jorge Luis Borges e com a seguinte frase embaixo: and ne forthenon na, que significa, do inglês arcaico: não tenha medo.

Este livro foi composto na tipologia Warnock Pro,
em corpo 11,5/15,3, e impresso em papel off-white
no Sistema Cameron da Divisão Gráfica
da Distribuidora Record.